돈 까밀로와
빼뽀네

Don Camillo e il Suo Gregge
by Giovannino Guareschi

*신부님 우리들의 신부님 3

돈 까밀로와 빼뽀네

3

G. 과레스키 연작소설

김효정 옮김

서교출판사

차례

COOPERATIVA SOCIALISTA

들어가기 전에

돈 까밀로 시리즈를 읽어 나가면서 옮긴이는 오랜만에 실컷 웃어 볼 수 있었다. 이야기가 우스꽝스러운 것은 물론이었지만 등장인물 하나하나의 인간적인 행동에 너무나 큰 공감이 갔기 때문이다. 눈물이 핑 돌면서 속마음까지 후련해지는 일종의 카타르시스를 느꼈기 때문일까?

1950년대의 이탈리아라는 배경은 시간적으로나, 공간적으로 우리와 멀게 느껴지는 게 당연할 텐데도 옮긴이는 무엇에라도 홀린 듯 이 책에 빠져들었다. 마치 내가 이 책 속에 들어가 주인공들과 주거니 받거니 대화하는 착각이 들 정도였다. 그렇게 숨 가쁘게 이야기를 좇아가다가 마침내 어느새 책장을 덮고 '후' 하고 심호흡을 하였다. 그리고 다른 사람들은 어떻게 생각하는지 궁금해져서 인터넷 검색을 하기 시작했다. 그랬더니 놀랍게도 우리나라는 물론이고 다른 여러 나라의 독자들도 너무 재미있다는 독자 서평을 올려놓은 걸 발견하게 되었다.

이 책의 저자 '조반니노 과레스키' 는 1908년 이탈리아의 중북부 파르마 근처, 뽀 강기슭에서 태어났다. 부모는 그가 해군이나 항해사가 되기를 바랐다. 그러나 그는 법학을 공부하다

대학을 그만두고 교사, 화가, 만화가, 신문 기자 등의 여러 직업을 전전하다가 '베르톨도' 라는 주간지의 편집국장이 되었다. 그는 이 잡지에 스스로 만화까지 그려가며 '돈 까밀로 시리즈' 를 연재하기 시작했는데 뜻밖에도 폭발적인 인기를 끌어 작가 자신도 깜짝 놀랐다고 한다. 이 소설은 출간되자마자 이탈리아 독서계는 물론 프랑스, 영국, 독일을 비롯한 전 유럽과 미국의 출판 시장을 휩쓸며 40여 개 언어로 번역되어 세계 각국에서 엄청난 반향을 불러일으켰다. 게다가 《돈 까밀로와 뻬뽀네》를 소재로 한 영화와 연극, 비디오테이프까지 만들어져서 절찬을 받았다.

이 책을 본 수많은 사람이 배꼽을 잡고 웃었다. 그러나 그냥 턱없이 웃기만 한 것은 아니었다. 그 웃음 속에는 사랑과 감동이 함께 배어 있었다. 주인공들이 벌이는 갖가지 사건 속에서 벌어지는 행동 모두가 인간적이었기 때문에 그런 감동을 불러들이기에 충분했을 것이리라. 사실 이 작품에서 벌어지는 사건들은 대부분 심각한 사회문제들이다. 제2차 세계대전 후의 좌익과 우익의 대립, 실업과 파업의 문제, 정치와 종교의 대립, 부자와 노동자들의 갈등 따위가 주요 소재로 등장한다. 그리고 그러한 틈바구니에서 으르렁거리게 되는 돈 까밀로와 뻬뽀네는 당시 사회의 지도층들이 겪는 어려움을 대변하고 있다. 그런데 한 가지 주목할 만한 점은 그들의 싸움과 대립이 계속되는 과정에는 잔인함이나 파괴적인 모습은 찾아볼 수 없다는 사실이다.

나는 이 소설을 번역하면서 작금의 우리나라 현실과 매우 비슷한 상황이 전개되는 걸 보고 골똘히 생각에 잠겼다. 남북이 갈라져 지구촌에서 유일하게 분단의 아픔을 겪고 있는 나라, 여야를 비롯한 각계각층은 서로의 이익만을 위해 서로 으르렁거리고 싸우는 모습이 돈 까밀로와 뻬뽀네의 대치 상황과 너무나 흡사하기 때문이다. 진정으로 이 나라의 장래를 생각하는 사람들이라면 그들의 모습을 통한 상생의 지혜를 배워야 할 것이리라. 사회 정의를 추구하는 방식과 이념과 노선은 달라도 국민의 행복을 위해 뜻을 모으고 대동단결할 수 있는 열린 마음, 모든 인간에 대한 최소한의 예의와 배려를 잃지 않는 따뜻한 세상을 꿈꿔 본다.

이 책은 이탈리아 리졸리 출판사에서 펴낸 '돈 까밀로' 연작 시리즈 중 세 번째 권인 '*Don Camillo e il suo Gregge*'를 우리말로 옮긴 작품으로 모든 인간의 내면 깊은 곳에 깔린 선한 심성에 대한 이야기가 다수를 차지한다. 잔잔히 흘러가는 저 뽀강 유역의 자그마한 마을 이야기가 아직도 우리 마음에 잔잔하게, 하지만 크게 울려 퍼지는 건 아마 그런 연유에서일 것이다.

— 옮긴이

지금부터 돈 까밀로와 뻬뽀네, 그리고 예수님의

재미난 이야기가 펼쳐집니다.

"북풍과 태양이 서로 자신의 힘이 세다고 다투다가 나그네의 옷을 벗기는 시합을 했다. 먼저 북풍이 세찬 바람을 몰고 왔다. 그러자 나그네는 옷을 더욱 단단히 여미기 시작했다. 바람이 더 세차게 불어 대자 추위에 못 견딘 나그네는 여분의 옷까지 꺼내 입었다. 크게 낙담한 북풍은 태양에게 기회를 넘겨주었다. 태양이 아주 부드럽고 따뜻한 볕을 내리쬐자 나그네는 여분의 옷을 벗었다. 태양이 다시 뜨거운 열기를 내뿜자 더위를 견디지 못한 나그네는 근처 개울로 달려가 나머지 옷을 모두 벗어 버렸다."

-《이솝 우화》 중에서

시계 소동

La danza delle ore

지금 읍사무소로 쓰고 있는 로카탑은 중세풍의 건물로 너무 낡아서 잘못하면 무너질 판이었다. 어느 날, 기술자 한 떼가 오더니 로카탑 부근에 통나무를 박고 복원 공사를 시작했다. 사람들은 한결같이 '진작 공사를 했어야지!' 하고 수군거렸다.

겉보기는 아무래도 좋았다. 왜냐하면 뽀 강 근처에는 미학이니 어쩌니 하는 건 아무 필요가 없고 쓸모 있게 만들어진 것이 아름다운 것으로 여겨지는 풍습 때문이었다. 마을 사람들이라면 누구나 한두 번씩 읍사무소에 갈 일이 있었는데, 그럴 때마다 그들은 탑문을 지나 들어가면서 혹시 머리 위로 기왓장이나 벽돌 조각이 떨어지지는 않을까 하고 잔뜩 겁을 집어먹곤 했다.

기술자들은 기둥을 세워놓은 다음, 행인들의 머리 위에 기왓장이나 벽돌 따위가 떨어지는 것을 막기 위해 탑 주위에 철망을 두르고 공사를 시작했다.

꼬박 한 달이 걸려 복원 공사가 끝났다. 마지막 날 밤에 기술자들은 통나무 기둥을 뽑아버렸다. 다음 날 아침 사람들은 탑이 말짱하게 수리된 것을 보고 깜짝 놀랐다. 과연 전문가들의 솜씨라서 그런지 흠잡을 데 없이 말끔했다. 그러자 읍사무소 직원들은 놀라울 정도로 재빠르게 정치선전에 열을 올리기 시작했다.

성벽 아래, 탑 정면에는 커다란 현수막이 나붙었는데 거기에는 다음과 같은 내용이 쓰여 있었다.

> 이 토목 공사는 미국 원조 기금을 받은 공사가 아님, 미국 정부는 기금을 출자하지 않았음.

돈 까밀로는 사람들 틈에 끼어 있었다. 그는 기술자들이 탑의 복원을 완벽하게 마쳤다는 소문을 듣자마자 읍사무소 앞 광장으로 달려왔던 것이다. 미리와 있던 뻬뽀네는 의기양양한 목소리로 돈 까밀로를 향해 포문을 열었다.

"저 탑이 어떻습니까, 신부님?"

"정말 훌륭하게 복원해 놓았네."

돈 까밀로가 뒤를 돌아보지도 않고 대답했다.

"저 현수막이 탑의 미관을 해치고 있는 게 유감스러운 일이긴 하지만 말일세."

뻬뽀네는 옆에 있는 참모를 바라보며 말했다.

"자네도 들었나? 신부님 말씀이 저 현수막이 탑의 미관을 해친다고 하시는데? 나도 대체로 같은 생각이네."

"예술적인 관점에서 볼 때 저 역시 신부님의 지적이 옳다고 생각합니다."

스미르초가 동조를 하자 그들은 잠시 머리를 맞대고 의논을 했다.

마침내 뻬뽀네가 결심한 듯 큰 소리로 말했다.

"아무라도 좋으니 사람을 보내서 저 현수막을 떼어 내도록 하라. 우리가 예술에 무지한 사람이 아니라는 걸 보여 주란 말이야!"

잠시 후 누군가 기다렸다는 듯이 밧줄을 풀어 현수막을 떼어 내렸다.

그러자 거기에는 놀랍게도 번쩍이는 커다란 시계가 나타났다.

오래전부터 이 마을에는 시간을 알려주는 시계라고는 성당의 종탑에 설치된 시계 하나뿐이었다. 그런데 이제 로카의 읍사무소에도 또 다른 시계가 들어선 것이다.

"지금은 한낮이라 잘 보이지 않지만…."

뻬뽀네가 설명했다.

"저 시계 글자판은 야광으로 제작돼 있어, 밤에는 1마일 밖에서도 시간을 알 수 있을 거요."

바로 그때 탑 위에서 무슨 소리가 들리자 뻬뽀네가 고함을 쳤다.

"쉿, 조용히!"

광장을 가득 채운 구경꾼들이 모두 입을 다물었다. 이렇게 조용한 가운데 새 시계가 박자를 맞춰 땡땡땡 하고 열 시를 알렸다. 그런데 그 소리가 채 가시기도 전에 성당의 종소리가 열 번 울렸다.

"소리가 썩 좋은데."

돈 까밀로가 뻬뽀네를 쳐다보며 말했다.

"성당의 시계는 우리 시계보다 2분쯤 더 늦는걸, 시계라면 시간이 정확해야지."

뻬뽀네가 목에 힘을 주며 말하자 돈 까밀로가 침착하게 응수했다.

"그럴지도 모르지. 하지만 종탑의 시계는 벌써 30년 아니 40년 동안이나 시간을 알리는 일을 해왔네. 그것도 아주 정확하게 말이야. 이렇게 훌륭한 시계가 있는데 읍사무소 탑 위에 또 다른 시계를 설치할 필요가 있을까? 자네 돈도 아니고 공금을 유용해 가면서까지 말일세."

뻬뽀네가 은근히 기분이 상해 막 반박의 말을 꺼내려고 할 때였다.

스미르초가 불쑥 끼어들어 손가락을 치켜들며 소리쳤다.

"시간까지 독점하려는 건 너무하지 않습니까? 시계는 성당의 점유물이 아니라 우리 인민의 것이오! 그러니까 신부님은 화를 낼 이유가 없지 않소?"

로카 탑의 시계가 15분을 알렸다. 그러자 광장은 쥐 죽은 듯이 조용해졌다.

1분이 지나고 또 1분이 지났다.

종탑의 시계가 15분을 알렸다.

뻬뽀네가 빈정대는 투로 말했다.

"아까보다 더 늦잖아!"

돈 까밀로가 이번엔 지지 않고 우겼다.

"아니야, 읍사무소의 시계가 2분이 더 빨라!"

사람들은 제각기 자기 조끼 주머니에서 줄이 달린 회중시계를 꺼내 들고 시간에 대해 토론하기 시작했다. 정말 웃기는 일이었다. 왜냐하면 지금까지 이 마을 사람들에게 1분이나 2분 정도의 시간이 틀린다는 건 아무런 의미가 없었기 때문이다.

그들은 도시 사람들이 1분이나 2분이라는 시간을 아끼기 위해 귀중한 생명마저도 잃을 만큼 치열하게 살고 있다는 것을 이해할 수 없을 만큼 여유 있는 시간 속에서 살아오던 사람들이었다.

그런데 로카 탑의 시계와 성당의 시계가 2분의 차이를 보이자, 사람들은 성당 시계파와 읍사무소 시계파로 완전히 갈려서 서로 대립하기 시작했다. 게다가 사람들은 모두 은으로 만든 회중시계를 가지고 있었기 때문에 커다란 혼란이 일어났다. 마침내 스미르초가 열을 참지 못하고 외쳤다.

"언젠가 저 로카 탑의 시계가 프롤레타리아 혁명의 시간을 알려오면 반동분자들은 2분이 아니라 2백 년이나 뒤처져 있었다는 사실을 깨닫게 될 것이다!"

이 마을에서는 이런 일은 별로 신기한 것이 아니었다. 그러나 스미르초가 돈 까밀로의 코앞에서 주먹을 휘두르며 그런 말을 외친 게 화근이었다. 돈 까밀로는 뭐라고 알아들을 수 없는 말을 중얼거리면서 스미르초 앞으로 다가섰다. 그러더니 그는 두 손을 내밀어 스미르초가 쓴 모자를 눈까지 푹 눌러 씌우고 그것을 목 뒤로 빙 돌려 버렸다.

빼뽀네가 이를 악물며 나섰다.

"신부님, 만일 어떤 사람이 당신한테 그런 고약한 짓을 한다면, 신부님은 어떻게 하시겠소?"

"자네는 어떻게 하겠는가?"

돈 까밀로가 대답했다.

"지금까지 이런 고약한 짓을 한 사람은 아무도 없었소!"

예닐곱 명의 사람들이 달려들어 빼뽀네를 말렸다.

"읍장님은 이런 골치 아픈 싸움에 끼어들면 안 됩니다."

그러고 나서 빼뽀네의 부하들이 떼를 지어 돈 까밀로를 에워싸더니 욕설을 퍼붓기 시작했다.

돈 까밀로는 숨이 막혔다. 어떻게 해서든지 바람을 일으켜야 숨통이 트일 것 같았다. 그래서 그는 곁에 있던 긴 나무 의자를 어깨 위로 번쩍 쳐들고 빙빙 돌렸다.

겁을 집어먹은 패거리들이 뒷걸음질을 치기 시작하자 빼뽀네가 옷소매를 걷어붙이며 앞으로 나섰다. 그의 부하들이 결사적으로 말렸지만 그는 부하들의 손을 뿌리치고 의자를 움켜잡았다. 그는 발동이 걸린 오토바이 엔진처럼 열이 잔뜩 올라 있었다.

마침내 그도 의자를 머리 위로 치켜들고 그것을 빙빙 돌리기 시작했다. 마을 사람들은 급히 뒷걸음질을 치며 물러났다. 이 틈에 닭장의 닭들이 튀어나오고 말은 뒷다리를 차며 히-힝거리는 등 광장은 순식간에 난장판이 되고 말았다.

빼뽀네는 천천히 한발 한발 묵직한 발걸음으로 돈 까밀로에게 다가갔다. 돈 까밀로 역시 여전히 긴 의자를 쳐든 채 꿈쩍도 하지 않고 서 있었다.

사람들은 모두 광장 구석으로 피했다.

"대장, 제발 고정하시오!"

빼뽀네는 스미르초의 애타는 호소에도 아랑곳하지 않고 광장 한가운데로 걸어나갔다.

스미르초는 뒷걸음질을 치면서 계속 소리쳤다. 그러다 보니 스미르초는 돈 까밀로의 의자와 빼뽀네의 의자 사이에 끼어 있게 되었다. 그래도 두 사람은 조금도 물러서지 않았다. 이제 대지진이 일어날 판이었다.

사람들은 조용히 숨을 죽이고 서 있었다.

그때 공산당원들이 험악한 기세로 빼뽀네의 등 뒤로 다가들었다. 돈 까밀로의 등 뒤에는 나이 든 지주들이 손에 몽둥이를 든 채 모여들었다. 이제 사태는 일촉즉발의 위기에 이르렀다. 누구든지 의자를 휘두르기만 하면 전쟁이 벌어질 상황이었다.

일순간 숨 막히는 고요가 흘렀다.

그런데 뻬뽀네와 돈 까밀로가 막 의자를 휘두르려는 순간 기적이 일어났다. 로카의 시계와 종탑의 시계가 똑같이 11시를 울리는 것이었다. 그 시계들은 단 1초도 어긋나지 않고 약속이나 한 듯 땡땡땡 하고 열한 번의 종소리를 쳤다. 그렇다. 두 시계의 바늘은 한 치의 오차도 없이 정확히 11시를 가리켰다.

긴 의자들은 땅에 떨어지고 광장의 공간은 다시 사람들로 채워졌다. 주위는 다시 물건을 파느라 소리를 질러 대는 상인들과 흥정하는 사람들로 붐비기 시작했다. 돈 까밀로와 뻬뽀네는 마치 꿈에서 깨어난 난쟁이들처럼, 그 사람들 한가운데 멍하니 서 있었다. 잠시 후, 뻬뽀네가 읍사무소를 향해 걸어가자 돈 까밀로는 성당으로 돌아갔다.

스미르초만이 광장 한가운데 남아 도대체 무슨 일이 일어났는지 다시 곰곰이 생각에 잠겨 있었다. 그러나 아무리 머리를 굴려봐도 뭐가 뭔지 알 수가 없었다. 그래서 그는 생각하는 걸 포기해 버렸다.

사람들이 모두 돌아간 뒤, 스미르초는 근처 가판대로 가서 콜라 한잔을 죽 들이켰다. 콜라는 시원하게 그의 가슴속을 흘러 내려갔다. 마치 세례 때 침례 의식을 받는 것과 같이….

로또 복권

Vittoria proletaria

스미르초가 라디오를 끄자 그 큰 방에는 침묵이 흘렀다. 다소 어두침침하고 추운 방이었다. 몇 시간 동안이나 당의 간부들은 초조하게 방송 뉴스를 기다리고 있었다. 그러나 마침내 뉴스가 나오자 아무도 이야기할 기력조차 없었다.

"이젠 어떻게 해야 하죠, 대장?"

비지오가 침울한 목소리로 물었다.

"아주 위험한 상황이야."

뻬뽀네가 대답했다.

"바로 그래서 침착함을 잃지 말아야 해. 제일 먼저 할 일은 경계를 강화하는 거야. 적들의 의도를 알 수가 없으니 우선 분

류 카드들과 비밀 서류들을 안전하게 보관해야 해."

빼뽀네는 당의 외부에서보다는 당 내부에서의 경계를 더욱 강화해야 함을 깨달았다.

"우리 당원의 대다수는 인민의 위대하신 지도자 스탈린 동지를 잃은 고통에 짓눌려 있네. 그러니 당원들을 격려해 주고 기운을 북돋아 주어야 하네."

빼뽀네가 말했다.

그는 즉시 작은 분향소를 만들기로 했다. 그 분향소는 인민의 집 앞에 세워졌다. 붉은 깃발들이 화려하게 나부끼는 가운데 그 위에 인민의 지도자 스탈린의 커다란 초상화가 높이 걸렸고 여러 개의 전등으로 된 커다란 별 하나가 이 초상화를 환히 비추도록 했다.

분향소를 다 만든 다음, 빼뽀네는 당 간부들에게 말했다.

"다음과 같은 점을 유념해 주길 바라네. 이번 사태를 빌미로 누군가가 선동한다면 그냥 넘어가서는 안 되네. 상대가 누가 됐던 마찬가지야. 지금은 중대한 비상시국이라는 걸 잊지 말도록. 적들이 도발해 온다면 단호하게 행동을 취해야 하네. 그래서 아무것도 변하지 않았음을 이해시켜야 하네. 여러분은 밖의 동태를 살펴라. 눈과 귀를 열어 놓고 말이야. 문제가 간단한 경우에는 스스로 처리하고, 사태가 복잡한 경우에는 상부에 즉각 보고하게!"

그런데 얼마 안 가 바로 복잡한 일이 벌어졌다. 이에 관한 소식을 스미르초가 전해 주었다.

*

“대장, 데졸리나 할멈을 그냥 놔두면 안 되겠는데요.”

데졸리나의 나이는 83세로 허리가 꼬부장해서 마치 콩팥염이나 요통 관련 광고를 하는 듯한 모습이었다.

“바보 같은 소리 하지 마라! 데졸리나 할멈이 무슨 상관인가?”

빼뽀네가 소리쳤다.

“상관이 있습니다. 그 할멈 때문에 마을 사람들이 온통 우리 뒤에서 비웃고 있습니다.”

빼뽀네가 되물었다.

“도대체 그 할망구가 무슨 짓을 했기에?”

“글쎄, 누구나 볼 수 있도록 밖에다 벽보를 붙였지 뭡니까?”

“우리를 반대하는 성명서인가?”

스미르초가 두 팔을 벌렸다.

“대장, 설명하기가 곤란합니다. 할멈의 집에 직접 가서 확인하십시오.”

잠시 후 그들은 부지런히 걸어, 데졸리나의 가게 앞에 모여서 낄낄거리는 사람들 사이를 헤집고 들어갔다. 사람들은 빼뽀네가 나타나자 방금 전까지 수군대던 말을 멈추고 슬금슬금 뒤로 물러났다.

삐뽀네의 일그러진 표정에서 뭔가 심상치 않은 기운을 감지했기 때문이다.

벽보 한 장이 상점 진열장의 유리 안쪽에 붙어 있었다. 삐뽀네는 벽보에 쓰여 있는 내용을 다 읽고 나서 주먹을 불끈 쥐고 안으로 들어갔다.

데졸리나의 상점은 그 안에서 겨우 움직일 수 있을 정도로 비좁았다. 낡은 상품 진열대 하나와 커다란 상자 4개가 놓여 있는 선반 하나가 이 가게의 전부였다. 무엇보다 이 가게는 어떤 특별 상품으로 유명했는데, 그 특별 상품의 독점적인 소유권자는 바로 그녀였다.

사실 데졸리나는 무슨 사건이 일어나거나 누군가 무슨 꿈을 꾸면 그것을 바탕으로 복권의 숫자를 맞히는 능력을 지니고 있었다. 그리하여 많은 사람이 데졸리나의 상점을 드나들었던 것이다. 그럴 만한 이유가 충분히 있었던 것은 노파가 복권의 숫자를 알아맞힌 적이 한두 번이 아니었기 때문이다.

삐뽀네가 들어오자 데졸리나는 눈을 들어 그를 쳐다보았다. 무슨 일이 있어도 눈 하나 깜짝 안 하는 차분하고 침착한 노파였다.

"이것 보세요, 할멈. 밖에 붙여 놓으신 저 벽보는 무얼 뜻하는 겁니까?"

삐뽀네가 물었다.

"거기 쓰여 있잖수. 이번에 죽은 스탈린과 관련해서 당첨될 확률이 높은 복권 숫자라고."

"아니 꼭 그렇게 해야 한단 말이오. 밖에다 써 붙일 정도로?"

노파가 고개를 흔들었다.

"사람들 모두가 한결같이 이번에 죽은 그 사람하고 연관을 지어 당첨될 복권 숫자가 무엇일지 알고 싶어 했어. 또 거기에 따른 설명도 듣고 싶어 했고… 사람들이 그렇게 못살게 구니 내가 더 이상 버틸 수가 있어야지. 그래서 아예 저렇게 밖에다 숫자와 설명을 써 붙여 놓은 거야."

스미르초가 끼어들며 소리쳤다.

"저건 설명이 아니라 선동이요, 선동!"

노파가 놀란 얼굴로 스미르초를 쳐다보았다. 그러고는 유리창에서 그 벽보를 뜯어 오더니 상품 진열대 위에 올려놓았다.

"뭐가 이해하기 어렵다는 거야? 내 보기에는 어려울 게 아무것도 없는데."

데졸리나가 말했다. 그리고 큰 소리로 벽보를 읽기 시작했다.

스탈린의 죽음에서 나온 숫자

23 – 강도

18 – 피

62 – 놀라움

59 – 즐거운 사건

데졸리나는 고개를 들어 빼뽀네를 쳐다보았다.

"뭐가 이상들 하느냐고? 그자가 강도였나, 아니었나? 강도였다가 맞으면 23이 나온다니까."

"헛소리는 집어치우슈! 스탈린 그분은 이 세상에서 가장 신사적인 분이었소. 불쌍한 사람들에게 좋은 일을 많이 했던 분이란 말이요!"

빼뽀네가 외쳤다.

노파가 고개를 흔들었다.

"그 사람은 파문된 사람이었어. 주님을 믿지 않는 사람이었다고. 또 신부들을 죽이고 자기하고 생각이 다른 사람들을 깡그리 죽여 버린 인류의 적이었어. 그러니 강도였고 그래서 복권 숫자는 23이야. 또 수백만 명의 사람들을 살해하도록 시켰으니 두 번째 숫자는 18이네. 피의 숫자가 18이기 때문이야. 세 번째 숫자는 62인데 이건 놀라움을 뜻하는 숫자야. 사실 그자가 죽어서 다들 놀랐잖아. 그자를 반대하는 사람들 편에서는 그자가 그렇게 오래 살도록 주님께서 지금까지 놔두셨다는 점에 대해 놀랐지. 반면에 그자와 같은 당 소속 사람들은 그자처럼 그렇게 전능한 인물도 다른 모든 인간과 마찬가지로 죽을 수 있다는 사실에 대해 놀란 거야. 그다음에 즐거운 사건이라는 항목이 있지. 그런 자가 죽은 게 즐거운 사건이 아니면 사람들이 이 세상에서 무슨 일로 즐거워하겠나? 그건 사람들과 몇 마디 얘기만 해봐도 금방 알 수 있다고. 그러니 네 번째 숫자는 즐거운 사건을 뜻하는 59라네."

삐뽀네는 화가 나서 입에 게거품을 뿜었다.

"이보시오. 나는 마음만 먹으면 할멈을 체포할 수도 있소! 이건 전부 치욕스러운 명예 훼손이오. 더러운 정치 선동이란 말이오!"

"이건 죽은 그자를 생각하면서 내가 정한, 당첨 복권 숫자일 뿐이야. 그 숫자를 갖고 게임을 하고 싶은 사람은 하는 거고 하기 싫은 사람은 안 하면 그만이야."

노파가 조용히 잘라 말했다.

"할멈, 당장 이 벽보를 떼시오. 그리고 다시는 밖에 붙이지 마시오!"

삐뽀네가 외쳤다.

노파가 어깨를 으쓱했다.

"내 나이 83살이네. 지금까지 살면서 누가 나한테 이런 식으로 권력을 써서 짓누르는 건 처음이야. 벽보는 자네들이 가져가게. 사람들이 복권 숫자를 물어보면 내가 목소리로 숫자를 알려줄 테니까."

삐뽀네는 벽보를 외투 속에 안 보이게 집어넣고 밖으로 나가려고 했다. 그러다가 문득 뒤로 돌아서며 말했다.

"할멈, 어떤 사기꾼이 지금 할멈을 이용해 우리 당을 모욕하려고 이런 게임을 하고 있는 모양인데 이건 좋지 않은 일이오."

“난 누가 시켜서 이 짓을 하는 게 아니야. 나는 복권 게임을 하고 있을 뿐이라고. 죽은 그자를 생각하면서 정한 당첨 복권 숫자가 이거고, 난 이 숫자의 의미를 묻는 사람들한테 가르쳐 줄 뿐이야.”

빼뽀네는 눈을 부라렸다.

“할멈, 누군가가 할멈한테 이런 걸 제안한 거죠? 누군가는 본당 신부일 테고 할멈은 신부가 시키는 대로 협력한 거잖아요. 교회에 충실한 당신은 본당 신부가 하는 말이 성경이나 다름없을 테니까. 죽은 그분과 연관해 당첨될 복권의 숫자를 뽑아내고 싶다면 그 숫자를 다른 식으로 뽑아내 보시오. 알았소?”

“죽은 그자 때문에 정한 숫자는 이것뿐이야!”

노파는 고집스럽게 말했다.

“난 이 숫자들 말고는 다른 걸 뽑아낼 수가 없어. 강도, 피, 놀라움, 즐거운 사건. 23, 18, 62, 59. 내 직업은 내가 잘 알아.”

*

감시대원들이 빼뽀네에게 데졸리나의 가게 앞에 군중들이 모여 있다고 보고했다. 이웃 마을의 사람들까지 몰려와 데졸리나 할멈한테서 당첨될 복권의 숫자와 거기에 따른 ‘설명’을 들으려고 한다는 것이었다.

"그 빌어먹을 놈들은 숫자엔 관심이 없어. 설명에만 관심이 있단 말이오!"

스미르초가 소리쳤다.

"계속 두고만 볼 수는 없는 일이야!"

뻬뽀네는 성난 사자처럼 분통을 터뜨리며 소리쳤다.

"이건 참을 수 없는 도발이다! 뭔가 대책을 강구하라!"

비상시에만 한마디씩 하는 브루스코가 불쑥 자기 목소리를 냈다.

"대장, 생각 같아서는 일단 복권을 산 뒤 숫자를 맞혀 봤으면 합니다만."

뻬뽀네가 벌떡 일어나 그의 멱살을 잡고 소리쳤다.

"브루스코, 지금 한 말이 농담이길 바란다."

브루스코가 양팔을 벌렸다.

"대장, 솔직하게 말해 봐요. 내일 정오까진 시간이 있어요. 저는 내일 아침 도시로 가서 아무도 모르게 복권을 사서 숫자를 맞혀 볼 겁니다."

"브루스코, 너 정말 나를 몸서리치게 하는구나."

뻬뽀네가 잔뜩 열이 올라 외쳤다.

"대장, 정치는 정치고 복권은 복권입니다. 저는 데졸리나 할멈이 말한 복권 게임을 게임으로만 이해할 뿐 다른 뜻은 없어요. 실제로 그녀는 복권 숫자를 종종 잘 맞히기도 하니까요. 그러니 이번에도 그 숫자들이 당첨될 확률이 매우 높단 말입니다.”

브루스코가 대꾸했다.

“당첨은 무슨? 그 뒤에는 아주 더러운 선전술이 깔려 있는데!”

삐뽀네가 소리쳤다.

이미 저녁 무렵이었고 당원들도 맥이 빠져 더 이상 할 말이 없던 터라 회의를 끝내고 해산했다.

브루스코의 그 구역질 나는 얘기 때문에 극도로 화가 난 삐뽀네는 침대에 눕긴 했지만 좀처럼 잠을 이룰 수 없었다. 그래서 마치 살아 있는 고양이 한 마리를 삼킨 것처럼 이리저리 계속 몸을 뒤척였다.

시간을 알리는 성당의 종소리가 들려왔다. 그는 시간마다 치는 종소리를 들었다. 5시 30분을 알리는 종소리가 울리자 누군가 길에서 돌을 던져 삐뽀네가 자는 방의 덧창을 맞추었다.

삐뽀네는 자리에서 일어나 창문 밖으로 고개를 내밀었다. 브루스코였다.

“대장, 뭐 시키실 일 없수? 난 지금 로또복권 사러 가는데.”

그러자 삐뽀네가 그에게 작은 보따리 하나를 던지며 사납게 외쳤다.

“3개수, 4개수를 로또 기계 전부에다 몽땅 걸어!”

그렇게 말한 다음 삐뽀네는 조그마한 겉창을 쾅 소리가 나게 닫아버리고는 침대로 돌아갔다. 그제야 그는 잠을 이룰 수 가 있었다.

*

삐뽀네는 아주 늦게 일어났다. 그리고 집 밖으로 나가지 않았다. 오후 6시 30분이 되자 스미르초가 허겁지겁 달려왔다.

"대장, 라디오 들었어요?"

"아니."

"깜짝 놀랄 만한 뉴스가 있어요. 얼른 본부로 가보세요."

삐뽀네가 집에서 나와 본부에 도착한 다음 자기 사무실 안으로 들어가자 브루스코가 잔뜩 흥분한 얼굴로 소리쳤다.

"밀라노의 복권 추첨 기계에서 3개수가 당첨되었어요!"

삐뽀네는 땀을 닦았다.

"내 몫은 대략 35만 리라네! 그럼 자네들은?"

삐뽀네가 말했다.

"이하 동문입니다. 우리도 대장이 건 숫자하고 똑같은 숫자에 걸었거든요."

"좋아…, 만약에 4개수도 당첨되었다면 어땠을까? 그래 어떤 숫자가 안 나왔지?"

삐뽀네가 숨을 헐떡이며 말했다.

"62예요. 놀라움에 해당되는 숫자 있잖습니까!"

비지오가 말했다.

"그럴 거라고 추측할 만도 했습니다!"

브루스코가 지적했다.

"강도, 피, 즐거운 사건은 모두 어떤 면에서 그럴듯해요. 하지만 놀라움은 아무 상관도 없는 거였어요. 나이 든 노인 하나가 죽은 게 뭐 그리 놀라운 일이겠어요?"

빼뽀네는 룬고에게 문과 창문을 걸어 잠그고 먹고 마실 것을 가져오라고 지시했다.

그들은 거기 빼뽀네의 사무실에서 먹고 마셨다. 밤 1시까지 그들은 계속해서 먹고 마셨다.

밤 1시가 되자 스미르초가 잔을 가득 채우더니 벌떡 일어나 엄숙한 소리로 외쳤다.

"위대한 지도자 스탈린 동지를 위해 건배합시다! 그분이 안 죽었더라면 이런 행운도 없었을 거라는 걸 기억합시다!"

빼뽀네는 눈을 깜빡거리면서 고개를 갸웃했다. 그토록 존경하던 위대한 지도자 동지가 죽은 것이 진짜 행운인지 로또복권에 당첨된 것이 행운인지…, 그는 지금 이 순간만큼 정신이 단단히 흐려지고 있었다.

기념비 소동

IL bullo

어느 마을에나 불량배가 한 명쯤은 있게 마련이다. 오래전 메리카노*는 폰타나치오의 주먹이었다. 그 별명은 30년이라는 세월 동안 캐나다의 산림에서 벌목 일을 해오다가 얻은 것이었다.

메리카노는 30년 동안 캐나다에서 그렇게 살다가 부친이 물려준 유산을 물려받기 위해 폰타나치오로 돌아왔다. 그의 호주머니에는 귀국하는 데 필요한 약간의 돈이 들어 있었을 뿐이다. 유산은 2만 평 정도의 황무지와 다 쓰러져 가는 허름한 집

---

* 메리카노: 미국인이나 캐나다 사람을 의미하는 '아메리카노'를 줄인 말.

한 채가 전부였다.

메리카노는 귀국하자마자 폰타나치오를 다시 주먹으로 지배하기 시작했다. 그의 성격이 흉포해 그랬던 것이 아니라 마을 사람 중에서 가장 덩치가 크고 힘이 셌기 때문이다. 메리카노는 이미 마흔다섯 살의 나이였지만 힘이 탱크같았다. 만일 그에게 황소 대신 논을 갈게 했다면 그는 훌륭히 해치웠을 것이다.

이런 상황이었기 때문에 메리카노 주변에는 주먹들이 하나 둘씩 모여들었고 이윽고 폰타나치오에는 메리카노의 패거리들이 생겨났다. 그들은 메리카노의 장사 같은 힘에 매료되어 그 세계에서 가장 강한 주먹 조직을 만들었다. 그런데 이 패거리들은 하루도 조용할 날 없이 크고 작은 일에 개입해 자잘한 사고를 치고 다녔다. 메리카노는 중대한 위기의 순간에만 모습을 드러냈는데, 그럴 때면 마치 지진이 일어나는 것만 같았다.

이 패거리는 다른 마을의 광장을 제집처럼 활보하고 다녔지만 돈 까밀로의 마을만은 예외였다. 왜냐하면 이 마을엔 언제나 험악한 공기가 돌고 있었기 때문에 소동을 부릴 엄두조차 내지 못했다.

그러던 어느 날, 패거리 중 하나가 몰리네토의 아가씨한테 반해 사흘 저녁을 자전거를 타고 그 부근을 배회했다. 닷새째 되던 날 저녁, 아가씨를 보자마자 그만 그녀를 불러 손을 붙잡았다. 바로 이때 담장 뒤에서 3명의 청년이 달려와 그 똘마니를 흠씬 두들겨 패고는 폰나치오로 쫓아버렸다.

이쯤 되면 사건은 더 이상 개인적인 문제가 아니었다. 즉, 몰리네토의 마을이 폰타나치오 마을을 모욕한 셈이 되었던 것이다.

메리카노 일당은 전투태세로 들어갔다.

어느 토요일 오후 늦게 메리카노가 수십 명이 넘는 부하들을 직접 이끌고 몰리네토에 나타났다. 그들은 자전거를 타고 뿔뿔이 흩어져서 마을에 들어왔으나, 이윽고 무리를 지어 선술집으로 들어가 자리를 잡았다.

눈초리가 독수리처럼 매서운 스미르초는 이것이 무슨 징조인가를 금세 눈치챘다. 그는 뻬뽀네에게 달려가 보고했다.

"내 오토바이를 타고 가서 모두 모이라고 하게!"

뻬뽀네가 스미르초에게 명령했다.

"그놈들이 눈치채지 않게 인민의 집으로 집합시켜!"

이어 그는 비지오와 브루스코를 대동하고 '치로 카페'로 들어가 현관 아래 테이블에 앉았다. 바로 그 순간 커다란 함성이 들려왔다. 메리카노가 광장에 도착한 것이다.

어디선가 바람처럼 그의 부하들이 메리카노 주변으로 모여들었다. 메리카노의 부하들은 카페로 들어가 자리를 잡았다. 그런데 그곳은 공교롭게도 뻬뽀네 일당이 자리한 바로 옆 좌석이었다.

"왔구먼."

뻬뽀네가 작은 소리로 중얼거렸다. 메리카노의 표정은 여전히 굳어 있었다.

"오랜만이군, 그래. 요즘 어떻게 지내는가? 자네도 용케 여기를 찾아왔네그려. 어때 재미는 좋은가? 술이나 한 잔 들게, 내 잔을 받게, 안 그러면 우리의 우정을 깨는 셈이니까."

그들은 이렇게 왁자지껄 큰 소리를 지르면서 소란을 떠는 것이었는데, 바야흐로 이것은 탐색전이었다. 메리카노는 연거푸 열 잔쯤의 포도주를 사양하지 않고 들이켰다. 그러는 사이, 구경거리를 놓치지 않으려는 패거리들이 뻬뽀네와 메리카노의 주변으로 속속 몰려들었다.

그중 한 사람이 갑자기 소리쳤다.

"이봐, 메리카노, 이 마을에 대해 어떻게 생각하나?"

마침내 때가 왔다고 판단한 뻬뽀네는 두 주먹을 불끈 쥐고 공격 자세를 취했다. 그러나 아직도 막은 열린 것은 아니었다.

"그러니까 말이야."

메리카노가 대답했다.

"나쁘지 않아. 그렇지만 내 마음에 들지 않는 게 딱 하나 있어, 저 기념비 말이야."

메리카노는 인상을 날카롭게 짓더니 쏘아붙이듯 내뱉었다.

"저 기념비는 잘못 세워졌단 말이야. 알겠어, 엉!"

이 마을의 광장 저 끝, 성당 맞은편 구석에는 문제의 기념비가 하나 서 있었다. 대리석으로 만든 오래된 헤라클레스 상으로, 큰 석대(石臺) 위에 곤봉을 들고 서 있었다. 그 석대는 정육면체의 돌덩이로 30센티쯤 되는 대리석 단 위에 놓여 있었다.

마을 사람들치고 그 헤라클레스 상이 불쾌감을 준다고 여기는 사람은 아무도 없었다. 그런데 메리카노는 그 조각상이 마음에 들지 않았던 것이다. 그는 예술적 관점에서 볼 때, 낫 놓고 기역도 모르는 무식쟁이 수준이이었기 때문에 이야기는 우스꽝스러워지기 시작했다.

"잘못 세워졌다고?"

누군가 이렇게 물었다.

"그래, 균형이 잡히지 않았다고."

메리카노는 포도주 한 잔을 단숨에 들이켰다.

"나는 미국에서 기념비를 많이 보았지만 모두 균형이 잡혀 있었단 말이야."

말을 마친 메리카노가 갑자기 자리에 벌떡 일어났다. 패거리들이 길을 비키자 그는 뻬뽀네가 앉아 있는 테이블 앞을 유유히 지나 밖으로 나가더니, 기념비 쪽으로 걸어갔다.

뻬뽀네도 일어나 부하들과 함께 밖으로 나갔다. 폰타나치오의 패거리들은 이미 기념비 주위를 빙 둘러싸고 있었다. 그러나 뻬뽀네가 다가오자 길을 비켜 맨 앞으로 들여보내 주었다.

메리카노는 한쪽 발을 대리석 단 위에 걸치며 버티고 섰다. 무엇인가 생각에 잠긴 듯했으나 사실은 뻬뽀네의 도착을 기다리고 있었던 것이다. 그는 뻬뽀네가 앞으로 나오자 입을 열었다.

"이 받침돌이 똑바로 놓이질 않아 균형을 잃었 않았단 말이야!"

말이 끝나기도 전에 메리카노는 두 팔을 뻗쳐 받침돌을 껴안고 온 근육에 힘을 주면서 받침돌을 확 잡아당겼다. 그러자 우두둑하는 뼈마디 소리가 나면서 받침돌이 45도가량 돌아갔다! 지금까지 북쪽을 바라보고 있던 헤라클레스가 이제는 북동쪽을 바라보게 되었다.

사람들은 너무 놀라 쩍 벌어진 입을 다물지 못했다.

"이제야 제 자리로 돌아왔군!"

메리카노가 양손을 툭툭 털면서 말했다.

"혹시 이렇게 해 놓는 것이 마음에 들지 않는 사람이 있다면 읍장을 불러와라! 그러면 힘이 장사인 그가 다시 제자리로 돌려놓을 테니까."

폰타나치오의 패거리들이 미친 듯이 환성을 질러대자 뻬뽀네의 얼굴은 핼쑥하게 질려버렸다.

메리카노가 한 일은 너무나 엄청난 것이어서 사람이 한 짓이라고 보기 어려울 정도였다. 뻬뽀네는 박달나무 줄기 같은 양팔을 가졌고, 등뼈는 철근 콘크리트처럼 단단했지만 이런 끔찍한 것을 해치울 만한 자신은 없었다.

더욱이 섣불리 시도했다가 실패라도 한다면 그야말로 무슨 망신이란 말인가. 어디에서 소문을 들었는지 구경꾼들이 하나 둘씩 모여들기 시작했다. 메리카노의 부하들이 겹겹이 에워싸고 있는 그 뒤엔 스미르초를 비롯한 뻬뽀네의 부하들이 서 있었다.

빼뽀네가 메리카노 앞으로 다가섰다.

"원상 복구시켜라!"

그는 거친 목소리로 메리카노에게 말했다.

"난 이게 더 좋소. 그러니 마음에 안 들면 처음처럼 다시 돌려놓지 그러시오. 혼자 못하겠으면 부하들과 함께하시란 말이요."

빼뽀네가 주먹을 불끈 쥐고 소리쳤다.

"나한테 싸움을 걸 생각이로구나? 나중에 크게 후회하게 될 기다."

"천만에, 읍장 나리야말로 후회하게 될걸."

메리카노가 웃음을 터뜨렸다. 상황이 이쯤 되면 싸움은 이미 시작된 거나 다름없었다. 빼뽀네와 메리카노의 부하들은 벌써 신경이 곤두서서 명령이 떨어지기만을 기다리고 있었다.

이쪽이나 저쪽이나 손에는 아무것도 들고 있지 않았지만, 저마다 쇠갈고리나 스패너 따위를 윗도리 주머니나 벨트에 숨겨 놓고 있었다. 일촉즉발의 순간이었다.

바로 이때 대포 같은 돈 까밀로의 목소리가 정적을 깨뜨리고 울려 퍼졌다.

"여보게들, 잠깐만 기다리게!"

돈 까밀로가 힘차게 소리치며 앞으로 나와 두 패거리 사이로 끼어들었다.

"내가 잘못 생각한 게 아니라면 자네들은 지금 상대편을 지독하게 오해하고 있네!"

"오해 따위는 조금도 없소!"

빼뽀네가 고함쳤다.

"받침돌을 건드린 놈이, 그걸 다시 원래 상태로 돌려놓으면 그만이오!"

"맞는 말이야."

돈 까밀로가 미소를 짓고 메리카노를 돌아보았다.

"내가 잘못 본 게 아니라면 받침돌을 옮겨 놓은건 자네야. 그러니 자네가 되돌려 놓으시게."

메리카노는 어깨를 으쓱했다.

"나는 이게 더 좋은데요? 읍장님 마음에 들지 않는다면, 읍장님 본인이 직접 돌려놓으면 될 게 아니오?"

빼뽀네가 두 주먹을 쥐고 덤벼들었지만 돈 까밀로가 그를 막았다.

돈 까밀로는 메리카노를 바라보며 계속 말했다.

"여보게, 억지가 좀 심하네. 빼뽀네 읍장은 이 마을에서 가장 높은 사람 아닌가. 그의 업무는 기념비 따위를 제자리에 맞춰 돌려놓는 게 아니네. 그분에게는 잘못된 일을 바로잡아야 할 것들이 태산처럼 많다는 걸 모르는가? 기념비를 바로잡는 일 따위는 성당 신부가 제격이네."

말을 마친 돈 까밀로는 소매를 걷어붙이고 거대한 정육면체 받침돌 앞으로 천천히 걸어갔다. 가까이 가서 보니, 생각한 것보다 훨씬 더 크고 육중해 보였다. 자기 힘으로는 벅차 보였다. 메리카노 같은 괴물만이 그런 일을 해낼 수 있을 터였다.

그러나 돈 까밀로는 벌써 그 앞에까지 다다르고 말았다. 그는 받침돌을 껴안고 차가운 돌에 왼쪽 뺨을 밀착시켰다. 둥그렇게 원을 이룬 사람들의 머리 위로 저 멀리 활짝 열어젖힌 성당문이 보였다. 그 뒤로 십자가상의 예수님과 그 발치 아래 제대 위의 촛불도 어렴풋이 보였다.

"예수님!"

돈 까밀로가 온 힘을 다해 외쳤다.

"저에게 힘을 주십시오"

"돈 까밀로야, 평상심을 유지하면 되느니라."

예수님이 속삭이는 목소리가 귓가에 들려왔다. 돈 까밀로는 눈을 딱 감고 온몸에 힘을 주기 시작했다.

와 하는 환성이 들려오자 돈 까밀로는 받침돌에서 손을 내려놓고 대체 어떻게 된 일인지를 살폈다. 사람들이 자기를 향해 미친 듯이 박수갈채를 보내고 있었다. 그렇다. 받침돌이 어느새 제자리에 돌아와 있었던 것이다.

돈 까밀로는 방금 일어난 일에 대한 분석은 나중으로 미루기로 하였다. 시급한 일이 아직 남아 있었기 때문이다.

"이제 모든 게 원래대로 되었네."

다시 두 패거리 사이에 선 돈 까밀로가 말했다.

"교회가 조정한 결과 이 사건은 장난으로 끝나고 말았소. 아무 일 없던 셈 치고 다들 집으로 돌아가시오."

그때 경찰들을 실은 트럭이 광장에 도착했다. 이를 본 메리카노와 그 패거리는 슬쩍 몸을 피해 사라져버렸다.

"무슨 일이 일어났습니까?"

경찰서장이 사람들을 헤치고 앞으로 나오며 근심스럽게 물었다.

"별일 아닙니다."

돈 까밀로가 미소를 지으며 말했다.

"예술적인 취향이 달라 사소한 말다툼이 있었을 뿐이오."

빼뽀네는 그날 밤 침대에 누웠지만 속이 뒤틀려 잠을 이룰 수가 없었다. 헤라클레스 받침돌에 관한 일 때문이 아니었다. 그 사건은 상당히 마음 상하는 일이기는 했지만 그런대로 참을 만했다.

그렇다. 메리카노는 사람이 아니라 마치 코끼리 같은 동물이었다. 그러니 논리적으로 따져보면 코끼리가 자기보다 힘이 세다고 해서 인간인 자기가 치욕을 느낄 필요는 없었다! 그러나 아무래도 견딜 수 없는 일은 바로 돈 까밀로였다.

그는 코끼리가 아니라 빼뽀네와 똑같은 사람이 아닌가. 그런데도 돈 까밀로는 받침돌을 훌륭하게 돌려놓은 것이다.

빼뽀네는 새벽 1시까지 침대에서 뒤척거렸다. 이제는 속이 뒤틀리는 정도가 아니라 거의 뒤집어질 것만 같았다. 한 인간으로서 그리고 당의 대표로서 돈 까밀로에게 모욕을 당했다고 생각하니 견딜 수가 없었다. '교회가 조정을 한 결과' 라고 말한 돈 까밀로의 음성이 떠올랐다.

그는 새벽 2시가 되자 침대에서 뛰어 내려와 옷을 입고 부엌으로 내려갔다. 거기서 포도주 한 병을 단숨에 들이켰다. 그러고는 밖으로 나와 모두가 잠든 적막하고 고요한 시골 길을 혼자서 걷기 시작했다. 안개가 자욱이 끼어 있었다. 3미터 앞도 잘 보이지 않는 짙은 안개였다.

그는 울적한 심정으로 정처 없이 걸었다. 정신을 차리고 보니 어느새, 기념비 앞에까지 와 있었다.

'흥, 돈 까밀로도 해냈는데 내가 못 할 까닭이 없지?'

포도주 기운은 이미 온몸에 퍼져 있었고 뻬뽀네의 몸에선 열이 오르기 시작했다.

"예수님!"

뻬뽀네는 받침돌을 끌어안으며 말했다.

"당신은 공평한 분이시니 신부에게만 힘을 주시지는 않겠죠? 그러니 제게도 돈 까밀로와 같은 힘을 주십시오!"

그는 뼈마디가 부서져 나가는 듯한 아픔을 느꼈다. 받침돌이 45도 회전하여 헤라클레스는 다시 북동쪽을 향하게 되었다.

뻬뽀네는 크게 한숨을 내쉬었다. 얼마나 세게 내쉬었던지 돛이 3개 달린 화물선 돛단배를 1마일이나 밀려가게 할 수 있을 정도였다.

"예수님, 고맙습니다."

빼뽀네가 중얼거렸다.

"당신이 정치와 무관한 공평한 신사라는 걸 저는 이번에야말로 확신하게 되었습니다."

그는 겨우겨우 집으로 돌아왔는데 몸이 말이 아니었다. 온몸이 쑤시고 아팠다. 마치 거대한 코끼리떼가 자기의 몸을 밟고 지나간 것 같았다. 빼뽀네는 또 포도주 한 병을 단숨에 들이키고 침대에 쓰러지듯이 누웠다. 그리고 깊은 잠에 빠져들었다.

*

다음 날 아침 10시쯤, 안개가 걷히자 누군가 기념비를 또 돌려놓았다는 걸 알게 된 사람들이 왁자지껄 떠들어대기 시작했다. 사태는 분명했다. 사람들은 지난밤 폰타나치오 패거리가 다시 와서 받침돌을 돌려놓고 또다시 싸움을 걸어온 것이라고 생각했다.

스미르초는 빼뽀네의 집으로 달려갔다. 빼뽀네는 아직 침대에 누워 있었다. 그를 깨우다가 이마를 짚어 보니 마치 불덩이 같았다. 무서운 열이었다. 그래서 스미르초는 깨우기를 그만두었다.

인민의 집으로 돌아온 그는 어떤 결정도 할 수 없었지만 그렇다고 가만히 있을 수도 없었다. 그러기엔 사태가 너무 엄중했다.

이 일은 곧 마을 전체의 일이었다. 사람들은 어떻게 해서든 폰타나치오의 패거리들에게 본때를 보여줘야 한다는데 합의를 보았다.

'우리는 곧 폰타나치오로 쳐들어간다. 그래서 메리카노부터 시작해서 마지막 피라미들까지 모두 박살 낸다. 필요하다면 그 조직에 가입하지 않은 자들까지도 손봐 준다. 무슨 수를 써서라도 반드시 빚을 갚자. 기념비에 손 댄 놈을 그냥 두면 안 된다. 결자해지다. 그걸 돌려놓은 놈이 반드시 원상 복구하도록 해야 한다.'

그날 밤, 마을 사람들이 내린 결론은 대략 이런 것이었다. 돈 까밀로의 정보통인 바르키니가 사제관을 찾아가 위의 이야기를 하나도 빼지 않고 보고했다.

그러나 돈 까밀로는 바르키니가 하는 말을 도무지 이해할 수가 없었다. 그는 아직 자리에 누운 채였기 때문이다. 몸을 조금만 움직여도 뼈마디가 쑤셨다. 손가락 하나만 움직여도 아파서 신음이 나올 지경이었다.

돈 까밀로는 기념비 받침돌을 돌려놓은 그날 사제관으로 돌아가자마자 바로 침대 위로 쓰러지고 말았다. 무서운 열 때문에 마치 침대 위에 못 박힌 것처럼 꼼짝도 할 수가 없었다. 이튿날 저녁때까지 죽은 사람처럼 자리에 누워 있었다.

바르키니는 전후 사정을 되풀이해서 보고했다. 일이 중대하므로 돈 까밀로는 신음을 내면서 일어났다. 그리고는 목욕통에 물을 뜨겁게 데운 후, 그 안으로 들어갔다.

이런 목욕은 인체의 혈액 순환을 원활하게 촉진시켜 주는 것으로, 돈 까밀로는 몹시 피로하거나 몸이 상했을 때, 이 목욕법을 이용하곤 했다. 그는 코냑 반병을 마신 후 체온을 외부 공기의 온도와 맞추었다. 덕분에 돈 까밀로는 겨우 컨디션을 되찾을 수 있었다. 그러나 이제는 때가 너무 늦어버렸다. 바싸 마을 사람들이 폰타나치오를 공격할 준비를 막 끝내고 최후의 통첩까지 내린 상태였기 때문이다.

〈마지막 경고〉

당신네 마을 천하장사가 헤라클레스 조각상을 똑바로 돌려놓지 않는다면 내일 밤, 우리는 폰타나치오로 쳐들어가 쑥대밭을 만들어버릴 것이다.

늦은 밤, 돈 까밀로는 파조티의 이륜마차를 빌려 타고 폰타나치오로 향했다. 그는 폰타나치오에 도착하자마자 곧장 메리카노의 집으로 갔다. 노파 한 사람이 깜짝 놀란 표정으로 문을 열어주었다. 메리카노는 자리에 누워 있다가 돈 까밀로를 보자 눈을 동그랗게 떴다.

"이 불한당아!"

돈 까밀로가 소리쳤다.

"자네 때문에 두 마을 사람들이 서로 못 잡아먹어 으르렁대고 있다. 무엇 때문에 기념비를 돌려놓았느냐?"

"나, 나는 하지 않았소, 맹세하오!"

메리카노가 고개를 세차게 저었다.

"집으로 돌아오자마자 나는 자리에 쓰러져버렸소. 도저히 서 있을 수가 없었단 말이오. 아직도 온몸이 욱신거려요. 내 말을 믿지 못하겠으면 저 할멈에게 물어보시구려!"

노파가 성호를 그었다.

"축복의 십자가에 대고 맹세합니다. 메리카노는 그날 집으로 돌아오자마자 자리에 누운 다음부터 더 이상 꼼짝도 하지 않았답니다, 신부님."

"그렇다면 부하들의 짓일 테지!"

돈 까밀로가 소리쳤다.

"나는 아무것도 몰라요. 진정으로 모른다고요!"

메리카노가 신음하듯 말했다.

돈 까밀로가 노파를 쳐다보았다.

"할멈, 불을 지펴 물을 끓이세요! 목욕통에 뜨거운 물을 가득 담고 준비되면 저를 부르세요."

목욕물이 준비되자 메리카노는 돈 까밀로가 했던 것처럼 통에 몸을 담그고 온몸의 뼈를 푹 삶았다. 그러고는 옷을 입고 돈 까밀로와 함께 마차에 올라탔다.

"어디로 가는 거요? 나는 아무 짓도 안 했단 말이오."

메리카노의 발음엔 여전히 신음이 섞여 있었다.

새벽 2시경 마을에 도착하니 안개가 어젯밤보다 더 짙게 깔려 있었다. 기념비의 받침돌 앞에 도착하자 돈 까밀로는 메리카노에게 명령했다.

"힘을 내라! 내가 도와줄 테니까!"

두 거한이 있는 힘을 다했으나 받침돌은 1센티미터도 움직이지 않았다.

그러자 돈 까밀로가 말했다.

"여기 꼼짝 말고 있게."

*

다행히 뻬뽀네는 하느님의 도우심으로 열이 내렸다. 돈 까밀로는 그를 보자마자 다짜고짜 옷을 입고 따라오라고 소리쳤다.

"지금 저 기념비를 원래 위치로 돌려놓지 않으면 주님의 노여움을 사게 될 것 같네. 메리카노는 뼈마디가 상해서 안 되고, 나 역시 몸살이 났네. 우리 두 사람이 힘을 합쳐도 아무런 소용이 없네. 그러니 자네가 가서 우리를 좀 도와주게."

뻬뽀네가 신음을 냈다.

"흥, 일어설 수도 없는 사람을 보고 어쩌란 말이오?"

"엄살떨지 말고 어서 외투를 걸치고 나오게."

삐뽀네는 아까부터 치밀어 오르는 화를 참고 있었다. 왜냐하면 두 사람 중 어느 한 사람으로부터는 자유로워야 했기 때문이었다.

"만일 신부님과 메리카노가 기념비를 돌려놓느라고 몸살이 났다면, 나라고 몸살이 나지 말라는 법은 없잖소?"

그들은 삐뽀네의 집 부엌으로 들어갔다. 돈 까밀로는 찬장문을 열어 술병을 하나 꺼냈다. 그러고는 술병의 마개를 따고 삐뽀네에게 내밀었다.

"마셔라, 이 악당아!"

삐뽀네는 술을 받아 마셨다. 그리고 외투를 어깨에 걸치고 돈 까밀로의 뒤를 따랐다.

메리카노는 기념비 받침돌 앞에 앉아 덜덜 떨고 있었다. 세 사람이 받침돌을 끌어안고 힘을 주워가며 받침돌을 잡아당기기 시작했다. 받침돌을 당길 때마다 세 거한은 젖먹던 힘까지 짜내느라 비명을 내질렀다. 다섯 번인지, 쉰 번인지 모르겠지만 아무튼 받침돌은 제자리로 돌아오고 말았다.

"사제관으로 가서 자게."

돈 까밀로가 메리카노에게 말했다.

"사람들에겐 자네가, 나와 읍장이 보는 앞에서 기념비를 돌려놓았다고 말하겠네. 그런데 힘을 너무 써서 내가 사제관으로 데려갔다고 할 테니까 그리 알게."

사제관에 이르자 메리카노는 곧 거실의 긴 소파에 쓰러져 꼼짝도 하지 않았다. 돈 까밀로는 그의 몸에 외투를 덮어 주고 빼뽀네한테 갔다. 빼뽀네는 현관 앞 의자에 걸터앉아 있었다.

"한쪽 팔을 치켜들 힘만 있다면 자네 머리통을 저 멀리 날려버릴 텐데!"

돈 까밀로가 외쳤다.

"이미 맞은 거나 마찬가지 아니오?"

빼뽀네는 소파 위로 쓰러지면서 힘없이 중얼거렸다.

돈 까밀로가 어디선가 헌 누더기를 가져다가 빼뽀네에게 덮어주었다. 그런 후에 간신히 자기 방까지 왔으나 그 또한 무너지듯 침대에 쓰러져버렸다.

"예수님!"

돈 까밀로가 속삭였다.

"우리 세 사람 중에 누가 가장 비참한 자인지, 그 사람의 머리에 당신의 성스러운 손을 얹어주십시오."

예수께서는 빼뽀네를 가장 불쌍한 사람으로 결정하시고 그의 머리에 손을 얹어주셨다. 그로 말미암아 빼뽀네는 다음날 아침, 잠에서 깨어나자 아주 근사한 생각을 하게 되었다. 빼뽀네는 그 근사한 생각을 실천했으나 쇠망치 하나를 옮기는 데에도 초인적인 노력을 해야 했다.

그는 한 개에 3킬로그램의 무게를 가진 꺾쇠 네 개를 만들었다. 그리고 그것으로 기념비 받침돌을 고정하고 강도 높은 시멘트로 굳혀버렸다. 이제 그 누구라도 그 받침돌을 단 1밀리미터도 움직일 수 없게 되었다.

그 후, 몰리네토의 아가씨는 폰타나치오의 젊은이와 결혼하게 되었다. 거기서 낳은 아기의 이름을 에르콜리노(작은 헤라클레스)라고 지었는데, 그 아기의 덕택으로 두 마을은 미움의 줄이 풀리고 사랑의 줄로 맺어지게 되었다.

결투

Il pilone

새로 부임해 온 교사는 소심한 사람이었다. 그는 2학년 A반 교실 문을 뻬뽀네와 읍의원 일행이 벌컥 열고 들어오자 깜짝 놀라서 얼굴빛이 핼쑥해졌다.

"수업을 계속하시오."

뻬뽀네가 말했다.

"우리가 옛날에 학교 다닐 때와 지금의 수업방식이 얼마나 달라졌는지 보고 싶어서 온 거니까."

젊은 교사는 잠시 중단했던 수업을 다시 시작했다. 수업내용은 초등학교에서 처음 배우는 지리학의 초보적인 수준이었다. 뻬뽀네는 자신이 옛날에 배웠던 내용과 별반 다른 게 없었으므로 매우 만족해했다.

"아주 좋소. 지금부터 아이들이 무엇을 배웠는지 물어보고 싶은데 허락해 주시겠소?"

스물다섯 명의 어린 학생들은 열중쉬어를 한 채 부동자세로 뻬뽀네를 쳐다보고 있었다.

뻬뽀네는 매우 사나운 표정으로 아이들을 훑어보기 시작했다. 그러고는 가운데 줄의 세 번째 책상에 시선을 멈추었다. 그는 왼쪽에 앉은 아이를 손가락으로 가리키며 말했다.

"저기 저 학생에게 물어보겠다. 3 곱하기 6은 얼마지?"

아이는 고개를 떨구고 어깨를 으쓱했다.

그러자 교사가 끼어들었다.

"얼른 일어나서 3 곱하기 6이 얼만지 읍장님께 말씀드려라…."

아이는 일어나서 여전히 고개를 숙인 채 대답했다.

"18이요."

"아주 잘했다!"

뻬뽀네가 천둥처럼 큰 소리로 말했다.

"그럼, 6 곱하기 7은?"

"32요."

아이가 대답했다.

뻬뽀네는 양팔을 벌렸다.

"잘하는 짓이다! 내 얼굴에 먹칠을 하는구나! 읍장의 아들이

6 곱하기 7도 모르다니? 하지만 틀림없이 네 짝꿍은 아주 잘 알 거야. 네가 말해 주겠니? 6 곱하기 7은 얼마지?"

그가 물었다.

빼뽀네의 아들 곁에 앉아 있던 그 아이는 일어서서 두 눈을 밑으로 깔고 입은 다문 채, 꼼짝도 하지 않았다.

"6 곱하기 7이 얼마인지 빨리 대답해라!"

선생님이 재촉했다.

아이는 고개를 절레절레 흔들었다.

"몰라?"

교사는 화가 나서 다시 물었다.

"알아요."

아이가 중얼거렸다.

"그런데 왜 읍장님께 대답하지 않는 거지?"

"읍장님이 우리 아빠를 때렸기 때문이에요."

줄곧 교실 바닥만 내려다보면서 아이가 말했다.

빼뽀네는 무슨 뜻인지 몰라서 더듬거리며 반문했다.

"그, 그게 무슨 말이냐?"

아이는 고개를 쳐들더니 다시 빼뽀네의 얼굴을 노려보았다.

"그래요. 읍장님이 우리 아빠를 때렸잖아요. 그래서 아빠 입에서 피가 났어요. 나도 함께 마차를 타고 있었단 말이에요."

아이가 소리쳤다.

아이는 시선을 아래로 내렸다가 다시 고개를 쳐들더니 빼뽀네를 노려보면서 으르렁거렸다.

"내가 커서 어른이 되면 읍장님을 가만두지 않을 거예요!"

뻬뽀네와 교사 그리고 읍 의원들은 마치 벼락에 맞은 것처럼 당황한 얼굴로 소년을 쳐다보았다. 교실 안에 오로지 그 아이만 있는 양 그들의 시선과 생각이 온통 그 꼬마에게만 쏠려 있었다.

바로 그때 함께 서 있던 뻬뽀네의 아들이 말했다.

"이 바보야!"

그러자 고개를 숙이고 있던 아이는 뻬뽀네의 아들을 어깨로 밀어버렸다. 그 바람에 떠밀려 비틀거리던 뻬뽀네의 아들이 간신히 책상을 붙잡았다.

그때 교사가 끼어들었다.

"스카르티니! 너는 밖으로 나가라!"

소년은 여전히 고개를 숙인 채 책상 밖으로 걸어 나오면서 뻬뽀네의 아들을 향해 으르렁거렸다.

"이따가 밖에서 어디 두고 보자."

뻬뽀네와 다른 사람들도 그 소리를 들었다.

"무슨 까닭인지 정말 모르겠습니다. 이런 일은 생전 처음 겪는 일이라서…."

교사는 어쩔 줄을 몰라 더듬거렸다.

뻬뽀네는 아들의 짝꿍이 스카르키니의 아들이라는 걸 알았다.

교사는 근심스런 얼굴로 연신 죄송하다면서 '두 아이를 떼어 놓겠습니다… 두 아이를 떼어 놓겠습니다….' 하는 말만 되풀이 했다.

그러나 뻬뽀네는 이미 마음속에서 이런 소리를 듣고 있었다.

'소용없는 일이오. 그 아이들은 이미 갈라져 버렸소.'

*

그날 뻬뽀네의 아들은 평소보다 늦게 귀가했다. 머리카락은 온통 헝클어지고 얼굴은 붉게 상기되어 있었다.

"학교에서 무슨 일이 있었니?"

뻬뽀네가 물었다.

"별거 아니에요. 친구들하고 놀다가 그랬어요, 아빠."

"너, 구구단 공부를 더 열심히 해야 한다. 여기저기 쏘다니지 말고 학교 끝나면 곧장 집으로 와라!"

"알았어요."

다음 날 아들은 학교가 끝나자마자 집으로 돌아왔다. 그렇게 2주일은 잘 지켜나갔다. 그러던 어느 토요일, 아들이 늦게까지 돌아오지 않자 걱정이 된 뻬뽀네는 자전거를 타고 학교로 달려갔다.

거리엔 사람들이 아무도 없었고 학교 부근에도 아이들은 보이지 않았다. 뽀 강을 향해 계속 달려가던 뻬뽀네는 강둑에서 돈 까밀로를 만났다. 그는 길가에 자전거를 세워두고 온몸을 흔들면서 고함을 치고 있었다. 더 정확히 말하면, 돈 까밀로가 싸우는 두 아이를 타이고 있었다. 그는 두 아이의 뒷덜미를 움켜잡고 설교를 계속 했다. 그런데도 두 녀석이 계속 으르렁거리자 두 아이의 머리를 '쾅' 부딪쳐버렸다.

돈 까밀로가 뻬뽀네의 아들을 넘겨주며 말했다.

"자네, 이 귀한 자식 녀석 좀 챙기게. 예의 바른 사람으로 키워야 하지 않겠나, 잘 좀 타일러 보라고. 글쎄 이 녀석들이 길 한복판에서 뒹굴고 있지 뭔가? 만일 내가 없었더라면 서로 죽을 때까지 싸웠을 걸세. 녀석들 꼬락서니 좀 보라고."

뻬뽀네가 바라보니 두 소년의 얼굴엔 손톱으로 할퀸 자국이 나 있었고, 옷은 흙투성이가 되어 엉망인 데다 책이며 공책 따위도 이리저리 흩어져 있었다. 그는 놀라 입을 딱 벌리고 말았다.

바로 그때 또 다른 덩치 큰 사내가 자전거를 타고 강둑길로 달려오고 있었다.

스카르티니였다.

돈 까밀로는 자기 손 안에 잡혀 있던 스카르티니의 아들 역시 그에게 넘겨주면서 자식 교육 좀 똑바로 하라고 충고했다.

벌써 아들을 자전거에 태운 뻬뽀네는 그 애를 강둑 아래로 내려 보내면서 엄숙한 목소리로 말했다.

"곧장 집으로 가거라. 어서!"

스카르티니 역시 아들에게 얼른 집으로 가라고 명령했다. 그리하여 아버지 두 사람은 그 자리에 남아 차가운 표정으로 서로를 노려보았다. 그들 사이에 서 있던 돈 까밀로는 마치 싸움의 시작을 알리는 신호를 보내는 심판 같아 보였다.

뻬뽀네가 먼저 말을 꺼냈다.

"어른 문제는 어른끼리 해결해야지, 왜 치사하게 애들까지 끌어들이는 건가? 네가 저지른 가장 못된 짓은 네 아들을 감언이설로 부추긴 거다. 내 아들과 네 아들이 서로 싸움박질을 한다면 그건 모두 네 탓이야. 그 일을 원래대로 돌려놓지 않으면 널 가만두지 않겠다!"

스카르티니가 주먹을 불끈 쥐면서 말을 받았다.

"나는, 너에게 진 빚은 꼭 갚고야 말겠다. 내 아들과 네 아들이 싸운다면, 그건 오로지 너 때문이 아니더냐? 나는 아들뿐만 아니라 어느 누구에게도 그 일을 말하지 않았다. 네가 사거리의 마차에서 나를 끌어내려 내 얼굴을 강타했을 때, 아들 녀석은 모든 걸 다 보고 있었다. 어린아이지만 알 건 죄다 아는 법이다. 그런 건 평생 잊지 못하는 거니까. 너야말로 세상에서 가장 비겁한 놈이다."

뻬뽀네는 자전거를 옆으로 밀치고 험악한 얼굴로 스카르티니에게 다가갔다. 그 역시 자전거를 버려두고 뻬뽀네를 향해 달려들었다. 그러나 돈 까밀로가 한 걸음 내디뎌 두 사람 사이에 끼어들었다.

"그만들 두게! 한심한 어른들 같으니. 자네들 모두 뒤를 돌아다 보라고."

그는 나지막이 말했다.

빼뽀네 뒤로 50걸음 정도 떨어진 뽀 강 도로변에는 빼뽀네의 아들이 숨을 죽이고 서 있었고, 스카르티니 뒤에는 스카르티니의 아들이 길 한복판에 멈춰 서 있었다.

빼뽀네와 스카르티니는 제각기 자신들의 아들을 향해 꽥 하고 고함을 질렀다. 두 아이는 각기 뒤로 돌아서서 집으로 가는 척하다가, 2분도 안 돼 좀 전의 그 자리로 되돌아왔다. 그러고는 각기 자기 자리에 가만히 서서 이쪽을 지켜보았다.

차라리 못 본 척하는 게 더 나을 지경이었다. 두 어른은 각자의 자전거를 일으켜 세우며 다시 이야기를 시작했다.

"난 결코 비겁한 짓거리는 하지 않는다."

빼뽀네가 말했다.

"나는 네놈이 내게 주었던 선물을 되돌려 주었을 따름이다. 예전에 네놈들이 활개를 치고 다녔던 시절에 네놈이 내 면상을 후려친 적이 있잖아?"

"네가 한 비겁한 짓은 바로 내 아들이 시퍼렇게 쳐다보는 앞에서 나를 두들겨 팼다는 거다."

스카르티니는 빼뽀네를 한차례 노려보더니 말을 이었다.

"네가 총을 들고 있었기 때문에 난 방어를 할 수도 없었다."

"네놈이 내 면상을 올려붙였을 때도 마찬가지였어!"

빼뽀네가 스카르티니의 얘기를 끊고 말했다.

"나는 네 아들놈 생각은 하지도 않았다. 그 애를 본 기억도 없고 말이야. 난 오로지 빚 갚을 생각뿐이었다."

그러자 이번엔 돈 까밀로가 끼어들었다.

"이제는 어른 싸움이 애들 싸움이 되어 버렸군그래. 자네들 두 사람 다 서로 얻어맞았다는 것이 두 순진한 어린애들 가슴에 증오심을 불어넣고 말았네."

*

시간은 또 흘렀고 모든 건 평화로워 보였다. 그러던 어느 날, 빼뽀네의 아들이 머리에 커다란 혹이 나 집으로 돌아왔다.

빼뽀네가 상처를 치료해주자 아이가 말했다.

"그놈들 패거리가 갑자기 우리를 공격해왔어요. 놈들은 호주머니 속에 돌을 잔뜩 넣어 갖고 있다가 그걸로 우리 머리를 때렸어요…. 하지만 이제 우리도 더 이상 당하지 않고, 복수할 거야."

빼뽀네는 모든 걸 팽개쳐 두고 급히 밖으로 달려나갔다. 그리고 자전거에 올라탄 다음 미친 듯이 페달을 밟았다.

'이번에는 확실하게 빚을 갚아 주겠다. 놈의 멱살을 잡아서 요절을 내고 말 테다!'

그러나 뽀 강둑에 도착하기도 전에 갑자기 아들 녀석의 말이 떠올랐다. 한쪽 귀로 듣고 흘려보냈던 이야기였다. 아까 그 순간에는, 스카르티니의 아들이 돌로 아들의 머리통을 때렸다는 사실만이 빼뽀네에게 중요했다.

'그놈들 패거리가 우리를…. 이젠 우리도 돌로 복수할 거야….'

사건은 이제 아이들만의 문제가 아니라 두 패 사이의 집단 싸움으로 확대된 셈이었다. 그러니까 그동안 시간이 흐르면서 서로 증오심이 증폭되었다.

빼뽀네는 집으로 되돌아갔다. 성당 앞을 지나갈 때 강둑에서 있었던 일이 떠올랐다. 자신과 스카르티니가 마주 보고 서 있었고, 그 뒤로는 두 아이가 각각 지켜보고 있었는데 그 사이에는 돈 까밀로가 서 있었다.

그는 사제관으로 들어갔다.

"일이 점점 복잡해지는 것 같소, 신부님. 이젠 두 편으로 갈려서…."

빼뽀네가 돈 까밀로에게 설명했다.

"두 편이 아니라 두 정당이 맞지 않을까?"

돈 까밀로가 정정했다.

"한쪽 당은 빼뽀네 2세가 당 대표이고, 다른 쪽 당은 반 빼뽀네 2세가 당 대표겠지. 그건 누구나 알고 있는 사실 아닌가. 그러나 나는 당파 싸움에 대해서는 잘 모르겠네. 빼뽀네, 자넨 적어도 이 마을에서는 한 당파의 우두머리 아닌가? 그러니 자네는, 자네 부하들이 주먹질이나 다른 어리석은 짓들을 하지 못하도록 주의하라고 해야 하네."

빼뽀네는 당장 폭발하듯 얼굴이 새빨개졌다.

돈 까밀로가 달랬다.

"그렇게 흥분하지 말게, 빼뽀네. 사실이 그렇지 않은가. 자네들은 사람들에게 미워하는 일을 가르치고, 사람들의 증오심을 부추기며 세력을 늘려가고 있네. 그런 자네들이 자신들이 뿌려놓은 지옥의 전염병에 자신의 자식들이 전염되지 않기를 바란다니 이 얼마나 웃기는 일인가? 자네는 기름진 대지에 증오라는 씨앗을 뿌렸네. 그 씨앗에서 이삭이 나고, 이삭에 달린 모든 낟알은 또 씨앗이 되어 대지에 떨어지고 거기서 또 다른 이삭이 나오겠지. 아시겠는가, 읍장 나리. 나는 그 애들에게 얘기해 주었네. 그리고 앞으로도 얘기할 걸세. 하지만 내 말은 허공으로 사라지는 뜬구름 같은 얘기에 불과할 뿐이네. 아이들은 우리가 좋은 뜻으로 해 주는 말보다는 자네들의 폭력 행위들을 더 신뢰하는 법이거든."

빼뽀네는 문 쪽으로 걸어갔다. 그의 뒤에 대고 돈 까밀로가 다시 힘을 주어 말했다.

"빼뽀네, 자네 이웃이 자네 밭에 썩은 풀을 던졌다고 자네도 썩은 풀을 던지면 안 되네. 그건 공멸에 이르는 지름길일 뿐이네. 마치 상대방의 불행이 자기의 행복인 양 착각하면서 벌이는 증오의 축제일 뿐이지."

그 작은 전쟁은 이 강둑에서 다른 강둑으로, 마른 나뭇가지 더미에서 갈대밭으로 자리를 옮기면서 계속되었는데 아무도 멈추게 할 수가 없었다. 그래서 겉으로 보기에는 아무 일도 없는 것처럼 보였다.

그러던 어느 날 끔찍하고 잔인한 비명이 마을에 울려 퍼졌다.

한 떼의 소년들이 미친 듯한 모습으로 갑자기 지하실에서 튀어나와 비명을 지르면서 길과 광장을 가로질러 갔다. 그러고는 순식간에 골목과 대문 속으로 자취를 감추었다.

그 소년들이 달려가면서 외쳐댄 '자갈밭에!' 라는 한마디 말만이 가을날 오후의 고요한 공기 속에 매달려 있는 듯했다.

자갈밭은 근처에 있는 큰 채석장으로 마을에서 5백미터 정도 떨어진 장소로, 아카시아 숲으로 둘러싸인 채 우묵하게 패어 있었다.

사람들은 아이들이 외친 그 말을 듣자마자 모두 자갈밭으로 달려갔다. 아이들의 비명에 담긴 공포감을 느꼈기 때문이다.

뻬뽀네가 달려가니 미리 현장에 와 있던 사람들이 길을 터 주었다. 뻬뽀네의 눈앞에는 얼굴에 온통 피투성이가 되어 마치 송장처럼 자갈 더미 위에 쓰러져 있는 아들의 모습이 보였다.

그가 아들을 양팔에 안고 집으로 향하자 온 동네 사람들이 뻬뽀네의 뒤를 따랐다. 의사는 아이가 돌멩이에 머리를 맞아

깨졌는데, 아주 아주 심각한 상태라고 했다. 그 말을 들은 빼뽀네는 집을 나왔다. 마치 사람을 죽이려는 살인마처럼 얼굴이 파랗게 질려 있었다.

그는 아이들을 불러 모았다. 그리고 이미 전해 들었던 얘기를 직접 들었다.

스카르티니 아들놈의 짓이었다.

빼뽀네는 이번만은 참지 않을 작정이었다. 그는 강둑에 이르기까지 발걸음을 멈추지 않고 계속해서 걸어갔다. 누구도 그를 막을 수는 없어 보였다. 그는 논길로 들어섰다. 돈 까밀로에게서 들었던 '썩은 풀' 얘기 따위는 그에겐 완전한 헛소리였다. 이제 스카르티니가 제 아들놈의 일로 값을 치를 때가 된 것이다. 먼저 일을 벌인 건 바로 그놈이었다. 그놈이 나쁜 씨앗을 뿌려 그 씨앗이 몇 배로 불어났던 것이다.

빼뽀네는 쉬지 않고 걸었다. 그는 옆도 바라보지 않고 걸음을 재촉했다. 다른 것은 아무것도 눈에 들어오지 않았다.

스카르티니의 집은 강둑으로 가는 짤막한 오르막길의 발치에 있었다. 강둑 너머 한쪽에는 철탑으로 세운 그 교각이 아주 높다랗게 솟아올라 저 멀리 강 건너편에 세워진 똑같은 모양의 다른 교각과 마주 보고 있었다.

강물은 그 지점에서 폭이 가장 넓었다. 스카르티니의 집이 갑자기 20미터 전방에 나타났다.

작은 다리를 건너 앞마당 탈곡장으로 들어갔지만 스카르티니는 보이지 않았다. 앞마당은 텅 비어 있었다. 그때 강둑 너머 사람들의 웅성거리는 소리가 들려왔다.

뻬뽀네는 강둑 위로 올라갔다. 강둑 너머에 사람들이 모여 있었다.

뻬뽀네는 그들 사이를 헤치며 스카르티니를 찾았다.

그때 한 노파가 그에게 다가왔다.

"크, 큰일 났어요, 읍장님!"

노파는 신음하듯 말했다.

"이렇게 무서운 일은 난생처음이에요."

"무슨 일이오?"

뻬뽀네는 얼빠진 듯한 얼굴로 물었다. 그는 그 와중에도 계속 스카르티니의 얼굴을 찾고 있었다.

"여덟 살밖에 안 된 스카르티니의 아들이 다른 아이의 머리를 돌로 때렸지 뭐예요. 아마 죽은 것 같아요. 그러고 나서 이 애가 자기가 저지른 일이 너무 무서우니까 그만 정신이 나가 버렸어요, 글쎄. 저기 있잖우!… 오 하느님."

뻬뽀네가 얼굴을 쳐들었다. 스카르티니의 아들이 철탑 교각의 가로대 하나에 매달려 있는 게 보였다.

소년은 벌써 교각의 반쯤을 올라가 있었다. 소년이 밑을 내려다보는데 얼마나 겁을 집어 먹고 있는지 부들부들 떨고 있는 모습이 눈에 들어왔다.

사람들은 모두 강둑 밑으로 물러났다. 교각 밑에는 스카르티니만 혼자 남아 위를 올려다보며 소리치고 있었다.

"마리오, 내려오너라. 너를 야단칠 사람은 아무도 없다. 마리오, 겁내지 마라. 너를 못살게 할 사람은 아무도 없어… 정 내려오기 싫거든 그냥 거기 있어라. 아빠가 데리러 가마…."

그러나 아버지가 한 발자국 내딛자 소년은 다시 위로 올라가기 시작했다. 그래서 아버지는 뒤로 다시 물러서며 말했다.

"마리오, 그냥 거기 있어라. 더 이상 올라가지 마라, 아빠가 사람들을 모두 쫓아 버리마…."

소년은 대답은 하지 않고 눈을 크게 뜬 채 주위를 둘러볼 뿐이었다. 마치 앞으로 일어날 무언가 끔찍한 일을 두려워하는 것 같아 보였다. 그러나 밑에서 보고 있던 사람들은 아이가 도대체 무엇 때문에 그러는지 알 수가 없었다.

저 위에서 마치 겁을 집어먹은 작은 새와 같은 이 꼬마가 철탑 교각을 꼭 붙잡고 있는 걸 바라보던 빼뽀네는 몹시 괴로웠다. 설령 자기 아들이 그 위에 있었더라도 이렇게까지 마음이 아프진 않았을 것 같았다.

한편, 소년은 갑자기 무엇인가를 발견한 듯, 작고 날카로운 외마디 비명을 지르더니 필사적으로 다시 위쪽으로 기어오르기 시작했다. 강둑 위로 경찰서장이 네 명의 순경을 대동하고 나타났던 것이다.

빼뽀네는 강둑으로 뛰어 올라가 그들을 돌려보내려 했지만 때는 이미 너무 늦어버렸다. 소년이 그들을 보고 너무 겁에 질려 정신을 잃고 말았다. 교각을 잡고 있던 소년은 힘이 다 떨어졌는지 더는 버티지 못했다.

*

끝없는 괴로움의 비명 하나가 허공에 울려 퍼졌다. 그리고 잔잔한 강물에 파문이 일었다.

시간이 흘러 뻬뽀네 아들의 상처는 치유되었다. 돌멩이 사건도 잊혀졌다. 그러나 스카르티니는 자기 눈앞에서 그렇게 죽어 간 아들을 결코 잊을 수가 없었다.

돈 까밀로는 어느 날, 강둑 위를 거닐다 강 쪽으로 내려가 문득 걸음을 멈추었다. 그리고 유유히 흐르는 저 거대한 뽀 강을 바라보며 나지막이 중얼거렸다.

'오, 산과 들의 소리를 모아서 흘러가는 강물아! 너는 여기서 지난 수천 년 세월의 고통들과 우리 시대의 고뇌를 보고 있겠지. 사람들에게 이런 말을 들려주어라.

사람들아, 그 짐승 같은 증오심과 이기심을 던져버려라. 이 증오심과 이기심은 너희도 모르는 사이에 연약한 육신들을 살육한다. 그러니 항상 깨어 있어라.' 이렇게 말해 주렴.

강물은 계속 바다로 흘러간다. 이 세상이 창조되면서부터 변함없이 흘렀던 똑같은 강물이 말이다. 사람들의 이야기도 바다로 흘러간다. 또 그 이야기는 바다에서 시작해 산과 들로 되돌아온다. 항상 똑같은 얘기가… .

사람들은 그에 관한 역사를 듣고 살아가지만 거기에서 지혜를 얻지 못한다. 지혜는 창조주가 우리 인간에게 주는 선물이고 지혜가 있는 곳에 세상은 발전하고 아름답게 꽃이 핀다는 것을…. 강물은 오늘도 변함없이 유유히 흐르고 있는데 어리석은 인간은 왜 아직도 그것을 깨닫지 못하고 있는 것일까.

십자가의 길

Via crucis

성 마르티노 축제일(11월 11일), 몇몇 사람이 바싸 마을로 이사를 왔다. 그 가운데 예로니모라는 사내가 있었다. 그런데 그는 이 마을로 이사를 오지 않았더라면 좋을 뻔한 사람이었다.

그에게는 아들이 하나 있었는데, 예로니모는 아이를 데리고 전학 절차를 받으러 학교에 와 담임선생에게 말했다.

"수요일마다 신부가 와서 교리공부를 시킨다고 들었습니다. 그게 사실이라면 신부가 수업하는 날에는 우리 애를 집으로 돌려보내 주십시오."

담임선생이 그렇게 할 수 없다고 답했다. 그러자 예로니모는 교리공부가 있는 수요일이 되면 아이를 학교에 보내지 않았다.

돈 까밀로는 참을 만큼 참아 보았으나 화를 더 이상 참을 수가 없었다. 그래서 어느 수요일 오후, 예로니모가 농사를 짓고 있는 오르메토로 찾아갔다. 돈 까밀로는 그 사람과 다투려고 간 것이 아니라 가볍게 얘기를 해 볼 생각이었다.

그러나 예로니모는 집 마당에 나타난 돈 까밀로를 보자마자 퉁명스럽게 쏘아붙였다.

“여기는 내 땅이오. 집을 잘못 알고 찾아오신 모양인데.”

“아니야, 잘못 찾아온 게 아닐세.”

돈 까밀로가 대답했다.

“자네 아들이 수요일마다 학교를 나올 수 없다고 해서 집에서라도 교리공부를 가르쳐볼까 하고 찾아왔다네….”

말이 채 끝나기도 전에 예로니모가 욕설을 퍼부었다. 그러나 돈 까밀로는 이런 정도의 대접에 꿈쩍할 사람이 아니었다.

“자네도 교리공부 좀 받아야 하겠는걸그래.”

돈 까밀로가 천연덕스럽게 말했다.

“원한다면 내가 가르쳐 주겠네.”

그때 옆에 서 있던 예로니모의 동생이 험악한 표정으로 돈 까밀로를 노려보았다.

“어서 꺼져버려. 우리 집에 한 번만 더 얼쩡거리면 그냥 안 보낼 테다! 이 까마귀 같은 신부야!”

예로니모가 외쳤다.

돈 까밀로는 한마디도 대꾸하지 않았다. 그는 천천히 걸어서 집 앞에 있는 다리를 건넜다. 길가로 나온 돈 까밀로는 몸을 돌려 예로니모 형제를 향해 소리쳤다.

"자, 자네 집에서 나왔네. 지금 자네가 무슨 말을 했는지 도무지 모르겠으니 이리 와서 다시 한 번 말해 줄 수 있겠나?"

형제는 서로의 얼굴을 쳐다보았다. 이어 그들은 함께 다리를 건너와 돈 까밀로 앞에 버티고 섰다. 그러자 돈 까밀로의 주먹이 예로니모의 얼굴 위로 날았다. 예로니모의 동생이 사태를 눈치채고 부리나케 집으로 달려가서 삼지창 갈퀴를 들고 나왔다.

그는 바로 끝장을 내버릴 작정이었다. 그러나 그것은 어림도 없는 오산이었다.

왜냐하면 갈퀴를 돈 까밀로에게 빼앗기고 형제는 갈퀴 자루가 부러지도록 실컷 등짝을 두들겨 맞았기 때문이다.

그 일로 해서 온 마을이 떠들썩했다. 공산당 기관지는 얼씨구나 하고 그 사건을 대문짝만하게 보도하면서 돈 까밀로를 위험하고 난폭한 신부라고 몰아세웠다. 그러자 주교가 사람을 보내 돈 까밀로를 불러들였다.

주교는 말했다.

"지금 몬테라나 성당에는 신부가 부재중이네. 자네는 거기로 가게. 몬테라나 본당 신부가 돌아오면 다시 자네 성당으로 돌아오게나."

돈 까밀로는 더듬거리며 말했다.

"하 하지만, 그 신부님은 이미 돌아가신 걸로 아는데요…."

"그래 맞았네…."

주교가 무덤덤하게 대답했다. 그는 더 이상 할 말이 없다는 듯 양팔을 벌렸다.

*

몬테라나는 이 세상에서 가장 삭막한 마을이었다. 그곳은 자갈과 진흙을 섞어 만든 오두막집이 딱 네 채만 있는 작은 동네였다. 그 네 채 가운데 하나가 성당이었다. 그 성당이 다른 집과 구별되는 것은 옆에 종탑이 딸려 있다는 것 정도였다.

바싸 마을에서 몬테라나를 가려면 다리 하나를 건너야 한다. 그리고 국도를 벗어나면 작은 자갈이 깔린 샛길이 나온다. 이 샛길에는 '노새길' 이라는 별명이 붙어 있었다. 하지만 그 길은 노새조차 다니기 힘든 험한 산길이었다.

숨을 헐떡이며 이 산골 마을에 도착한 돈 까밀로는 우울한 마음으로 주위를 둘러보았다. 마을엔 생기라고는 전혀 없어 보였다. 사제관에 들어가 보니 방도 좁고 천장이 너무 낮아 숨이 막힐 지경이었다. 그때 어디선가 허리가 구부러진 말라깽이 노파 한 사람이 불쑥 튀어나오더니 눈을 가늘게 뜨고 돈 까밀로를 쳐다보았다.

"누구시오?"

돈 까밀로가 물었다.

노파는 이름 따위는 잊어버린 지가 오래라는 듯이 양팔을 벌리고 어깨를 으쓱할 뿐이었다.

부엌 한복판에 있는 대들보는 통나무로 받쳐져 있었다. 순간 돈 까밀로는 그것을 삼손처럼 밀어 넘어뜨리고 싶은 충동에 휩싸였다.

그렇다. 통나무 기둥을 밀어 버리기만 하면 모든 것은 순식간에 끝장날 것이다. 하지만 돈 까밀로는 이내 생각을 고쳐먹었다. 세상을 떠난 몬테라나 본당 신부의 모습이 떠올랐기 때문이다. 자신과 똑같은 신부가 이 삭막한 곳에서 일생을 보냈다고 생각하니 마음이 조금 가라앉았다.

그는 성당으로 들어갔다. 그곳의 초라한 풍경에 돈 까밀로는 가슴이 메어져 왈칵 눈물을 쏟을 뻔했다. 이렇게 초라하고 빈약한 성당을 지금까지 본 적이 없었기 때문이다.

돈 까밀로는 제단 앞의 계단에 꿇어앉아 십자가의 예수상을 바라보았다.

"예수님…."

그는 입을 열었으나 더 이상 말을 잇지 못했다. 왜냐하면 십자가상은 시커먼 나무 조각으로 되어 있는데 군데군데 갈라지고 장식이라곤 하나도 없는 초라한 것이었기 때문이다. 십자가에 달린 예수 석고상 중 남아 있는 것은 큰 못을 친 두 손과 두

발뿐이었다. 등이 오싹할 지경이었다.

"예수님!"

돈 까밀로는 구슬픈 목소리로 외쳤다.

"당신은 하늘에도 땅에도 어디에도 계십니다. 저는 예수님 당신이 제 가까이 계시다는 것을 느끼기 위해 나무나 돌로 만든 형상이 꼭 필요하진 않습니다. 하지만 여기서는 제가 예수님께 버림받은 기분입니다. 정말, 오늘은 이 세상에서 뚝 떨어져, 마치 따돌려진 느낌입니다. 제 믿음마저도 어디로 가버린 것 같습니다."

말을 마치고 돈 까밀로는 사제관으로 들어갔다. 가보니 식탁보 위에는 빵 한 조각과 치즈가 조금 놓여 있었다.

노파가 물주전자를 들고 나타났다.

"이 음식은 도대체 어디서 났소?"

돈 까밀로가 물었다.

노파는 그저 양팔을 벌리고 하늘을 쳐다보았다. 정말 그녀도 알 수가 없는 노릇이었다. 노파는 이전에 죽은 신부에게도 계속 그렇게 해왔다. 그 생활은 새 신부가 왔어도 여전히 계속되고 있는 것이다. 그게 전부였다.

식탁에 앉은 돈 까밀로는 성호를 그으면서 무심코 제단에 있는 시커먼 나무 십자가를 생각해냈다. 그러자 등골이 오싹해지면서 몸을 떨며 자신을 나무랐다. 그러나 그 나무람도 소용없이 열병에 걸리고 말았다. 그 열병 역시 빵과 치즈와 물과 마찬가지로 일용할 양식을 주시는 하느님의 섭리로 주어진 것이었다.

그는 사흘 동안 꼼짝 않고 침대에 누워 지냈다.

나흘째 되는 날 주교가 상세한 지침을 적은 편지 한 통을 보내왔다.

> 어떤 일이 있더라도 그 마을을 떠나서는 안 되네… 두 번 다시 바싸 마을로 내려와서도 안 되네. 사람들이 자네 같이 성직자로서의 사명에 합당치 못한 신부가 있었다는 걸 잊어버릴 때까지 말일세…. 하느님께서 그대를 용서하시고 늘 함께하시기를 기도하는 바일세.

돈 까밀로는 자리에서 일어나 창가로 가서 얼굴을 내밀었다. 공기는 차갑고 안개처럼 축축이 젖어 있었다.

'곧 겨울이 되겠군.'

돈 까밀로는 앞으로 닥칠 일을 생각하자 마음이 무거워졌다.

'눈이 내리면 나는 여기 갇혀 세상과 완전히 격리되겠지. 마치 바다 한가운데 떠 있는 바위섬처럼 말이야.'

시계를 보니 오후 5시였다.

우물쭈물할 새가 없었다. 밤이 되기 전에 서둘러야 했다. 돈 까밀로는 거의 구르다시피 하여 큰길로 달려가 버스에 몸을 실었다. 그리하여 저녁 일곱 시, 읍에 도착했다.

두세 집 차고를 돌아다닌 끝에 '가치올라' 의 갈림길까지 자동차를 태워줄 사람을 구할 수 있었다. 갈림길에 이르자 돈 까밀로는 밭길을 가로질러 바싸 마을로 들어갔다. 그리고 밤 10시 경 빼뽀네의 집 마당에 도착했다.

*

막 잠에서 깨어난 빼뽀네는 의아한 눈초리로 돈 까밀로를 바라보았다.

"몬테라나까지 실어 가야 할 짐이 하나 있는데, 트럭 좀 빌려줄 수 없겠나?"

빼뽀네는 고개를 돌렸다.

"그런 일로 이 밤중에 사람을 깨우다니… 내일 아침에 얘기합시다!"

"지금 얘기해야 하네. 나는 지금 당장 트럭이 필요하니까!"

돈 까밀로가 소리쳤다.

빼뽀네가 돈 까밀로를 쏘아보았다.

"신부님, 정신이 나간 거 아니오?"

"그래 정신이 나갔네."

돈 까밀로가 이렇게 나오니 빼뽀네는 뭐라 대꾸할 바를 몰라 머리통만 긁어댔다.

"어서 서두르세."

돈 까밀로가 재촉했다.

"돈은 얼마나 들겠나?"

뻬뽀네는 몽당연필을 꺼내어 계산하기 시작했다.

"가는 데 70킬로미터, 오는 데 70킬로미터니까 왕복 140킬로미터요. 휘발유와 기름 값은 합해서 6천500리라. 운전해 주는 비용에다 밤중이니까 야간 요금이 붙고…. 하지만 꼴 보기 싫은 사람이 이사 가는 일이고, 그건 나에게도 반가운 일이고 하니까…."

"그래서 얼마가 든단 말이야, 빨리 말하게!"

돈 까밀로가 뻬뽀네의 말을 가로챘다.

"전부 합해서 1만 리라만 내시오."

돈 까밀로가 좋다고 대답하자 뻬뽀네는 손을 내밀었다.

"현금으로 주시오."

1만 리라는 돈 까밀로가 가지고 있는 전 재산이었다. 그가 몇 달에 걸쳐 아끼고 아껴 저축한 돈이었다.

"트럭을 몰고 가서 보스케토 논길 중간에서 나를 기다리게."

뻬뽀네가 또 한 번 눈을 동그랗게 뜨며 물었다.

"거기서 무엇을 할 생각이오? 아카시아 나뭇가지라도 실을 작정이오?"

"상관할 것 없어. 쓸데없는 참견은 그만두게."

뻬뽀네는 이 한밤중에 논길 한복판에서 얘기할 사람도 없이 마냥 기다려야 할 거라며 투덜거렸다. 열병에 걸렸어도 돈 까밀로는 조금도 피로하지 않았다. 오히려 그 어느 때보다 훨씬 기운이 넘치고 있었다. 그는 들판에 있는 과수원을 가로질러 성당에 도착했다. 그런데 돈 까밀로는 열에 들떠 흥분하고 있었던 탓에 그만 안개 낀 성당 벽에 머리를 부딪치고 말았다.

그는 주머니에 열쇠를 가지고 있었기 때문에 종탑 문을 통해 성당 안으로 들어갔다. 하지만 나갈 때는 성당 정문으로 나가지 않으면 안 되었다. 다행히 날이 어두운데다 안개까지 심해 아무도 돈 까밀로를 본 사람은 없었다.

뻬뽀네도 때로는 기특한 생각을 해내는 사람이었다. 안개가 짙어오고 돈 까밀로가 무슨 짐을 갖고 오리라는 생각이 들자 그가 보다 수월하게 트럭을 찾을 수 있도록 경적을 울렸다.

돈 까밀로는 뻬뽀네의 도움으로 약속 장소까지 무사히 올 수 있었다. 뻬뽀네가 그를 도와주기 위해 트럭에서 뛰어내렸다. 그러자 돈 까밀로가 말했다.

"도움은 필요없네. 자네는 자동차에 시동을 걸고 있다가 내가 신호를 보내면 곧바로 출발해 주게나."

짐을 다 실은 돈 까밀로가 트럭에 올라타 뻬뽀네 옆자리에 앉았다. 그들은 출발했다. 안개가 짙어서 처음 30킬로미터는 속도를 내기가 매우 힘들었다. 그러나 그다음 40킬로미터는 그야말로 새가 나는 듯이 달려갔다.

새벽 2시, 그 유명한 다리를 건넌 뻬뽀네의 트럭은 몬테라나로 향하는 노새 길 입구에 멈추어 섰다. 짐을 내릴 때에도 돈 까밀로는 빼뽀네의 도움을 거절하고 혼자서 내렸다. 그때 트럭 뒤에서 무언가 우당탕하는 소리와 끙끙거리는 소리가 빼뽀네의 귀에 들려왔다. 트럭의 헤드라이트 불빛에 돈 까밀로의 모습이 비치자 빼뽀네의 눈이 휘둥그레졌다.

그가 끙끙대며 메고 가는 건, 바로 제단 위에 모셔져 있던 십자가상이었다!

돈 까밀로는 비틀거리며 노새 길로 나아갔다. 빼뽀네는 차마 그 괴로운 모습을 볼 수 없었든지 트럭에서 뛰어내려 그를 쫓아갔다.

"신부님, 제가 좀 거들어도 되겠소?"

"손대지 마라!"

돈 까밀로가 소리쳤다.

"집으로 돌아가게. 그리고 쓸데없는 말을 지껄이기 전에 한 번 더 생각해 보고 말하게."

"그럼 조심해서 가십시오."

빼뽀네가 말했다.

이렇게 해서 이 한밤중에, 돈 까밀로의 십자가의 길*이 시작되었다.

---

* 십자가의 길: 사형선고를 받은 예수가 자신이 매달릴 십자가를 지고 처형장인 골고타 언덕까지 걸어가 처형되고 무덤에 안치되기까지의 과정, 혹은 그것을 요약한 기도.

십자가는 떡갈나무로 만들어진 것으로 크고 무거웠다. 예수상도 그 떡갈나무 위에 조각한 것이었는데 역시 무거웠다. 노새길은 좁고 험한 데다 길에 깔린 돌이 이슬에 젖어서 몹시 미끄러웠다.

돈 까밀로는 지금까지 이렇게 무거운 짐을 어깨에 메어 본 적이 한 번도 없었다. 뼈마디가 욱신 저렸다. 30분이 지나자 돈 까밀로는 예수님이 십자가를 메고 골고타 언덕으로 올라가셨던 그 모습 그대로 십자가를 메고 올라가기 시작했다.

십자가는 점점 더 무거워졌고 길도 점점 더 험난해졌다. 그러나 돈 까밀로는 이를 악물고 행진을 멈추지 않았다. 그러다가 뾰족한 돌부리에 걸려 미끄러지고 말았다. 피가 무릎에서 방울방울 흘렀다. 하지만 그는 걸음을 멈추지 않았다. 모자가 나뭇가지에 걸려 벗겨지고 이마에 상처가 났다. 그래도 걸음을 멈추지 않았다.

가시가 얼굴을 찌르고 신부복도 찢어졌다. 그래도 그는 멈추지 않고 계속 위로 올라갔다. 그의 얼굴과 십자가상의 예수님 얼굴이 맞닿았다.

샘물이 졸졸 흐르는 소리가 들려왔다. 물을 마시고 싶었지만 멈추지 않았다. 위로 올라가기만 할 뿐이었다. 한 시간, 두 시간, 세 시간이 흘렀다.

몬테라나 입구까지 도달하는 데 네 시간이 걸렸다.

성당은 거기서도 훨씬 더 높은 곳에 있었다. 거기까지 가려면 좁은 길을 또 한참 올라가야만 한다. 자갈길은 아니지만 진흙투성이 길이었다. 마을에 들어선 돈 까밀로를 본 사람은 아무도 없었다. 아니, 아무도 볼 수가 없었다. 사람들은 아직 자기들 집에서 깊이 잠들어 있을 테니까.

사방은 조용하고 적막했다.

돈 까밀로에게는 더 이상 남은 기운이 조금도 없었다. 그를 지탱해 주는 것은 오로지 절망감뿐이었다. 하지만 그 절망감은 희망에서 나오는 것이었다.

그는 간신히 텅 빈 성당 안으로 들어섰다. 그러나 그것으로 일이 끝난 게 아니었다.

이번에는 그 시커멓고 장식 없는 십자가를 떼어내고, 자기가 짊어지고 온 무거운 십자가를 그 자리로 옮겨 달아야 했다. 젖먹던 힘까지 다 짜내어 그는 마침내 십자가를 제자리에 모셔 놓을 수 있었다.

돈 까밀로는 성당 바닥에 푹 고꾸라졌다. 남은 힘도 없었고 아무런 생각도 들지 않았다. 잠시 후 새벽의 맑은 종소리가 울리자, 그는 벌떡 일어나 제의실로 달려가 얼굴과 손을 씻은 다음 미사를 올리기 시작했다.

돈 까밀로는 손수 제대의 양초에 불을 붙였다. 촛불은 두 개뿐이었지만 성당 안을 매우 밝게 비추었다.

미사에는 두 사람밖에 참석하지 않았다. 한 사람은 자기 자신이 누구인지조차 모르던 노파였고, 또 다른 사람은 뻬뽀네였다. 그래도 돈 까밀로는 성당이 꽉 찬 느낌을 받았다.

그렇다. 뻬뽀네는 십자가를 지고 가는, 돈 까밀로의 뒤를 살그머니 쫓아왔던 것이다. 그는 십자가를 직접 짊어지진 않았지만 마치 자신도 그 무거운 십자가를 자기 어깨 위에 짊어진 듯이 그 힘겨운 고행길에 동참했던 것이다.

미사를 마치자 뻬뽀네는 돈 까밀로한테서 받았던 1만 리라짜리 지폐를 슬그머니 헌금함에 집어넣었다.

"예수님!"

돈 까밀로가 십자가 위의 예수님을 우러러보며 속삭였다.

"이렇게 외떨어진 곳에 모셔왔다고 마음 상하셨습니까?"

"아니다, 돈 까밀로야. 아주 좋은 곳인데 뭘 그러느냐?"

예수님께서 미소를 지으며 대답하셨다.

"예수님, 국기는 하나밖에 없지만 모든 군대는 그들만의 깃발을 가지고 있습니다. 제 깃발은 바로 당신이십니다, 주님."

마을 사람들

popolo

돈 까밀로가 부임한 새 성당은 황폐한 산간 벽촌이었다. 그 당시 이 마을에 살고 있던 사람들은 부녀자와 노인과 아이들뿐이었다. 왜냐하면 일할 수 있는 남자들은 계절마다 도시로 돈벌이를 나가는 것이 관례로 되어 있었는데 아직 그들이 돌아오지 않았기 때문이다. 집에 남은 사람들은 집안일과 가축을 돌보고 얼마 안 되는 밭을 갈아야 했다. 그들이 밭에서 온종일 일한 대가로 얻는 것은 약간의 곡식과 푸성귀 따위가 전부였다.

돈 까밀로의 천둥 같은 목소리는 이 산간 마을에서는 걸맞지 않았다. 돈 까밀로 자신이 첫 주일 미사 때 강론을 하면서 그걸 깨달았다. 그는 바싸의 큰 성당에서 혈기 왕성한 사람들을 상대로 강론했던 것처럼 큰 소리로 말했던 것이다. 그 자그마한 성당에 울려 퍼진 돈 까밀로의 목소리는, 마치 폭탄이 터지는 소리처럼 우렁차서 노인들과 부녀자들, 어린애들은 깜짝 놀라서 두 눈이 휘둥그레졌다.

그들은 집채 같은 몸집의 덩치 큰 신부가 왜 저렇게 큰 소리로 화를 내는지 도무지 이해할 수가 없었다.

"예수님."

돈 까밀로가 예수님께 말했다.

"제가 큰 소리로 강론을 하면 사람들이 앞으로는 성당에 나오지 않을 것 같은데요."

"나도 그렇게 생각한다, 돈 까밀로."

예수님께서 미소를 지으며 대답하셨다.

"참새 한 마리 잡자고 대포를 쓸 필요까지야 없겠지. 이 사람들에겐 작게 말해도 충분히 크게 들리느니라. 아직 '정치'라는 게 이곳까지는 올라오지 않았으니 말이다. 아니면 일하러 떠난 남자들과 함께 도시로 가 버렸든지 말이야. 그들이 돌아올 때 정치도 같이 돌아올지는 모르지만, 아무튼 다시 바싸 마을로 돌아갈 때까지는 천둥 같은 네 목소리를 아껴두어라."

그날부터 돈 까밀로는 목소리를 낮추었다. 스스로 생각해도 자기가 다른 사람이 된 것 같았다. 돈 까밀로는 본래 싸움에 적합한 천성의 소유자였다. 그런데 이 마을에서 싸울 상대라고는 우울증밖에 없었다.

그는 잊지 않고 2연발 사냥총을 가지고 왔으므로 사냥도 나가보았다. 하지만 들판과 강변에서의 사냥에만 익숙해 있던 돈 까밀로에게는 산이란 어설프기 짝이 없는 존재였다.

애견 번개는 번개대로 사냥개 노릇을 해 보려고 하지 않았다. 번개는 이 마을이 자기 같은 사냥개한테 맞지 않는다는 걸 주인인 돈 까밀로로부터 즉시 깨달았다. 몇 차례 안 되는 출격 때마다 번개는 마치 평범한 애완견처럼 굴었던 것이다.

*

하루하루가 몹시 느리게 지나갔다. 그래도 세월은 흘러갔다. 그러나 돈 까밀로는 언제나 시간을 헛되이 보내는 법이 없는 사람이었다. 그는 장작을 패는 노인을 돕거나 성당 앞의 도로를 고치기 시작했다. 나중에는 사제관 지붕을 수리하기도 했다.

저녁때가 되면 시름은 더욱 깊어졌다. 얼마 안 되는 마을 사람들 모두 집으로 들어가 버리기 때문이다. 어둠과 침묵에 잠긴 그 마을은 마치 공동묘지 같았다. 세상과 완전히 격리된 느낌이 들었다.

전기가 아직 들어오지 않아 라디오조차 들을 수 없었다. 너무 초라하고 쓸쓸하기 짝이 없었다. 등불에 의지해 책을 읽으며 기분을 달래려고 해도 이 비천한 주위 환경에 스며드는 우울한 적막감이 어깨를 짓누르는 것 같았다.

돈 까밀로는 틈만 나면 성당으로 달려가 제대 뒤의 예수님과 이야기를 나누었다. 어느 날 밤 그는 예수님께 자신의 모든 고뇌를 깡그리 털어놓았다.

"예수님, 제가 외로운 건 믿음이 부족하기 때문이 아닙니다. 여기서는 제가 할 수 있는 일은 하나도 없습니다. 마치 작은 호수 안에 갇혀 있는 대서양 횡단 여객선 같은 기분이 듭니다."

"돈 까밀로야, 물이 있으면 누구나 빠져 죽을 위험성도 상존하는 법, 누군가는 그곳을 지켜야 하지 않겠느냐? 여기서 100마일이나 떨어져 사는 어떤 형제가 네가 갖고 있는 약 하나를 당장 필요로 한다고 치자. 그 무게가 고작 1그램밖에 안되는 약이지만 네게 할당된 차가 8톤 트럭이라면, 너는 불평만 하고 있겠느냐? 아니면 그런 트럭이라도 주신 하느님께 감사드리겠느냐? 돈 까밀로, 너는 자신을 대서양 횡단 여객선 같다고 했는데, 이건 오만의 죄가 아니더냐? 오히려 너는 폭풍이 휘몰아치는 넓고 넓은 바다 위를 항해하는 수많은 조각배 중의 하나에 불과하지 않을까? 하느님의 도우심으로 파도의 위험에서 겨우 구출됐음에도 이제는 자신이 대서양 횡단 여객선이라고 믿으며 산중 호수의 물이 적다고 얕잡아보는 그런 조각배 말이다."

돈 까밀로는 고개를 떨어뜨렸다.

"그렇습니다, 예수님. 저는 폭풍우 치는 바다를 원망하는 보잘 것 없는 조각배에 불과합니다. 제 죄가 모두 여기에 있습니다. 바로 교만의 죄입니다. 제가 떠난 저 아랫마을 사람들이 생각납니다. 지난 석 달 동안 그들의 소식을 전혀 못 들었습니다. 그들의 기억 속에서 완전히 사라졌다는 생각을 하면 가슴이 찢어질 듯합니다."

예수님이 미소 지었다.

"너처럼 덩치가 큰 신부를 잊어버리기는 좀처럼 쉽지 않은 일이란다."

돈 까밀로는 사제관으로 돌아왔다. 등잔불 심지가 변덕을 부리기 시작해 방 안은 아주 어두웠다. 돈 까밀로가 심지를 올리기 위해 가위를 찾고 있는데 누군가 창문을 두드리는 소리가 들려왔다.

돈 까밀로는 직감적으로, 우물 근처에 사는 노인이라고 생각했다. 그러나 그가 창문을 열자 그곳엔 전혀 다른 사람이 서 있었다.

인상이 험악한 뜻밖의 외지인이었다.

"11시 30분이나 되는 이 야심한 밤에, 내 집을 찾아오다니 무슨 일인가?"

돈 까밀로가 소리쳤다.

"신부님, 문 좀 여시오! 들어가서 말씀드릴 게 있소!"

외지인이 대답했다.

"나는 우리 성당 교우 이외의 사람은 절대 안으로 들이지 않네."

창문을 닫으며 말은 그렇게 했지만 돈 까밀로는 문을 열러 나갔다. 그러자 한 사내가 집안으로 들어와 의자에 털썩 주저앉았다.

돈 까밀로가 가위를 찾아 등불의 심지를 올리자 방안이 환하게 밝아졌다.

"그래, 무슨 일인가? 도대체 무슨 일이 생긴 건지 어디 들어나 볼까?"

돈 까밀로는 상대를 쳐다보지도 않고 무뚝뚝하게 말했다.

"내가 바보 같은 짓을 저질렀소!"

뻬뽀네는 매우 심각한 얼굴로 대답했다.

"바보 같은 짓?"

돈 까밀로는 구석으로 가 시계의 태엽을 감으면서 말했다.

"그따위 짓을 할 때마다 내게 보고하기로 작정했다면 차라리 직통 전화를 개설하는 게 어떻겠나?"

뻬뽀네는 이마의 땀을 닦았다.

"돈 까밀로, 나는 큰 곤경에 빠졌소."

그가 소리쳤다.

"그야 당연하지. 어리석은 짓을 하는 자는 곤경에 빠지는 법이니까. 그렇지만 자네는 번지수를 잘못 찾았네. 그런 일은 공산당 중앙본부에 가서 의논해야 하는 게 아닌가? 이런 야밤에 남의 집에 찾아오는 건 큰 결례라네."

"난 9시에 도착했소!"

뻬뽀네가 굳은 얼굴로 벌떡 일어나며 외쳤다.

"그렇게 오래 기다렸다니 유감이군."

돈 까밀로가 덧붙였다.

"하지만 난 정말이지 지금에야 자네 얼굴을 보았네. 그럼 9시부터 11시 반까지는 어디에 있었나?"

"신부님 뒤를 따라다녔소."

뻬뽀네가 대답했다. 그러자 돈 까밀로는 아주 걱정스러운 얼굴로 그를 쳐다보았다.

*

돈 까밀로가 떠난 뒤 마을 일은 그런대로 잘 굴러가는 듯했다. 그는 정치적인 문제가 발생하면 어디든 개입했던 사람인지라 종국에는 빨갱이의 적수로 행세하면서 모든 사건을 해결하곤 했다.

요컨대 빨갱이들과 그들의 적대자들 간에 일어나는 모든 분쟁은 결국 돈 까밀로와 뻬뽀네 두 사람만의 문제로 귀결되었던 것이다. 이처럼 돈 까밀로는 빨갱이들이 번개를 내려치면 그것을 받아내는 피뢰침 역할을 했던 것이었다. 돈 까밀로는 힘이 장사였으므로 문젯거리가 생기면 별 탈 없이 해결할 수 있었고, 그것에 불만을 표시하는 사람들도 없었다.

그런데 완충역할을 하는 신부가 없어졌으니 빨갱이들과 그들의 적대 세력은 직접 충돌할 수밖에 없었다.

그 반동분자 중에는 고집이 센 사람들도 있었다. 그중에서도 가장 고집이 센 사람은 다리오 프랑코였다. 대지주인 그는 자신의 농장을 직접 운영하는 사람이었다. 그는 자수성가 한 사람인지라 어떤 일이 있어도 재산을 지키려고 했다.

프랑코는 빨갱이들의 경고나 협박에도 꿈쩍하지 않았다. 그는 농장 일꾼들이 파업 중에 일할 용기가 없어 보이면 강 건너 마을의 노동자들을 고용해서 일을 시킬 정도였다. 그런데 이들 자유 계약 노동자들은 빨갱이들이 프랑코의 농장 근처를 감시할 마음이 싹 사라지게 할 정도로 건장하고 험상궂은 사람들이었다.

프랑코는 빨갱이들이 말하는 민중의 적 중에서 가장 악질이었으므로 그는 가급적이면 마을 사람들 앞에 나타나지 않으려고 애썼다. 그러나 어쩔 수 없이 한두 번 마을에 가야 했을 때에는 용의주도하게도 가짜 턱수염을 붙이거나 카푸치노 수도사* 따위로 변장하곤 했다.

* 카푸치노 수도사: 성 프란치스코 수도회 소속의 남자 수도회 회원. 공산주의자들도 성 프란치스코를 존경한다고 전해진다.

그런 그가 최근에 마을에 가야 할 일이 생겼다. 때는 저녁이었다. 치과에 가서 어금니를 뽑아야 하는 일이었으므로 대리인을 보낼 수도 없었다. 프랑코는 이를 치료하자마자 곧장 자동차를 주차해 두었던 작은 광장으로 향했다. 그는 누군가 볼세라 빠른 걸음으로 걸어갔으나, 곧 발각되고 말았다.

그 일이 있기 이삼일 전에 작은 소동이 하나 있었다. 빨갱이 청년단원 가운데 열성당원 두 사람이 프랑코의 집 마당까지 찾아온 것이었다. 프랑코와 마주친 그들은 으레 그렇듯이 평화의 탄원서라는 얼룩덜룩한 서명용지를 꺼내 프랑코 앞에 들이밀었다. 그러자 프랑코는 밍에서 말뚝 하나를 뽑아들며 소리쳤다.

"그래 서명을 해주겠다, 이 만년필로 말이야!"

청년단원 두 사람은 찍소리도 하지 못하고 본부로 돌아갔다. 그러고 나서 그들은 본부에 보고서를 제출했다. 그런데 문제의 그날 밤 빨갱이 한 사람이 갑자기 마을에 나타난 프랑코를 발견하자 재빨리 '인민의 집'으로 달려가 경보를 울렸다. 비지오와 또 다른 두 명이 밖으로 뛰어가 광장을 걸어가던 프랑코를 붙잡았다. 그가 막 자동차에 올라타는 순간이었다.

건장한 사내가 세 사람이나 되었지만 프랑코도 만만치 않은 위인이었다. 주먹을 휘두르면 허공에서 휘파람 소리가 날 정도로 힘이 장사인 프랑코였다.

말싸움은 지극히 간단했다. 비지오와 다른 2명의 빨갱이를 보자마자 프랑코는 자동차 문짝에 등을 기대고 서서 방어 자세를 취했다.

"며칠 전, 우리 청년단원에게 보여 준 그 만년필을 내게도 보여 줄 수 있겠나?"

비지오가 사나운 기세로 소리쳤다.

"지금은 없어. 하지만 다른 만년필을 보여주지."

프랑코는 자동차 안으로 손을 집어넣어 커다란 멍키 스패너를 꺼내 들었다.

"이것이 바로 최신형 만년필이다."

비지오의 부하 하나가 등 뒤에 숨겼던 몽둥이를 꺼냈다. 그러나 그는 몽둥이를 휘둘러보지도 못했다. 프랑코의 억센 발차기에 차여 땅에 길게 뻗어버렸기 때문이었다.

비지오가 프랑코에게 덤벼들었다. 그러나 얼마 못 가 프랑코가 휘두르는 스패너에 맞아 머리통이 깨져 버리고 말았다.

비지오가 머리에 피를 흘리며 땅바닥에 쓰러지자 그의 부하 두 명은 줄행랑을 쳐버렸다. 바로 그 순간, 도시에서 오토바이를 타고 돌아오던 뻬뽀네가 그 현장을 목격하고 말았다. 오토바이의 짐 싣는 뒷자리에는 스미르초가 타고 있었다.

뻬뽀네는 오토바이에서 내린 것이라기보다 물방울이 뿜어지듯 튀어나왔다. 프랑코가 미처 방어할 틈도 없이 뻬뽀네의 무쇠 주먹이 번개처럼 날아왔다. 턱을 강타당한 프랑코는 뒤로 나자빠지면서 자동차 범퍼에 머리를 부딪치고 말았다.

*

"그자가 머리통이 깨져서 옴짝달싹도 못 하는 걸 보는 순간 내가 큰 실수를 저질렀구나 하는 걸 깨달았소."

빼뽀네는 이렇게 말하면서 이야기를 마쳤다.

"자넨 언제나 영리하게 일을 처리해 온 사람 아니었는가. 그래서 어떻게 했나?"

돈 까밀로가 말했다.

"광장엔 아무도 없었소. 하지만 금방 사람들이 올 것 같아 서둘러 오토바이를 타고 스미르초와 함께 도망을 쳤소. 그때가 밤 9시였소. 밤인데다 마침 비가 내려 날 본 사람은 아무도 없었소. 노새길에 이르자 스미르초는 오토바이를 타고 돌아갔고, 나는 곧장 여기로 올라온 거요."

"그랬군. 그럼 자네는 어떻게 해서 집으로 돌아갈 작정인가, 오토바이도 없이?"

"내일 아침 일찍 스미르초가 나를 데리러 오기로 되어 있소. 그것보다 신부님 좀 도와주시오. 내가 노동자들의 분쟁문제로 신부님을 찾아온 걸로 해 주시오. 그래야 내가 프랑코를 죽였다고 고발할 사람이 없을 거 아니요. 9시에 내가 이곳에 있었다고 하면 거기에 없었다는 알리바이가 성립되지 않겠소?"

돈 까밀로는 고개를 흔들었다.

"자네는 9시에 여기 없었네. 나는 거짓 증언은 하지 않을 걸세. 자네가 내게 한 얘기는 아무에게도 말하지 않겠네. 하지만 그 시간에 자네가 여기 있었다는 말도 하지 않을 걸세. 나는 살인자를 감싸주는 말을 할 수 없으니까."

"피투성이가 돼 땅바닥에 쓰러져 있는 비지오를 보자 나도 모르게 주먹이 나갔던 거요."

뻬뽀네는 계속해서 말했다.

"비지오가 잘못된다면 프랑코의 입장 역시 무척 난처해질 것이오. 그리고 프랑코는 돌대가리라 죽었을 리가 없소. 하지만 나는 읍장이라는 지위 때문에 동료가 누구에게 매를 맞더라도 두둔해 줄 수 없는 처지가 아니오? 그러니까 신부님은 이 사건을 부풀리고 확대해서 나를 내쫓을 수도 있지 않겠소."

"그게 나와 무슨 상관인가?"

돈 까밀로가 물었다.

"신부님은 지주들과 그 잘난 상류층 반동분자들 편이기 때문이오. 그렇지만 나는 나쁜 소문의 주인공이 되고 싶지 않소. 나는 아무런 죄도 짓지 않았으니까."

돈 까밀로는 늘 피우는 반쪽짜리 시가에 불을 붙였다.

"만약, 프랑코가 죽었다면 어떻게 할 셈인가?"

"차라리 잘된 일이지 않소? 짐승만도 못한 인간이 하나 죽어 없어지는 거니까."

뻬뽀네가 소리쳤다.

"그 대신 살인자는 하나 더 늘어나는 셈이지."

돈 까밀로가 침착하고 분명하게 덧붙였다.

빼뽀네는 두 손으로 자기 머리를 감싸 안았다.

"그럼, 도대체 어떻게 해야 한단 말이오?"

"조용히 일을 지켜볼 수밖에. 그들이 자네를 찾으러 올 때까지 여기서 묵고 있게. 마침 성당에 종지기도 필요한 참이었으니까 말이야."

돈 까밀로가 대답했다.

빼뽀네가 갑자기 고개를 들더니 창문 쪽을 가리켰다. 두 사람은 하던 말을 멈추고 잠시 귀를 기울였다. 누군가 문을 두드리고 있었다.

"어디로 숨을까요, 신부님?"

겁을 잔뜩 집어먹은 빼뽀네가 다급하게 물었다.

"저쪽 방으로 가게. 간이침대가 있으니 누워서 자는 척하라고."

빼뽀네가 옆방으로 달려가 얼른 침대에 눕는 사이 돈 까밀로는 문을 열러 갔다.

문 앞에는 덩치 큰 사내 한 사람이 서 있었다. 머리카락은 이리저리 헝클어지고 아주 불안한 표정이었다. 다리오 프랑코였다.

"신부님, 큰 문제가 생겼습니다."

프랑코가 헐떡거리며 말했다.

"제가 아주 큰 일을 저질렀어요."

"큰일이라니 무슨 일인가?"

"제가 비지오를 죽인 것 같습니다. 치과에서 이빨 한 대를 빼고 집으로 돌아가는데 세 놈이 덮치지 뭡니까. 저 자신을 방어하기 위해 스패너를 휘둘렀는데 그게 그만 비지오의 머리통에 맞았습니다. 그놈은 땅바닥에 쓰러져 피투성이가 되고 말았어요. 다른 두 놈은 도망을 쳤고요. 그때 뻬뽀네가 오토바이를 타고 나타나 주먹으로 저를 쳤습니다. 저는 넘어지면서 머리를 자동차 범퍼에 부딪혔는데 별일은 아니었습니다. 곧 정신을 차리고 보니 사람들이 오는 것 같았습니다. 그래서 얼른 차를 타고 도망쳤습니다. 자동차는 저 아래 노새 길 조금 못 미쳐 덤불에 숨겨두었는데 이 일을 어찌해야 좋을지 모르겠습니다, 마을에서의 제 위치를 신부님은 잘 아시지 않습니까? 저 좀 도와 주십시오, 신부님. 빨갱이 놈들은 사건이 어떻게 되었든지 이 일을 핑계로 정치적 음모를 꾸밀 게 뻔하지 않습니까?"

돈 까밀로는 양팔을 벌렸다.

"마음을 가라앉히고 나중에 함께 의논하세."

돈 까밀로는 일어나 옆방으로 갔다.

거기서 뻬뽀네는 침대에 누워 코를 골며 자는 척하고 있었다.

"일어나서 나를 따라오게. 아무런 문제도 없으니까."

돈 까밀로가 말했다.

뻬뽀네는 자리에서 일어나 돈 까밀로를 따라 나왔다. 불이 켜진 밝은 거실로 나온 뻬뽀네는 프랑코를 발견하자마자 깜짝 놀라 눈썹을 치켜세웠다. 프랑코 역시 깜짝 놀라 입을 딱 벌린 채 빼뽀네를 바라보았다. 그러더니 자리에서 벌떡 일어나 두 주먹을 움켜쥐었다.

돈 까밀로가 그 사이에 끼어들었다.

"그러지 말고 모두 자리에 앉게, 여기는 내 집일세."

돈 까밀로가 위엄 있는 목소리로 말했다.

"우파, 좌파, 중도파가 모두 한자리에 모였군. 여기서 중도파는 정치적인 의미에서가 아니라 종교적 의미로 말하는 것일세."

돈 까밀로는 테이블을 앞에 두고 두 사람 사이에 걸터앉았다. 그는 반쪽짜리 시가에 불을 붙여 몇 모금을 길게 빨아 '후' 하고 연기를 내뿜었다.

"이번 사건은 매우 교훈적일세,"

돈 까밀로가 말을 다시 시작했다.

"좌파도 우파도 모두 중대한 잘못을 저지른 것을 깨닫고, 교회의 영원한 지혜를 구하려고 찾아온 것이네. 그렇다면 나는 이렇게 대답하겠네. 형제들이여, 만일 자네들이 중대한 실수를 저지르고 난 다음이 아니라 그 전에 나를 찾아왔다면, 그래서 내가 알려 주는 계명에 따라 처신했다면, 그런 실수 따위는 범하지 않았을 게 아닌가. 그리고 두 사람 다 이렇게 발로 채여 내쫓길 지경이 되지도 않았을 거고. 왜 자네들은 두려운 일이 생길 때만 은신처로 성당을 찾아오는가?"

빼뽀네가 빈정거렸다.

"흥, 또 그놈의 설교로군그래. 무엇을 시작할 때는 저놈의 설교를 한바탕 하지 않으면 직성이 풀리지 않는 모양이야."

"그렇지 않네, 읍장 형제. 교회란 사제를 말하는 것도 아니고 성직자 계급을 말하는 것도 아닐세. 나는 예수 그리스도, 그분을 말하는 것일세. 그분께서 각자 자신의 의무를 다하도록 정해 놓으신 걸세. 모든 사람이 자기의 의무를 다한다면 타인의 권리도 자연스럽게 지켜지게 될 걸세. 폭력으로 혁명을 일으키면 안된다고 그분께서 가르치셨네. 프랑코 자네도 완력으로 재산을 지켜서는 안 되네. 재산이란 정당한 노동을 통해서만 얻어지고 지켜지는 게 아니겠나?"

돈 까밀로는 한숨을 쉬었다.

"내가 하는 말은 지혜로운 말이지만, 다 말에 불과하네. 게다가 지금은 너무 때가 늦었어. 너무나 많은 사람이 자신의 도리를 게을리 한 탓일세. 증오심이 사람들의 핏속에 독을 불어 넣었네. 이제 나는 자네 두 사람을 남겨놓고 물러가겠네. 극좌파 앞에 극우파를 남겨 두고 말일세. 두 사람 모두 힘도 세고 싸움도 곧잘 하니 어디 한번 서로 주먹질을 해 보게나. 실컷 싸워 보라고. 서로 마음껏 치고받고 난 다음에 어떤 결실과 느낌이 있었는지 내게 알려 주면 좋겠네."

돈 까밀로는 자리에서 일어났다. 프랑코가 그의 소매를 잡았다.

"그냥 있으세요."

프랑코가 소곤거렸다.

극좌파, 극우파, 중도파 세 사람 다 거기 그대로 앉아서 작은 등잔의 불꽃만 바라보고 있었다. 이윽고 프랑코가 탁자에 머리를 기대고 잠들어 버렸다. 그다음으로 뻬뽀네도 쓰러졌다. 마지막으로 돈 까밀로도 쓰러졌다.

세 사람은 날이 밝자 새벽 햇살에 깜짝 놀라 퍼뜩 잠에서 깨어났다. 그리하여 극좌파는 성당에 종을 치러 갔고, 극우파는 복사를 섰다.

미사가 끝난 후 일동이 아침 식사를 하며 카페 라떼를 마시고 있는데 스미르초가 찾아왔다.

"이상하게도 프랑코가 행방을 감췄는데 아마 스위스로 도망친 것 같습니다."

"그래? 비지오는 어찌 되었나?"

돈 까밀로가 스미르초에게 물었다.

"스패너가 관자놀이를 스치고 지나가 귀가 찢어졌습니다. 피는 귀에서 나온 거였고요."

돈 까밀로가 머리를 가로저었다.

"스패너라니 그건 또 무슨 소린가?"

돈 까밀로는 물었다.

"나는 비지오가 프랑코의 차에 부딪혀 땅바닥에 나동그라진 걸로 알고 있는데. 비지오와 다른 두 사람은 뭐라고 하던가?"

돈 까밀로가 뻬뽀네에게 눈짓을 하자 프랑코는 비로소 몸을 돌려 스미르초를 보았다.

"어서 가서 비지오에게 전하게. 길을 건너다가 프랑코 씨의 차에 부딪힌 거라고 말이야."

그러자 프랑코가 고개를 쳐들었다.

"신원불명의 차에 부딪혔다고 해야 해!"

프랑코가 말을 고쳐 덧붙였다.

"안 그러면, 있는 그대로 다 폭로하고 말 테니까."

극좌파가 두 주먹을 불끈 쥐었다. 그러자 중도파가 말했다.

"빨리 이 집에서 나가 주기 바라네. 빠를수록 고맙겠네."

그들은 차례로 물러갔다. 먼저 극좌파가, 그다음에는 극우파가. 혼자 남은 돈 까밀로는 마을 사람들에 대해 생각했다. 어떤 이는 일단 머리에 붕대를 감고 나서 과거에 있었던 행동에 대해서뿐만 아니라 미래에 있을 행동에 대해서도 지시를 기다리고 있을 것이다. 이런 생각을 하자 돈 까밀로는 우울해졌다.

산꼭대기 두메산골에서 보내는 귀양살이는 쓸쓸했다. 하루하루가 똑같은 날들의 연속이었다. 나중에는 아침에 일력을 떼는 일조차 귀찮아졌다. 그저 백지만 있는 책을 한 장 한 장 넘기는 것과 같았기 때문이었다.

"예수님, 따분해서 미칠 지경입니다. 여기는 도대체 아무 일도 일어나지 않아요!"

돈 까밀로가 십자가의 예수님께 투정을 부렸다.

예수님께서 미소 지으며 대답하셨다.

"그게 무슨 말이냐? 아침마다 해가 뜨고 저녁에는 해가 진다. 밤마다 네 머리 위로 수십억 개의 별이 돌고 있지 않으냐. 초원에는 푸른 풀이 돋아서 세월의 순환에 따라 제 걸음을 재촉한다. 하느님께서는 어디에나 존재하시고 당신의 모습을 드러내신다. 내가 보기엔 많고도 많은 일이 일어나는 것 같구나, 돈 까밀로야! 이런 일들이야말로 세상에서 가장 중요한 일이 아니더냐."

"평지에서 온, 속 좁은 신부의 어리석음을 용서해 주십시오."

돈 까밀로가 말했다.

그러나 다음 날 또다시 똑같은 일들이 반복되었다. 이 슬픔은 나날이 쌓여 갈 뿐이었다. 변화하는 것이라고는 이것뿐이었다.

*

한편, 뽀 강변에 있는 아랫마을에서는 별로 큰 사건은 일어나지 않았지만 사소한 시비는 여러 차례 일어났다. 돈 까밀로가 알았다면 마음 상해했을 그런 일이었다.

돈 까밀로가 정치적 요양을 하는 동안 성당을 책임지기 위해 파견된 젊은 신부는 매우 훌륭한 사람이었다. 그는 어려운 학문을 많이 공부했을 뿐만 아니라, 도시에서 오래 살아 세련된 언어를 구사했다. 그는 머리가 좋아 이 시골 마을의 분위기를 한눈에 파악했다. 그리고 마을 사람들과 가깝게 지내려고 온갖 노력을 기울였다. 마을 사람들도 빨갱이든, 흰둥이든, 초록둥이든, 검둥이든 모두 이 신부의 상냥한 태도를 기쁘게 받아들여 미사 때에는 언제나 성당이 꽉 들어찼다. 그러나 그 이상은 한 걸음도 양보하지 않았다. 영성체를 하러 가는 사람은 하나도 없었다.

사람들이 낙담한 신부에게 말했다.

"기분 상해하지 마세요, 신부님. 저흰 아주 여러 해 전부터 전임 신부님한테 영성체* 하는 습관이 돼 놔서요. 그분이 돌아오시면 저희도 영성체를 하겠습니다. 저희가 연체료도 알아서 다 내겠습니다."

결혼식을 올리는 사람도 더 이상 없었다. 모든 결혼식은 돈 까밀로가 돌아오는 날까지 연기되었다.

마치 모든 것이 일사불란하게 지휘가 이루어지는 듯이 보였고 심지어 사람이 나고 죽는 일마저도 그렇게 보였다. 왜냐하면 돈 까밀로가 마을을 떠난 뒤로는 새로 태어난 아기도, 저 세상으로 떠난 사람도 전혀 없었기 때문이었다.

이런 기묘한 일이 몇 달씩이나 계속되었다.

---

* 영성체: 예수가 최후의 만찬 때에 빵을 축성하고 제자들에게 나눠 주며 자신의 몸이니 받아먹으라고 했던 것을 재현하고 기념하는 성찬 예식으로 미사 전례의 핵심.

그러던 어느 날 여자 한 사람이 사제관을 찾아와서 티렐리 영감이 곧 죽을 것 같다고 알렸다. 그러자 젊은 신부는 자전거를 타고 티렐리의 집으로 달려가 영감이 누워 있는 베갯머리 앞에 섰다.

티렐리 이야기

Il vecchio Tirelli

티렐리 영감은 은행 회계원도 헤아리기 힘들 정도로 나이를 많이 먹었다. 그 자신조차 자기 나이가 몇 살인지, 자기 어깨에 짊어진 세월의 무게가 어느 정도인지 알지 못했다. 그는 감기 한 번 걸리지 않을 정도로 근력이 좋은 사람이었다. 하지만 사계절마저 뒤범벅을 만들어놓은 그 저주받을 원자폭탄 때문에 티렐리 영감은 그만 폐에 큰 병을 얻고 말았다. 그리하여 지상의 것들로부터 이별을 고하려는 참이었다.

영감의 방에 들어가기 전에 젊은 신부는 방에서 나오던 의사와 잠시 이야기를 나누었다.

"중태입니까, 선생님?"

의사가 대답했다.

"숨을 쉬고 있긴 하지만 의학적으로 보면 이미 죽은 사람이나 마찬가지입니다."

젊은 신부는 티렐리 영감의 방으로 들어갔다. 그리고 침대 옆에 앉아 속삭이듯 나지막한 소리로 기도를 올리기 시작했다.

티렐리는 눈을 뜨더니 한참이나 신부를 쳐다보았다.

"고맙습니다."

그는 한숨을 쉬면서 말했다.

"난 지금 기다리는 중이오."

젊은 신부는 이마에 식은땀이 나는 것을 느꼈다.

"하느님께서 어르신한테 얼마간 생명의 연장을 허락해 주시는 동안, 어르신은 양심에 거리끼는 것이 없도록 해 두셔야 합니다."

젊은 신부가 말했다.

"알고 있습니다. 하지만 난 그분이 올 때까지 기다릴 겁니다."

노인이 대꾸했다.

젊은 신부는 죽어 가는 사람과 논쟁을 할 수가 없었다. 그는 다른 방에 있는 가족에게 부탁하러 갔다. 가족은 그가 아직도 숨을 쉬는 게 기적이라는 것을 젊은 사제보다 더 잘 알고 있었다. 그래서 가족도 노인을 설득해 고해성사를 보게 하려고 애셨다.

그들은 의사가 진단한 것을 숨기지 않고 설명했다. 노인은 의사를 매우 신뢰하고 있었다. 비록 의학적으로 이미 죽은 사람과 마찬가지임에도 불구하고 이야기가 잘 통했다.

영감은 대답했다.

"물론, 그걸 나도 알고 있다. 아주 위독한 상태지. 단 일 분이라도 허비할 시간이 없구나. 얼른 가서 돈 까밀로를 불러오너라. 나도 깨끗한 마음으로 저세상으로 가고 싶다."

가족들은 돈 까밀로가 티렐리 영감의 고백을 듣고 축복을 주기 위해 자기 성당을 떠나 여기까지 올 수는 없을 거라고 말했다. 만약 돈 까밀로가 여기까지 온다고 하더라도 산 위에서 이곳 평지까지 내려오는 데는 상당한 시간이 걸린다. 그런데 티렐리의 목숨은 일 분 일 초를 다투는 상황이 아닌가.

티렐리는 가족들이 반대하는 이유가 합당하다는 것에 동의했다.

"그래, 너희 말이 옳다. 시간을 줄여야 해. 그러니 나를 자동차에 태워 그곳까지 데려다 다오."

이 말을 듣고 의사가 옆방에서 달려와 말했다.

"영감님, 저를 조금이라도 신뢰하신다면, 제 말을 들어 주십시오. 지금 상태로 움직였다간 3킬로미터도 가지 못해 운명하시고 말 겁니다. 무엇 때문에 길에서 객사하시려는 겁니까? 버젓하게 당신의 침대에서 임종을 맞으세요. 하느님께서 숨을 쉴 수 있도록 허락하시는 이 시간에 빨리 고해성사를 보십시오. 하느님은 평지나 산 위나 똑같은 분이 아닙니까. 이곳 신부님도 돈 까밀로와 다름없는 성직자입니다."

"그건 나도 알고 있소."

노인은 속삭이듯 말했다.

"그렇지만 난 돈 까밀로와의 의리를 지켜야 한단 말이오. 여기 신부님도 그걸 양해하실 거요. 저 신부님은 나와 함께 가시다가 내가 만일 도중에 죽게 되면 고백을 하겠습니다. 자, 우물쭈물하지 말고 빨리 떠납시다."

티렐리 영감은 아직 살아있는 사람이었다. 그러므로 그는 자기 일이나 집안일을 자기 뜻대로 결정할 수 있었다. 아들을 시켜 급하게 구급차를 부르게 했다. 드디어 노인과 젊은 신부를 태운 구급차는 떠났다. 티렐리의 막내아들과 손자는 오토바이를 타고 구급차의 뒤를 따랐다.

구급차는 전속력을 다해 달려갔다. 그래도 티렐리는 번번이 큰 소리를 질렀다.

"서둘러라! 빨리! 곧 죽을 것 같다!"

자동차가 산 위 마을로 들어서는 노새길 입구에 도착했으나 그는 여전히 살아 있었다.

아들과 손자는 티렐리 영감을 들것에 뉘어 자동차에서 내린 다음 비탈진 노새 길을 따라 오르기 시작했다. 지금 늙은 티렐리는 약간의 가죽과 근육으로 덮인 해골로 변해 있었다. 그래서 들것에 싣고 언덕길을 올라가도 조금도 무겁지 않았다. 물론 쇠심줄보다 더 질긴 완고함만큼은 아무도 감히 손댈 수 없을 정도였지만….

젊은 신부는 들것 뒤를 따라갔다. 이렇게 일동은 두 시간 정도를 걸었다.

마침내 마을이 나타났다. 성당은 거기에서 200미터 떨어진 곳에 있었다. 티렐리는 눈을 감고 있었지만 그래도 성당만큼은 용케 알아보았다.

그는 젊은 신부에게 말했다.

"고맙습니다, 신부님. 당신에게 폐를 끼쳤지만 언젠가 이 일을 보상받으실 거요."

젊은 신부는 얼굴을 붉혔다. 그러고는 몸을 돌려 노새길 자갈 위를 메뚜기처럼 펄쩍펄쩍 뛰며 되돌아갔다.

돈 까밀로는 오막살이 사제관 입구에 따분하게 앉아 있었다. 그러다가 티렐리의 아들과 손자가 들것을 들고 오는 기묘한 광경이 눈앞에 나타나자 놀라 쩍 벌어진 입을 다물지 못했다.

"여기로 데려다 달라며 생떼를 부리셨습니다. 신부님께 고해를 하시겠답니다!"

티렐리의 아들이 말했다.

돈 까밀로는 들것에서 노인을 요, 이불과 함께 그대로 안아

들고 조심스럽게 집으로 데려가 자기 침대 위에 눕혔다.

"저희는 어떻게 할까요?"

티렐리의 아들이 문으로 얼굴을 들이밀며 물었다. 돈 까밀로는 어서 나가라는 손짓을 했다. 그러고는 티렐리의 베갯머리 옆에 앉았다.

죽어가던 노인은 꾸벅꾸벅 졸고 있다가 돈 까밀로가 속삭이는 소리에 눈을 떴다.

"신부님과의 관계를 저버릴 수가 없어 이리로 데려다 달라고 졸랐소."

그는 모기만 한 목소리로 말했다.

"별말씀을 다 하시는군요. 하느님께 죄송한 일이지요!"

돈 까밀로가 대답했다.

"성직자는 장사꾼이 아니라 하느님의 사도요. 누군가 고해성사를 할 때, 중요한 것은 고백 그 자체 아니겠소. 그래서 사제가 사람들의 고백을 들을 때면, 얼굴이 보이지 않도록 고해소의 창살 뒤에 있는 앉아 있는 겁니다. 영감님이 고백하실 때, 당신은 자신의 죄를 신부 아무개나 또 다른 신부 누군가에게 말씀하시는 게 아닙니다. 하느님께 자신의 상태를 털어놓으시는 겁니다. 만일 이리로 오시는 도중에 돌아가시기라도 했다면 어떻게 할 뻔했습니까?"

티렐리가 속삭였다.

"그렇게 되면 그 젊은 신부에게 고백할 작정이었소. 내 죄란

것은 그 신부님께도 얼마든지 털어놓고 말할 수 있는 거지요. 나는 새벽부터 해 질 무렵까지 정직하게 일만 하면서 평생을 살아온 사람이오. 죄를 지을 겨를조차 없었소. 난 그저 떠나기 전 신부님과 한마디 작별 인사를 하고 싶었소. 그리고 신부님이 내 무덤까지 동행해 주기를 바랐소. 돈 까밀로와 함께라면 안심하고 여행을 떠날 수 있으니까…."

티렐리는 돈 까밀로에게 자기의 죄를 고백했다. 그것은 아이들 따위나 범하는 사소한 죄였다. 돈 까밀로는 그에게 강복을 주었다.

"신부님. 내가 곧 숨을 거두지 않으면 꾸중을 하시겠소?"

영감이 마지막으로 속삭였다. 그는 농담을 하는 게 아니라 진심으로 하는 말이었다.

"마음을 편안하게 가지십시오."

돈 까밀로가 대답했다.

"앞으로 2천 년 동안을 이렇게 끌어도 나는 조금도 귀찮게 생각하지 않을 테니까."

"고맙소."

티렐리가 한숨을 쉬며 대답했다.

날씨는 그지없이 좋았다. 하늘은 물감으로 칠해 놓은 듯 푸르렀고 햇볕 또한 따사로웠다. 돈 까밀로는 창문을 활짝 열었다. 그리고 노인이 평온하게 쉴 수 있도록 놓아두었다. 티렐리는 곧 잠이 들었는데 입가에는 미소를 머금고 있었다.

"예수님, 오늘은 어떤 일이 일어났습니다. 너무나 기묘한 일이라 지금도 그게 어찌 된 노릇인지 알 수가 없습니다."

돈 까밀로가 제단으로 달려가 예수님께 말했다.

"너무 마음쓰지 마라, 돈 까밀로."

예수님이 대답하셨다.

"세상에는 알아서는 안 될 일도 있는 법이란다. 지금은 너를 찾아온 그 노인만 생각하도록 해라. 그 영감한테는 네가 필요할 테니까."

"저보다는 예수님, 당신이 필요하겠죠."

돈 까밀로가 외쳤다.

"그가 살아서 여기까지 찾아왔다는 사실만으로도 충분하지 않느냐?"

"저는 언제나 주님께서 주시는 것만으로 충분합니다. 주님께서 제게 당신 손가락을 내미신다면 전 그분 손목까지는 움켜잡지 않습니다…. 하지만 이따금 그것까지 움켜잡고 싶을 때가 있습니다."

돈 까밀로는 문밖에서 기다리고 있을 티렐리의 아들과 손자 두 사람이 생각나자 재빨리 그들에게 달려갔다.

"이제 아버님은 양심에 거리낌이 없으시네. 지금은 주무시고 계시니까, 자네들 좋을 대로 하게."

돈 까밀로가 설명했다.

"이 정도면 대만족입니다, 신부님."

티렐리의 손자가 말했다.

"이처럼 커다란 기적이 일어난 마당에 또 다른 기적을 바랄 수야 없지요. 아래로 내려가 구급차를 타고 온 사람에게 기다리라고 말하겠습니다. 할아버지를 모시고 내려가서 우리 가족 묘지에다 장사를 지내야 하니까요."

"빨리 가서 구급차에 모여 있는 사람들한테 떠나라고 해라. 넌 내가 갈 때까지 기다렸다가 같이 집으로 돌아가자."

티렐리의 아들은 손자를 향해 엄한 목소리로 말했다. 돈 까밀로가 노인은 이 마을에 묻히고 싶어 한다는 설명을 미처 꺼내기도 전에….

청년이 서둘러 떠나자 티렐리의 아들이 돈 까밀로를 바라보았다. 그러고는 중얼거리듯 말했다.

"나머진 신부님이 알아서 하세요."

지나와 마리올리노

La Gina e Mariolino

돈 까밀로는 티렐리 영감의 베갯머리 앞에서 하룻밤을 꼬박 세웠다. 그는 날이 밝자 미사를 드리기 위해 성당으로 내려갔다. 그리고 집안일을 맡고 있는 식복사 할멈을 불러 자기 대신 환자 곁을 지키라고 지시했다. 미사를 마친 돈 까밀로는 산책을 하며 두 시간쯤 휴식을 취했다. 아직도 티렐리가 살아 있는 걸 확인한 그는 밖으로 달려갔다. 우물 옆 오두막집으로 가서 한쪽 발을 다친 소년에게 무언가를 전해 주어야 했기 때문이다. 그가 사제관으로 돌아오는 길에 누군가가 인사를 했다.

"신부님, 안녕하세요."

머리를 들고 소리 나는 쪽을 바라보던 돈 까밀로의 표정이 어두워졌다. 무언가를 보지 말아야 하는 걸 본 사람 같았다. 2층 창가에서 웬 아가씨가 돈 까밀로를 향해 웃고 있었기 때문이다.

"너는 거기서 무엇을 하고 있느냐?"

돈 까밀로가 큰 소리를 치자 그녀의 얼굴 옆으로 인상이 험악한 청년이 모습을 드러내며 말했다.

"우린 놀러 왔어요. 휴가 오는 것도 이 마을 본당 신부의 허락을 받아야 하나요?"

돈 까밀로는 고개를 저었다.

"이보게, 젊은이. 조심하게. 혹시 자네가 공산당 선전을 하기 위해 여길 선택했다면 큰 잘못이네. 여긴 자네 같은 불한당한테는 어울리지 않는 곳이야."

청년은 투덜대면서 뒤로 물러났다. 하지만 아가씨는 아무렇지도 않은 듯 창가에 남아 계속 미소를 지으며 말했다.

"신부님, 한번 찾아뵐게요."

"그거 기특한 소리구나. 그러나 내가 부르거든 그때 찾아 오너라."

돈 까밀로가 등을 돌리면서 대꾸했다.

그리고 가던 길을 걸으면서 입속으로 중얼거렸다.

"이런, 저 바보 같은 녀석들이 무슨 바람이 불어 여기까지 올라왔지? 또 무슨 골치 아픈 일을 저지른 건 아닐까?"

마리올리노와 지나 필로티가 새로 저지른 골치 아픈 일이란 다른 일이 아니었다. 그것은 처음에 일으킨 일과 직접 관련된 것이었다. 돈 까밀로도 그 일에 두 번이나 말려든 적이 있었다. 한 번은 그 두 사람이 함께 죽겠다며 침수된 작은 성당이 있는 강물로 도망쳤을 때와 또 한 번은 결혼하겠다고 성당으로 찾아왔을 때였다.

마리올리노와 지나가 결혼한 후 얼마 되지 않은 어느 날 밤이었다. 이 골치 아픈 젊은 부부는 갑자기 말싸움을 시작했다.

"내 짐작에는 아들이에요. 당신은 딸을 원하지만 난 아들을 원해요."

지나가 말했다.

"내 짐작에는 딸일 것 같아. 당신과 당신네 친정 사람들이 아들을 원하니까 말이야."

마리올리노가 대답했다.

"딸은 아빠를 닮고, 아들은 엄마를 닮는 법이에요. 그래 아빠와 친가 쪽 할아버지의 성격을 물려받은 딸을 두다니 거참 굉장하겠군요."

지나가 소리쳤다

마리올리노는 이에 대해 거꾸로 받아쳤고 말싸움은 점점 더 뜨거워졌다.

"내가 이렇게 임신만 안 했어도 당신의 얼굴을 흠씬 갈겨 주었을 거예요!"

지나가 부르짖었다.

"임신만 아니었으면 벌써 나는 당신을 가만두지 않았을 거야!"

마리올리노가 소리쳤다.

"이 볼셰비키 같은 사기꾼아! 다시는 내 얼굴을 보지 못할 거다. 나는 친정집으로 돌아가 버릴 테니까!"

지나가 찢어지는 소리로 고함을 질렀다.

"그래, 나를 보는 것도 이게 마지막이다! 난 우리 아버지 집으로 가겠다. 지주의 딸은 더 이상 두고 볼 수가 없으니 말이야!"

마리올리노도 지지 않고 고함을 질렀다.

그러나 두 사람은 문득 여기서 다음과 같은 생각을 하기에 이르렀다. 다시 말해 둘 다 제각기 자기 집으로 가 버리면, 아기는 아직 태어나진 않았지만 아빠도 엄마도 없는 고아로 홀로 남게 되리라는 것이었다. 그리하여 두 사람은 화해했다.

"아들이든 딸이든 그런 건 아무래도 좋아요. 중요한 건 우리 아기가 마을에서 가장 예쁠 거라는 거예요. 비록 못생겼을지라도, 우리에게는 세상의 다른 아기들보다 훨씬 더 예쁠 거라고요."

지나가 결론을 맺었다.

이런 종류의 결론을 내리는 데는 그렇게 거친 말싸움을 할 필요가 없다. 이렇게 해서 며칠 몇 주가 지나갔다. 그런데 그

골치 아픈 일이 점점 더 불거지면서 또 다른 중요한 문제가 발생했다.

지나가 입을 열었다.

"이름을 무어라고 지어줄지 지금부터 준비해 두어야 해요. 아들이든 딸이든 낳자마자 곧바로 이름을 가질 수 있도록 말이에요. 이름이 예뻐야 하니까."

마리올리노가 제안한 이름은 모두가 망측스러운 것들뿐이었다. 레니나*부터 시작해서 코무나르다*에 이르기까지 전부 그렇고 그런 이름들이었다.

한편 지나는 비오*로 시작해서 알치데*로 끝나는 이름을 죽 늘어놓았다.

결국 그들은 아들이면 '알베르토', 딸이면 '알베르티나'로 짓기로 합의했다. 그런데 여기서 세 번째로 가장 심각한 문제가 발생했다.

"세례를 어떻게 시켜야 할까?"

지나가 갑자기 신음하듯이 말했다.

"세례야 시킬 필요 없지. 하지만 우리 딸이 꼭 세례를 받아야

---

* 레니나: 레닌의 이탈리아말로 여성형.
* 코무나르다: 파리 공산당의 이탈리아말로 여성형.
* 비오: 교황 이름 중 하나.
* 알치데: 제2차 세계대전 이후 이탈리아에서 반공 노선을 취한 수상.

한다면 성당으로 가서 받도록 하지."

"성당이라고요! 그렇지만 성당에는 돈 까밀로가 없잖아요!"

"그게 무슨 상관이야. 어떤 신부에게 세례를 받던 상관 없는 일이잖아."

지나는 자기 딸은 반드시 돈 까밀로 신부에게 세례를 받아야 한다면서 열을 올렸다. 그러나 곧 얼굴이 창백해지더니 숨을 헐떡이며 의자에 주저앉았다.

"흥분하면 안 돼요, 지나."

남편은 더할 수 없이 상냥한 목소리로 말했다.

"몸에 해로워요, 조용히 얘기해요. 나도 조용히 얘기할 테니까."

저녁 늦게까지 우아한 말싸움이 계속되었다. 그러더니 이윽고 지나가 결론을 내렸다.

"다른 일은 제쳐 놓고라도, 돈 까밀로가 지금까지 우리를 위해 애써 준 일을 생각하면 다른 신부에게 아기의 세례를 맡기는 건 도리가 아니죠. 물론 아기들은 태어나자마자 곧 세례를 받아야 하죠. 세례를 받는 데 6~7개월씩이나 기다릴 수는 없는 일이니까요."

"그거야 뭐 간단한 일이지."

마리올리노가 말했다.

"딸아이가 태어나면 즉시 읍사무소로 달려가 출생신고를 하는 거야. 빼뽀네도 돈 까밀로처럼 우리를 많이 도와주었잖아.

그다음에 산 위로 아기를 데리고 가서 당신의 신부에게 세례를 받게 하면 될 거 아니야?"

"안 돼요."

지나가 말했다.

"아기는 태어나자마자 세례를 받아야 하는 거예요. 그러니까 빨리 서둘러야 해요. 나는 내일 아침 여행갈 준비를 할 테니까…."

*

아무런 변화 없이 6일이 지나갔다. 티렐리 영감은 겉보기엔 죽은 것처럼 보였으나 여전히 살아 있었다. 돈 까밀로는 그동안 외출을 하지 않았다. 첫째 이유는, 티렐리의 간병인 노릇을 해야 했고, 두 번째는 지나가 곧 찾아오겠다는 말을 했기 때문이다.

7일째 되는 날 오후 식복사 할멈이 잔뜩 흥분해서 방으로 들어왔다.

"신부님, 얼른 내려오세요! 생각지도 못한 일이에요! 빨리요!"

돈 까밀로는 방에서 내려와 느릿느릿 성당 마당으로 나갔다. 그곳에는 마리올리노와 지나가 서 있고 그 옆에는 화려한 축제 의상을 차려입은 산파가 젖먹이 하나를 안고 있었다.

돈 까밀로는 잠시 망설이다가, 이윽고 그들 앞으로 나아갔다.

"무슨 일이오?"

돈 까밀로가 굳은 목소리로 산파에게 물었다.

"새댁이 며칠 전부터, 우리 마을에서 휴가를 보내고 있었는데 갑자기 아기를 낳으셨답니다."

돈 까밀로가 얼굴을 찌푸렸다.

"그럼 자네들은 이 짓을 하려고 일부러 여기까지 왔단 말인가?"

돈 까밀로가 물었다.

"나 혼자라면, 여기까지 오지 않았을 거요! 그런데 지나가 굳이 신부님한테 세례를 받아야 한다고 고집을 부렸단 말이오! 하지만 신부님이 세례를 주기 싫다면 그편이 훨씬 더 좋지요."

마리올리노가 덤벼들 듯이 소리쳤다.

돈 까밀로는 한참 생각했다. 상황이 대단히 복잡했기 때문에 그는 이렇게 결정을 내렸다.

"할 수 없지!"

누군가를 기다리는 모양인지 두 사람은 성당으로 들어갈 기미를 보이지 않았다. 마리올리노가 틈만 나면 호주머니에서 시계를 꺼내 들여다보는 걸로 미루어 볼 때 그것은 틀림없는 사실이었다. 돈 까밀로는 성당 문을 활짝 열고 안으로 들어가 세례 준비를 시작했다.

그동안 외지인 두 행렬이 이 마을로 들어오고 있었다.

한 무리는 노새 길로 올라오고 있었는데 지주인 필로티 군단 사람들이었다. 다른 무리는 발폰다의 노새 길로 올라오고 있었는데 부르치아타의 빨갱이 군단이었다. 이제 두 행렬은 서로 반대편으로 올라와서 성당 마당에서 합류하게 된 것이다.

젊은 부부가 성당 안으로 들어가자 양가의 군단이 각각 그 뒤를 따랐다. 그들이 세례반 앞으로 다가가자 기다리던 돈 까밀로가 입을 열었다.

"대부는 누구요?"

필로티 영감과 부르치아타 영감이 동시에 앞으로 나왔다. 두 사람 모두 이를 악물고 있었다. 그들은 재빨리 아기를 감싼 레이스 위에 손을 올려놓았다. 부르주아 반동과 프롤레타리아 혁명의 산물인 두 손이 아기 위에 놓여 있었다.

"손들을 치우시오!"

바로 그때 성당 문 앞에서 누군가의 목소리가 큼지막하게 들려왔다. 뻬뽀네였다. 그는 세례반 옆으로 다가와 아기를 붙잡으며 단호하게 말했다.

"이 애가 여기 산 위에서 태어났다 해도 사실상의 읍장은 나요. 그러니까 대부는 내가 서겠다!"

세례식이 끝나자 돈 까밀로는 자리를 떴다. 식복사 할멈이 황급히 손짓하며 그를 불렀기 때문이다.

"신부님을 급히 뵙고 싶으시대요."

돈 까밀로는 층계로 올라가 노인이 누워 있는 방으로 달려갔다. 티렐리와 눈을 마주치자 돈 까밀로는 성직자의 신분을 망각하고 버럭 소리를 질렀다.

"영감님, 안 돼요. 지금은 절대로 죽어서는 안 돼요! 새 생명이 태어나 우리 모두 축제 분위기인 이때 영감님이 돌아가시다니, 말도 안 돼요!"

티렐리가 고개를 저었다.

"신부님, 그런 게 아니라 나는 다시 살기로 결정했소. 난 그걸 당신께 말씀드리고 싶었던 거요. 이곳의 맑은 공기 덕택에 폐가 다시 좋아졌소이다. 내 딸에게 연락해서 간호사를 불러주시오. 그리고 좋은 숙소도 하나 찾아주시오."

돈 까밀로는 머리가 혼란스러워졌다. 한꺼번에 너무나 많은 일들이 일어나고 있었기 때문이다.

방에서 내려오니 젊은 신부와 뻬뽀네가 기다리고 있었다.

"경찰 서장만 빼고 전부 다 모였구먼!"

돈 까밀로가 중얼거렸다.

"내가 여기 온 건 운전사 노릇을 부탁받았기 때문이오."

뻬뽀네가 설명했다.

"이 젊은 신부님께서 이곳으로 데려다 달라고 요청하셨소. 기왕 여기까지 온 김에 상황이 어떻게 돌아가는지 보려고 자동차를 노새 길 입구에 세워 두고 온 거요. 그런데 신부님 건강이 좋은 걸 보니 일이 제대로 안 되고 있는 모양이오."

젊은 신부가 돈 까밀로에게 봉투를 하나 내밀었다.

“주교님께서 보내신 서한입니다. 제가 신부님 대신 여기서 생활하기로 했습니다. 당신은 제가 타고 온 자동차를 타고, 먼저 성당으로 돌아가십시오. 저는 바싸 마을로 돌아갈 마음이 없습니다.”

젊은 신부의 말이 끝나기도 전에 뻬뽀네가 끼어들었다.

“나도 누구를 마을로 다시 데려갈 생각은 추호도 없소.”

“수고비를 내면 될 게 아닌가!”

돈 까밀로가 소리쳤다.

“돈이 문제가 아니오. 이건 원칙의 문제요.”

뻬뽀네가 대꾸했다.

“그리고 신부님이 돌아오는 게 늦으면 늦을수록 더 낫소. 정신 나간 노인네가 여기서 죽고 싶다고 찾아왔다고 해서, 또 생각이라곤 전혀 없는 부부가 그따위 일을 벌여 놨다고 해서 당신은 헛된 망상에 사로잡혀서는 안 되오. 우리는 신부님 없이도 아주 잘 지내고 있으니 말이요.”

“그러니까 빨리 돌아가려는 거야!”

돈 까밀로가 중얼거렸다.

사실 마을 사람들은 전혀 잘 지내지 못하고 있었다. 하늘이 수문을 열어 놓아 큰비가 쏟아지고 있었기 때문이다. 신문에는 불어난 강물로 인해 점점 더 심각한 문제가 생기고 있다는 기사가 보도되었다. 벌써부터 마을의 노파들은 수군거리기 시작했다.

"이것 좀 봐. 돈 까밀로가 성당의 십자가를 가져간 뒤부터 저런 재앙들이 계속해서 생기기 시작했다니까…."

제대의 예수 십자가는 마을의 큰 강과 관련이 깊었다. 해마다 마을 사람들은 그 십자가를 선두로 행렬을 지어 강둑까지 나가 강물을 축성하는 의식을 행하곤 했었다. 노파들은 고개를 절레절레 흔들었다.

"십자가의 예수님이 계신 동안에는 우리를 보호해 주셨지. 그런데 지금은 더 이상 계시지 않는단 말이야."

강물이 점점 불어나자 사람들은 더욱더 십자가 얘기에 열을 올렸다. 평소에 아주 합리적인 생각을 하는 사람들도 그런 분위기에 휩쓸려 이치에 닿지 않는 말까지 하게 되었다.

그리하여 어느 날 아침, 마을의 대표자들이 주교 앞에 나타났다. 그들의 의견과 다른 사람들의 의견을 전하기 위해 찾아온 것이었다.

"주교님,"

그들은 호소했다.

"우리의 십자가를 돌려주십시오. 하루빨리 커다란 행렬을 지어 강둑까지 나가야 합니다. 그렇지 않으면 온 마을이 물속에 잠기게 될 겁니다."

늙은 주교가 한숨을 내쉬며 말했다.

"형제 여러분, 이게 바로 그대들의 믿음이라는 거요? 하느님이 그대들 마음 안에 계신 것이 아니라 그대들 밖에 계신다는 것이지 않소? 여러분은 나무로 만든 형상 하나에 믿음을 두고 집착하면서 그게 없다고 절망감에 빠진단 말이오."

대표자 중에는 머리가 제대로 돌아가는 사람이 있었다. 그 중 한 사람인 보네스티 영감이 나서며 외쳤다.

"주교님, 하느님께 대한 믿음이 부족해서 이러는 게 아닙니다. 우리들 자신에 대한 믿음이 부족해서 그러는 겁니다. 우리는 어디에 살든 마음속 깊이 애국심을 지니고 있습니다. 하지만 전쟁터에서 공격을 개시할 땐 연대기가 펄럭이고 있어야 합니다. 그래야만 자신의 힘에 대한 믿음이 살아나고 유지되는 것입니다. 깃발이 필요합니다. 주교님, 십자가는 우리의 깃발이고, 돈 까밀로는 그 깃발의 기수입니다. 그것들이 있어야만 우리는 재앙에 맞서 싸울 수 있습니다."

주교는 양팔을 벌렸다.

"주님의 뜻이 이루어지기를."

이렇게 하여 돈 까밀로에 대한 소환 명령이 몬테라나에 떨어졌다. 그리고 원정대가 지금 이곳에 도착했던 것이다.

돌아온 돈 까밀로

Don Camillo ritorna

돈 까밀로는 커다란 십자가를 메고 산골짜기 성당을 걸어 나왔다. 그는 노새 길을 따라 산길을 내려가기 시작했다. 이번에는 먼저와 달리 십자가가 깃털처럼 가벼웠다.

산 아래 쪽에는 낡아 빠진 뻬뽀네의 지프가 기다리고 있었다. 뻬뽀네는 그것을 택시라고 불렀는데 이 자동차는 사람과 물건을 운반하는 데 쓰이곤 했다. 돈 까밀로는 십자가를 연대기처럼 우뚝 세우고 차에 올라탔다.

부르치아타 일가가 타고 온 트럭도 거기서 기다리고 있었다. 뻬뽀네가 움직이자 사람들은 모두 그 뒤를 따랐다. 노새 길 입구의 다른 쪽에는 필로티 일가의 커다란 승용차 두 대가 번쩍

거리며 대기하고 있었다. 첫 번째 차에는 지나가 아기를 안고 있었고, 마리올리노는 그 옆에서 운전을 하고 있었다. 마리올리노는 지프와 빨갱이 일가가 타고 있는 트럭 사이로 끼어들었다. 그러자 그 뒤를 따라오던 필로티 일가도 조심스럽게 빨갱이 트럭을 따라갔다.

그 뒤에 스미르초가 나타났는데 그는 오토바이를 타고 전속력으로 달려왔다. 두목인 뻬뽀네의 귀환이 늦자 근심이 돼 달려왔던 스미르초는, 일이 순조롭게 진행되는 걸 보자 오토바이를 돌려 맨 앞으로 달려가 길잡이 노릇을 했다.

마을 입구에는 온 동네 사람들이 나 나와 돈 까밀로의 귀향을 환영하고 있었다. 돈 까밀로는 그들을 보자 십자가를 마치 연대기처럼 똑바로 쳐들었다.

*

돈 까밀로는 귀향 첫 미사를 마치고 밖으로 나왔다. 사람들이 돈 까밀로 주위로 몰려들어 그를 둘러쌌다. 그리고 다음과 같이 소리쳤다.

"행렬을 나갑시다! 행렬을!"

"예수님이 다시 제자리로 돌아오셨으니 이제는 좀 쉬셔야 하지 않겠소?"

돈 까밀로가 대답했다.

"행렬은 내년에나 있을 것이오. 올해의 강물 축성은 이미 끝나지 않았소?"

"그건 그래요. 하지만 강물은 계속 불어만 가고 있는 걸요!"

한 아낙네가 뛰어 나오며 소리쳤다.

"예수님께서도 아주 잘 알고 계실 것이오. 그러니까 새삼스럽게 그걸 깨우쳐 드릴 필요는 없소. 나는 그분께 우리가 이 어려움을 견뎌낼 힘을 주십사고 간절하게 기도드리겠소."

돈 까밀로가 엄숙하게 대답했다.

그러나 사람들은 불어나는 강물로 뽀 강둑이 무너질지도 모른다는 두려움에 사로잡혀 있었다. 그래서 행렬을 해야 한다고 고집을 부렸다. 그러나 돈 까밀로는 더욱더 엄하게 말했다.

"정 그렇다면 행렬을 나갑시다. 하지만 나무로 만든 십자가를 모시고 행렬을 나갈 게 아니라 여러분 마음속에 있는 예수님을 모시고 나가야 할 것이오! 다들 그런 마음으로 행렬을 나갔으면 좋겠소. 나무로 만든 모형이 아니라 주님을 믿으시오. 그러면 하느님께서 당신들을 도와주실 테니까."

*

비는 계속해서 쏟아졌다. 오래된 떡갈나무도 벼락에 맞아 쩍하고 갈라졌다. 이곳저곳 마을이 물에 잠겼다. 바싸 마을도 흙탕물에 잠길 판이었다.

이 지방의 큰 강 역시 위협적으로 불어났다. 강둑으로 몰아치는 홍수의 기세는 점점 더 사나워졌고, 뽀 강의 수위 역시 점점 더 올라갔다.

전쟁이 이 지방을 휩쓸고 지나갔을 때, '피오파치아' 라는 지점의 강둑 일부가 무너진 적이 있었다. 그곳은 보수한 지가 채 2년밖에 되지 않았다.

마을 사람들 모두가 근심스런 얼굴로 피오파치아 쪽을 바라보았다. 그곳은 아직 강둑의 흙이 충분히 굳지 않았다. 그래서 물이 불어나 수압이 높아지면 균열된 틈이 터져 버릴 것처럼 보였다.

강물이 불어날수록 사람들의 근심도 커져만 갔다. 기술자가 와서 피오파치아는 더 이상 위험하지 않다고 말했지만 사람들의 불안은 가시지 않았다. 사람들은 만일의 경우를 대비해 피난을 가기 시작했다. 강물이 계속 불어나자 사람들의 불안감은 공포심으로 변했다.

누군가 이렇게 외쳤다.

"이젠 짐을 쌀 시간도 없어! 피오파치아 강둑이 무너져서 모든 걸 휩쓸어버리고 말 거야. 이 위기를 모면하는 길은 하나밖에 없어. 강 건너 저쪽 강둑을 무너뜨리는 수밖에."

누가 그런 발언을 했는지는 아무도 모른다. 중요한 것은 사람들이 모두 이 말에 고개를 끄덕였다는 사실이다. 그래서 이 생각은 곧 대세가 되었다. 이제 사람들은 어떻게 하면 강을 건

너가 그쪽의 강둑을 무너뜨릴 수 있을까를 초조하게 생각하기 시작했다.

'어떻게 해서든, 누군가 강을 건너 저 강둑을 무너뜨려야 한다.'

그런데 갑자기 비가 뚝 그쳤다. 조금만 있으면 강물이 다소 줄어 들 것이라는 희망으로 사람들의 마음이 밝아졌다. 그때 종소리가 요란하게 울렸다. 온 마을 사람들이 허둥지둥 성당 앞 작은 광장으로 달려갔다.

"형제 여러분!"

광장이 사람들로 채워지는 것을 보며 돈 까밀로가 소리쳤다.

"침착하게 행동합시다. 우선 해야 할 일은 한 가지뿐이오. 일단 중요한 물건부터 안전한 곳으로 대피시킵시다."

그때 또 장대비가 쏟아지기 시작했다.

"이미 늦었소. 피오파치아의 강둑이 견뎌내지 못할 거요!"

사람들이 아우성을 치자 돈 까밀로가 말했다.

"무너지지 않을 거요, 절대로. 내가 장담하겠소. 나는 지금 피오파치아로 가서 그 강둑 위에 버티고 서 있을 작정이오. 만일 내 생각이 틀렸다면 내가 맨 먼저 그 대가를 치르겠소!"

돈 까밀로가 커다란 우산을 펼쳐 들고 피오파치아 쪽으로 걸어가기 시작했다. 사람들이 하나 둘 그 뒤를 따랐다. 그러던 중 어느 지점에 도달하자 사람들이 발걸음을 멈추었다. 그곳에서부터 새로 수리한 강둑이 시작됐기 때문이다.

돈 까밀로가 뒤를 돌아보며 소리쳤다.

"모두 침착하게 자기 식구들을 데리고 피난하시오. 나는 피오파치아에서 여러분들이 짐을 다 옮길 때까지 기다리겠소."

말을 마친 돈 까밀로는 다시 걷기 시작했다. 그는 50미터쯤을 더 걷다가 우뚝 멈추어 섰다. 마을 사람들이 강둑의 붕괴를 우려했던 바로 그 지점이었다.

사람들은 어찌할 줄을 몰라 강물과 신부를 번갈아 쳐다보았다. 그때 누군가 외치는 소리가 들려왔다.

"돈 까밀로, 나도 당신과 함께 가겠소!"

빼뽀네가 사람들을 뚫고 앞으로 나섰다. 그러자 사람들의 시선이 그에게 쏠렸다.

"강둑은 끄덕없소, 조금도 위험하지 않을 거요!"

빼뽀네가 소리쳤다.

"그러니까 여러분은 겁먹지 말고, 어서 집으로 돌아가 부읍장의 지시에 따라 짐을 꾸리시오. 피난 준비를 하란 말이오. 그동안 나는 여기 서서 내가 한 말에 대해 책임진다는 걸 여러분한테 보여주겠소!"

읍장과 신부, 두 사람이 피오파치아 강둑 위에 버티고 서 있는 걸 보자, 사람들은 미친 듯이 자기 집으로 달려갔다. 그리하여 외양간에서 가축을 끌어내고 마차에 짐을 싣기 시작했다.

피난이 시작되었다. 한편 비는 여전히 쏟아졌고 강물의 수위

또한 줄어들 기미를 보이지 않았다.

빼뽀네와 돈 까밀로는 우산을 쓰고 큰 바위에 걸터앉았다.

갑자기 빼뽀네가 입을 열었다.

"신부님, 어제까지 계시던 그 산꼭대기 마을에 계셨더라면 아마도 마음이 더 편하실 걸 그랬소."

"아니, 그렇지 않아. 이런 일이 벌어지지 않았더라면 주교님께서 나를 다시 마을로 내려오도록 허락하시지 않았을 테니까 말이야!"

잠자코 있던 빼뽀네가 무릎을 탁 치면서 말했다.

"사람들이 지금 막 짐을 꾸리기 시작했는데, 만일 여기 강둑이 무너진다면 어떻겠소? 그야말로 모든 것이 깡그리 사라져 버릴 게 아니오. 우리나 다른 사람들이나 모두 말이오."

"그래, 강 건너 강둑을 허물면 우리 마을 사람들은 살아남을 수 있을지 모르지. 하지만 다른 사람들이 죽고 피해를 보게 될 걸세. 그러니 그쪽 둑을 무너뜨리는 건 올바른 짓이 아니네. 이보게, 읍장 나리, 재앙과 범죄에는 큰 차이가 있는 걸세."

저녁 무렵부터 비가 그치기 시작했고 강물의 수위도 낮아졌다. 그러자 돈 까밀로와 빼뽀네는 피오파치아를 떠나 마을로 돌아왔다. 이미 마을은 텅 비어 있었다. 사람들이 전부 피난을 가버렸기 때문이다.

성당 앞 작은 광장에 도착하자 두 사람은 걸음을 멈추었다.

"자네 목숨을 구해주신 하느님께 감사의 인사를 드려야 하지 않겠나?"

돈 까밀로가 뻬뽀네에게 말했다.

"자네에게 큰 은혜를 베풀어 주셨어!"

"벌써 인사를 드렸소."

뻬뽀네가 심드렁하게 대답했다.

"하지만 그분이 신부님의 목숨을 구해주신 건 정말이지 내겐 아주 끔찍한 재앙이오. 그러니 피장파장 아니겠소?"

모두 제자리에

Ognuno al suo posto

마롤리는 몸에 뼈만 앙상히 남아 있는 노인이었다. 그렇지만 마음만 내키면 스물다섯 살 먹은 청년 못지않은 근력을 낼 수도 있는 사람이었다.

둑이 무너질 지경으로 홍수의 위험이 심각했던 그 날, 마롤리의 두 아들도 가장 중요한 귀중품을 차에 싣고 온 가족과 함께 피난을 떠날 준비를 했다. 그런데 노인이 집에서 한 발자국도 움직이지 않겠다고 버텼다.

"여긴 내 집이다. 나는 여기 남아 있을 거다."

두 아들이 아버지를 설득하려고 애썼다. 불어난 강물로 언제 강둑이 무너질지 몰라서 마을 사람들이 모두 피난을 갔다고 설명했지만 마롤리는 막무가내였다.

"난 꿈쩍도 안 할 거다. 난 환자야. 나는 여기 내 집에서 죽고 싶다, 내 마누라가 죽은 이 침대에서 말이야."

두 며느리도 타일러 보았다. 하지만 노인은 끄떡도 하지 않았다.

기회를 노리던 큰아들이 침대로 달려들었다.

"이제 그만해 두세요!"

큰아들이 외쳤다.

"넌 저쪽을 잡아라. 제수씨와 당신은 다리 쪽을 잡고 이부자리째 아버지를 들어서 내가자."

"이놈들, 썩 나가라!"

노인이 소리를 질렀다.

하지만 이미 모두 노인 주위에 달려들어 이부자리를 통째로 번쩍 들어 올리고 있었다. 이부자리를 들어 올리는 건 식은 죽 먹기였다. 그는 뼈만 앙상하게 남아 있었기 때문에 아이 하나 무게 정도밖에 나가지 않았던 것이다.

노인은 큰아들의 가슴을 붙잡고 밀어내려고 했다. 그러나 큰아들은 아버지의 두 손을 움켜잡은 다음, 자기 가슴에서 떼어 냈다. 이어 노인을 침대 위로 거세게 밀어 눕혔다. 그리고 아버지를 꼼짝 못 하게 내리누르면서 소리쳤다.

"제발 고집 좀 그만 부리세요, 아버지."

노인은 있는 힘을 다해 몸을 빼내려고 했다. 그러나 돌덩이가 가슴을 짓누르는 것 같아서 옴짝달싹할 수가 없었다. 한심하다는 생각에 눈물이 한 방울 떨어졌다.

위를 올려다보니 몇 개의 눈빛이 보였다. 모두 불만에 가득 찬 눈빛이었다. 아들들의, 며느리들의, 손자들의 눈빛이었다. 그러나 방 한구석에는 이들과 다른 두 개의 눈빛이 빛나고 있었다. 거기서 노인은 숨을 헐떡이며 말했다.

"로사! 로사!"

그러나 12살 난 가련하고 힘없는 소녀가 무슨 수로 그를 구할 수 있을 것인가.

"로사야!"

그래도 노인은 여전히 숨을 헐떡이며 외쳤다.

로사는 침대 위의 할아버지를 꼼짝 못하게 내리누르고 있는 사내들을 향해 뛰어들었는데 마치 성난 고양이 같았다. 그러자 다섯 사람의 손 열 개가 로사를 붙잡아 다른 한편으로 밀치며 저마다 손바닥으로 머리를 힘껏 쥐어박았다.

"저리 가, 이 멍청아! 저리 가, 이 미친 것아!"

노인은 분노로 입에 거품을 물면서 소리쳤다.

"미친 건 바로 네놈들이다! 이 미친 것들아! 이 야비한 놈들아! 저 아이의 아비가 살아 있었다면 네놈들이 나에게 이런 짓은 못했을 거다!"

로사의 아버지는 여러 해 전에 세상을 떠나 이미 땅속의 흙이 되어 버렸고, 로사의 어머니 역시 죽고 없었다. 로사의 아버지는 그 집안에서 가장 유능하고 힘이 센 사람이었다. 마롤리 노인은 그 아들이 죽은 후에 심장병을 앓게 되었다.

"이젠 우리가 있잖아요."

큰아들이 냉소를 지으며 말했다.

"그러니까 아버지는 우리가 하라는 대로 하세요. 자, 모두 서둘러라."

열 개의 손이 앞을 다퉈 이부자리를 잡아 침대 위로 들어올렸다. 그동안에도 큰아들의 시커먼 두 손이 발버둥 치는 노인을 내리누르고 있었다.

그때 로사의 목소리가 들렸다.

"할아버지를 그냥 놔두세요! 그렇지 않으면 총을 쏠 테야!"

소녀의 손에 실탄을 잰 2연발 총이 쥐어져 있었다. 그것은 남자 어른 손에 기관총이 들려 있는 것보다 더 무서운 것이었다. 왜냐하면 로사는 보통 소녀가 아니라 정신이 나간 아이였기 때문이다.

이쪽은 전부 여섯 사람(중년의 아들 둘, 며느리 둘, 손자 둘)이었으나, 이제는 노인을 그냥 놔두는 편이 더 낫다고 생각하게 되었다.

그들은 이부자리를 내려놓았다. 아버지를 억누르고 있던 큰아들도 두 손을 거두어들였다.

"저리 가요! 그렇지 않으면 쏠 테니까!"

소녀가 외쳤다.

일동은 모두 문 쪽으로 뒷걸음질을 쳤다. 그들이 밖으로 나가자 소녀는 빗장쇠로 문을 잠가 버렸다.

"경찰이나 간호사를 불러서라도 데려가고 말 테다!"

집 앞 층계에서 큰아들이 소리쳤다. 그러나 노인은 조금도 겁내지 않았다.

"입을 다물고 있는 게 너희들 신상에 좋을 거다. 누구든지 가까이 오면 집에 불을 질러버릴 테니까!"

마롤리가 위협했다.

시골풍의 집과 신식 건물 사이에는 헛간이 하나 있었는데 그 위에 노인의 방이 있었다. 그러니까 노인의 방을 통해 두 집이 연결되는 셈이었다. 그리고 노인의 방은 신식 건물 맞은편에서 건초 창고와 이웃하고 있었다. 이 방은 원래 곡물을 보관해 두는 곳이었는데 노인이 자기가 쓰겠다고 했던 것이다. 노인은 그 방을 차지하자마자 방바닥에 구멍을 뚫었다. 그곳에서 외양간의 가축들이 물을 마시는 모습과 헛간을 출입하는 사람들과 물건들의 움직임을 지켜볼 수 있었기 때문이다. 이 헛간에는 마른 짚이 가득 쌓여 있었으므로 노인이 불만 붙이면 삽시간에 불바다가 될 판이었다.

노인의 위협에 가족 모두는 식은땀을 흘렸다. 노인의 방엔 램프와 석유통과 총알이 장전된 2연발 총이 있었다. 그리고 노인이 마음대로 조종할 수 있는, 즉 미쳐 날뛰는 로사가 있었다.

"가만히 내버려 둘 테니 염려 하지 마시오!"

집 앞 층계에서 큰 아들이 소리쳤다.

노인이 낄낄대며 비웃었다.

"아무렴, 그렇게 하는 것이 너희를 위해서 좋을 것이다!"

집 앞마당에서 큰 며느리가 교활한 생각 한 가지를 떠올렸다. 그녀는 다른 가족들에게 끔뻑 눈짓한 뒤, 노인이 있는 방 쪽 창문을 향해 외쳤다.

"원하시는 대로 하세요. 하지만 아버님께서는 그애를 물에 빠져 죽게 할 권리가 없어요! 진정으로 로사를 사랑하신다면 우리랑 같이 피난을 가도록 해 주세요."

노인은 잠시 생각에 잠겼다. 그리고 뒤돌아서서 로사를 바라보며 말했다.

"얘, 로사야. 물이 밀려올 테니까 여기는 위험하다. 가고 싶으면 가거라."

소녀는 고개를 가로저으며 싫다고 했다. 그리고 창문 가로 얼굴을 내밀더니 덧문을 닫고 빗장으로 굳게 잠가 버렸다.

"벼락이나 맞아라!"

교활한 꾀를 짜냈던 큰 며느리가 중얼거렸다. 손자들은 저 못된 두 사람이 죽어 없어지는 게 차라리 잘 된 일이라고 말했다. 마롤리의 두 아들은 침울해져 말이 없었다. 짐을 가지고 강둑까지 나와 집을 바라보던 큰아들이 화난 목소리로 말했다.

"이번 일은 그냥 넘어가자. 우리가 다시 집에 돌아가면, 이번에는 확실하게 정리해 버릴 테다. 노인네는 병원으로 보내고, 계집애는 정신병원으로 보내야겠어."

동생이 찬성했다.

"그래요, 인정사정 보지 말자고요!"

*

식구들이 떠나가자 집에는 노인과 손녀만 남았다. 두 사람이 거기 있다는 사실을 아는 사람은 아무도 없었다. 가족이 떠난 걸 확인하자마자, 소녀는 1층으로 내려가 문이란 문은 깡그리 걸어 잠그고 창문에는 작살까지 괴어놓았다.

2층의 방들과 곡물 창고에는 먹을 것이 충분히 있었다. 노인은 필요한 물건을 전부 자기 방으로 가져오게 했다. 또 그는 큰 유리병과 양동이를 소녀에게 주었다. 소녀는 양동이로 물을 길어다 유리병에 가득 담았다.

저녁때가 되자 소녀는 몹시 피로하였다. 그래서 방바닥에 매트리스를 깔고 그 위에 누웠다.

"그 못된 놈들이, 오늘 밤에 다시 올지도 모른다. 내가 깨어 있을 테니 넌 걱정하지 말고 자라. 무슨 소리가 들리면 부르마."

노인이 중얼거렸다.

노인은 2연발 총을 양팔에 끼고 침대에 걸터앉았다. 하지만 아무도 나타나지 않았다. 강물이 강둑 아래 구멍을 뚫고 넘쳐

나온 것은 이튿날 아침이었다.

물은 노인의 집 마당까지 밀려들어 왔다.

"이제는 우리가 안심해도 되겠다."

노인이 말했다.

11시쯤, 종소리가 울리자 노인은 손녀를 지붕 밑 다락방으로 올려보내 그곳 창문으로 사방을 살펴보도록 했다.

로사는 잠시 그 위에 머물러 있다가 내려와 설명해 주었다.

"성당 문은 열려 있는데 온통 물바다예요. 강둑에는 사람들이 잔뜩 모여 있고요."

3시가 되자 소녀는 다시 밖을 살피러 다락방으로 올라가더니 급하게 내려와 소리쳤다.

"사람들이 조그만 배를 타고 집집마다 살피고 있어요!"

마롤리는 한숨을 쉬었다.

"로사, 너는 가고 싶으면 가도 좋다!"

"싫어요, 사람들이 우리를 잡으러 오면 나는 건초 창고에 불을 질러 버릴 거예요!"

소녀가 대답했다. 사람들이 탄 나룻배가 마롤리 집 앞을 지나가자 소녀는 창문 틈으로 밖을 내다보았다.

"대장간 일을 하는 그 덩치 큰 아저씨가 배에 타고 있어요. 항상 빨간 스카프를 목에 두르고 다니는 그 아저씨 말이에요."

소녀가 노인에게 설명했다. 그때 뻬뽀네의 목소리가 들려왔다.

"여보시오! 아직도 집에 남아 있는 사람이 있소?"

노인과 소녀는 숨을 죽이고 있었다. 아무 소리도 들리지 않자 배는 다른 곳으로 떠나갔다.

"겁이 나서 아무에게도 말하지 않은 모양이다."

노인이 중얼거렸다.

"이제 안심이다."

*

돈 까밀로가 잠에서 깨어났을 때 사방은 어둑어둑했다. 극도로 피곤해 있었으므로 그는 오후 내내 잠을 잤던 것이다. 벌써 저녁이 되었다. 돈 까밀로는 자리에서 일어나 창문을 활짝 열어 젖혔다. 바다처럼 거대한 강물이 출렁거렸다. 그 수평선 끝에는, 마치 붉은 색연필로 그어 놓은 것처럼 가느다란 한 줄기 석양이 빨갛게 빛나고 있었다.

그 끝없는 침묵에 아무것도 두려울 것이 없었던 돈 까밀로마저 압도당하는 느낌이 들었다. 집집마다 불 켜진 창문들이 보이던 때가 아득히 먼 옛일처럼, 마치 꿈결처럼 떠올랐다. 지금은 어느 집이나 어둠에 싸여 1층 천장 밑 80센티미터 되는 지점까지 물이 차 올라왔다.

멀리서 개 짖는 소리가 들려왔다. 별안간 애견인 번개 생각이 났다.

번개는 어디로 갔을까? 마을이 물바다로 변했을 때, 녀석은 어디에 있었을까?

멀리서 개 짖는 소리가 계속 들려왔다. 아니, 멀리서 나는 소리라기보다 방바닥 밑에서 들려오는 것 같았다. 그는 걱정이 되기도 했고 무섭기도 했다.

어렴풋이 들려오던 개 짖는 소리가 갑자기 멈추었다. 그것은 바로 돈 까밀로가 서 있는 발밑에서 들려오는 소리였다.

그래서 돈 까밀로는 램프에 불을 붙였다. 조그만 쇠막대기 하나를 발견했으므로 무릎을 꿇고, 그걸로 바닥에 깔린 벽돌 한 장을 떼어 냈다. 이어 다른 벽돌을 몇 개 더 뜯어내자 번개가 뗏목 위에 앉아 짖고 있는 모습이 보였다. 물론 그 뗏목은 아래층에 있던 식탁이 뒤집혀 물에 떠 있었던 것이지만, 그 식탁은 너무 무거워 돈 까밀로가 2층으로 옮기지 못하고 거실에 그냥 놔둔 것이었다.

마침내 비가 그쳤는지 더 이상 물이 들어오지 않았다. 번개는 테이블 위에 앉아 멍하니 위를 쳐다보며 구원의 손길이 오길 학수고대하고 있었다.

돈 까밀로는 방바닥의 구멍으로 번개를 꺼냈다. 번개는 온몸이 물에 흠뻑 젖어 있었는데 돈 까밀로도 자기처럼 비에 젖어 있는 걸 보고 대단히 만족해하는 눈치였다.

벌써 저녁 종을 치러 갈 시간이었다. 돈 까밀로는 포도주를 담는 빈 통으로 작은 배를 만들고 포도를 으깨는 막대기로 노를 삼아 물을 건너 성당으로 들어갔다. 그리고 십자가 예수님의 발치에 이르러(제단은 이미 온통 물에 잠겨 있었으므로) 돈 까밀로는 무릎을 꿇었다.

"예수님, 제가 제단을 종탑 위에 만들어 놓고 거기서 미사를 올리는 걸 용서해 주십시오. 홍수 때문에 마치 전쟁을 치르는 것 같습니다. 오늘 저는 전투 부대에 소속된 군종 신부*가 된 기분입니다. 그래서 옛날에 쓰던 야전용 소형 제대도 꺼냈습니다."

예수님께서 한숨을 쉬셨다.

"돈 까밀로, 너는 거기서 무엇을 하느냐? 네가 있을 곳은, 네게 맡겨진 사람들이 모여 있는 곳이 아니더냐?"

"예수님, 제 양들은 여기 있습니다. 몸은 멀리 떨어져 있어도 마음은 모두 여기 와 있습니다."

"돈 까밀로, 너는 무서운 완력을 지니고 있지 않으냐? 그런데 그 완력도 여기서는 아무런 쓸모가 없구나."

예수님이 탄식하셨다.

"하지만 용기를 잃지 말아야 하느니라."

"예수님,"

돈 까밀로가 씩씩하게 대답했다.

"저는 여기에 머물면서 저들을 돕고 있습니다. 이 종을 울려서, 저 위로 피난 가 있는 사람들에게 희망을 북돋아 주고 있는

* 군종 신부: 군인들의 종교 생활을 위해 각 부대에 파견된 성직자.

것입니다. 희망과 믿음을요."

*

돈 까밀로는 포도주 통으로 만든 배를 침실 창문 아래 묶어 두고 방으로 올라가 침대에 누웠다. 마을은 온통 끝없는 침묵으로 휩싸여 있었다. 이러한 침묵이 머리를 내리누르자 정신이 몽롱해졌으므로 잠을 잘 수밖에 없었다.

번개가 짖는 소리에 놀란 그는 퍼뜩 잠에서 깨어났다. 번개는 경계 태세를 취하며 짖어대다가 창문을 향해 맹렬히 돌진했다. 돈 까밀로는 2연발 총을 움켜잡고 불도 켜지 않은 채 창문을 반쯤 열었다. 밖에서 누군가 자신을 부르는 소리가 들려왔다. 돈 까밀로는 손전등을 켜 창문 아래 넘실대는 물 위를 비추어보았다.

그러자 커다란 나무 통 안에서 누더기 보따리 하나가 꿈틀거리는 게 눈에 들어왔다.

"누구냐?"

"로사 마롤리예요. 할아버지가 신부님을 뵙고 싶으시대요."

작은 누더기 보따리가 말했다.

"할아버지가?"

"네, 지금 몹시 아프세요. 신부님이 계실 때 돌아가고 싶으시대요."

돈 까밀로는 서둘러 창문에서 내려왔다. 포도주통 배에 로사를 태운 다음, 긴 막대기를 노 삼아 배를 젓기 시작했다.

"도대체 너는 여기 남아 무얼 하고 있던 거냐?"

"할아버지가 피난을 안 가시고 남아 계시겠다고 해서 제가 시중을 들고 있었어요. 다른 식구들은 할아버지를 강제로 데리고 가려고 못되게 굴었어요. 하지만 저는 사냥총이 어디 있었는지 알고 있었거든요."

"집에 남아 있는 게 무섭지 않았니?"

"아뇨, 할아버지가 저와 함께 계시는 걸요. 또 신부님 계신 방에 불이 켜져 있는 것도 보았고 종소리도 들었어요."

마롤리는 임종을 맞이하고 있었다.

"그놈들이 나를 병원에 집어넣어 개죽음을 시키려고 했습니다…."

노인은 숨을 헐떡이며 말했다.

"나는 내 집에서 사람답게 죽고 싶었습니다…. 그런데 그놈들이 나를 미쳤다고 하더군요! 그러고 저 애까지 미쳤다는 겁니다!"

소녀는 화가 난 듯 꼼짝도 하지 않고 노인만 쳐다보았다.

"로사야, 너 정말로 미쳤느냐?"

노인이 말했다.

"가끔씩 머리가 아파요. 그럴 땐 더 이상 뭐가 뭔지 모르겠어요…."

소녀는 겁먹은 목소리로 대답했다.

"돈 까밀로, 저 애는 머리가 아프답니다! 그래요. 어렸을 때 넘어져 돌에 머리를 부딪친 적이 있지요. 지금도 머리뼈 한 개가 뇌를 짓누르고 있어요. 의사가 그렇게 말했답니다. 나한테 그런 사실을 말했어요. 수술만 하면 나을 수 있다고. 하지만 난 이렇게 병이 들어 있고 수술비는 상당히 비쌉니다. 다른 자식들은 그 돈이 아깝다며 쓰려고 하질 않고… 저 애를 정신병원에 보낼 궁리만 하지요! 옆에 있으면 귀찮다고 들볶기만 하고…."

노인이 눈물을 흘리며 말했다.

"진정하십시오. 제가 여기 있지 않습니까?"

돈 까밀로가 다정스레 말했다.

"신부님께서 저 애를 수술시켜 주십시오. 침대를 조금 뒤로 물려 주세요. 됐습니다. 그리고 거기 벽에…. 저 끝에, 줄로 그어 표시해 둔 그 벽돌 좀 빼 주세요."

노인이 말했다.

돈 까밀로가 그 벽돌을 뜯어내 보니 납처럼 묵직한 자루 하나가 나왔다. 그러자 노인이 숨을 더욱 헐떡이며 말했다.

"금입니다. 금화지요. 내 것입니다. 모두 로사를 위해 써 주세요…. 저 애가 수술을 받게 해 주세요. 또 로사를 자기 집에 데려다 잘 보살펴 주고 공부시켜 줄 사람한테 이 돈을 맡겨 주십시오…. 우리가 미친 사람인지 아닌지 그놈들에게 보여 주자꾸나! 그렇지 않느냐, 로사야?"

소녀가 알겠다는 듯이 고개를 끄덕였다.

*

돈 까밀로는 밤새 노인 곁에 있다가 새벽이 되어서야 일어섰다. 마롤리 노인은 사람답게 죽어갔다. 소녀는 움직이지 않는 할아버지의 시신을 우두커니 바라보며 서 있었다.

"자아, 나와 함께 가자꾸나."

돈 까밀로가 다정하게 말했다.

"이젠 아무도 할아버지를 화나게 하지 않을 거다. 또 아무도 너를 괴롭히지 못할 거다."

로사는 돈 까밀로의 뒤를 따라갔다.

사제관에서는 번개가 컹컹 짖으면서 2층 창문의 창턱 위에서 기다리고 있었다. 포도주통 배를 창문 아래 매어두고 돈 까밀로는 소녀를 데리고 방으로 들어갔다.

"어느 침대든지 괜찮으니까 네 마음에 드는 침대에 누워 편안히 자거라."

그리고 나서 돈 까밀로는 다시 배를 타고 성당으로 갔다. 그는 제대 앞에 이르자 위를 올려다보며 말했다.

"예수님, 저 애의 말을 들으셨죠? 제 방에 불이 켜져 있는 걸 보고, 종소리를 들은 후부터는 조금도 무섭지 않았대요. 그래요, 로사는 미치지 않았어요. 어렸을 때 넘어져 머리를 다친 것뿐입니다. 수술하면 금방 나을 거예요."

예수님께서 미소 지으며 대답하셨다.

"너도 어렸을 때 넘어진 일이 있었느니라, 불쌍한 돈 까밀로. 그러나 넌 언제까지나 낫지 못할 거다. 그래서 넌 머리가 아니라 마음에서 울리는 소리를 듣게 된 것이다. 주께서 너를 보살펴주시기를…."

마롤리 노인의 죽음을 알리는 종소리가 울렸다. 그러나 그 종소리는 바람에 묻혀 허공으로 사라져 버렸기 때문에 아무도 그 소리를 듣지 못했다.

종소리

La campana

마을에서 가장 큰 강둑은 끄떡도 하지 않고 물살을 막아 주었다. 그리하여 다음 날 아침에는 홍수가 두려워 피난을 갔던 사람들이 가재도구를 더 실어나르려고 마을로 돌아오는 사람도 있었다.

그런데 저녁 9시가 되자 아무도 예측하지 못했던 일이 벌어졌다. 강둑 밑으로 작은 구멍이 하나 뚫리더니, 갑자기 그곳으로 물이 쏟아져 나오기 시작했던 것이다.

나약한 인간은 이러한 자연의 섭리 앞에서 어떻게 할 도리가 없는 법이다. 마을로 돌아오던 사람들은 다시 짐마차와 트럭을 타고 안전지대로 피신하느라고 분주했다.

돈 까밀로 역시 1층에 있는 모든 물건을 2층과 다락방으로 옮기느라 새벽 3시까지 분주했다. 혼자서 일했으므로 몹시 피곤했다. 마침내 돈 까밀로는 침대 위로 쓰러져 깊은 잠에 곯아떨어지고 말았다.

피난민들이 외치는 소리에 눈을 떠보니 아침 9시 반이었다. 잠시 후 아무런 소란스러움이 들리지 않자 그는 창가로 가서 얼굴을 내밀어 보았다. 하지만 적막한 광장의 모습만 눈에 들어올 뿐이었다.

돈 까밀로는 종탑에도 올라가 보았다. 거기서는 마을이 한눈에 내려다보였다. 지대가 낮은 곳에는 이미 물이 들어차 있었고, 이곳저곳으로 강물이 밀려오고 있었다.

돈 까밀로는 다른 창문으로 가 보았다. 강둑 위에서 사람들이 마을을 바라보고 있는 광경이 눈에 들어왔다.

마차와 트럭을 타고 피난을 떠났던 사람들은 가축과 가재도구를 가지고 이웃마을로 피신한 다른 수재민들과 합류했다. 아이들에게 짐을 지키게 하고 그들 모두는 짐마차나 오토바이, 자전거를 타고 마을 쪽으로 황급히 달려갔다. 그들이 강둑길까지 왔을 때, 이미 자신들의 마을은 물에 잠겨 있었다.

그들은 강둑에서 밑으로 반 마일가량 떨어진 물에 잠긴 마을을 잠자코 바라보았다. 비록 보이진 않았지만 자기들 집을 바라보고 있었다.

노파들만 훌쩍거릴 뿐이었다. 그들의 눈에 마을은 이미 죽은 시체처럼 보였다.

"하느님 따위는 없어!"

늙은이 하나가 공허한 목소리로 말했다.

그때 종소리가 들려왔다. 바로 바싸 마을의 종소리였다. 소리가 좀 달라지긴 했지만 틀림없는 자기들의 종소리였다. 이제 사람들의 시선이 종탑 쪽으로 쏠렸다.

*

돈 까밀로는 마을에서 가장 큰, 그 강둑 위에 사람들이 모여 있는 것을 보고 아래로 내려왔다. 성당 문 앞에는 세 단짜리 계단이 하나 있었는데 이미 두 단까지 물에 잠겨 있었다.

"예수님, 오늘이 일요일이란 걸 깜박했습니다. 용서해 주십시오."

돈 까밀로가 제대 앞에 무릎을 꿇으며 말했다.

미사 준비를 하기 위해 제의실로 가는 길에, 그는 종탑 아래 작고 캄캄한 방으로 들어가 거기 매달려 있는 줄 하나를 잡았다. 자기가 찾는 줄이기를 바라면서 돈 까밀로는 그 줄을 힘껏 잡아당겼다. 강둑 위에 모인 사람들은 그 종소리를 들으면서 말했다.

"11시 미사다!"

여인네들은 두 손을 모으고 남자들은 모자를 벗었다.

돈 까밀로는 촛불을 켜고 미사를 드리기 시작했다. 신자들에게 강론할 시간이 되자 돈 까밀로는 성당에 아무도 없다는 사실을 알았다. 하지만 아랑곳하지 않았다. 그는 저기 강둑 위에 모인 피난민들을 위해 강론하려는 참이었다.

물이 세 번째 계단까지 차올랐다. 차가운 흙탕물이 성당 바닥으로 그 표면을 번쩍이면서 엷은 베일처럼 사방으로 퍼져나가 돈 까밀로의 신발을 적시기 시작했다. 그러나 돈 까밀로는 꿈쩍도 하지 않았다.

성당문은 활짝 열려 있었다. 그 문을 통해 물에 잠긴 광장과 회색빛으로 잔뜩 찌푸린 하늘이 보였다.

"형제들이여!"

마침내 돈 까밀로가 강론을 시작했다.

"강물이 강바닥에서 무서운 기세로 흘러 나와서 마을 전체를 휩쓸어버리고 있습니다. 그러나 이 강물의 기세도 꺾이고 결국에는 강바닥으로 되돌아갈 것입니다. 그리고 다시 태양이 찬란히 빛날 것입니다. 비록 여러분이 모든 걸 잃어버린다고 해도 주님께 대한 믿음을 잃지 않는다면, 여전히 여러분은 부자인 것입니다. 하지만 주님의 선하심과 정의로우심을 의심한다면 전 재산을 건져 낸다 해도 여전히 가난하고 비참한 사람일 것입니다. 아멘."

돈 까밀로가 황량한 성당 안에서 강론하는 동안 강둑 위의 사람들은 꿈쩍도 하지 않고 종탑 쪽을 바라보고 있었다.

사제가 성체와 성혈을 거양*하는 것을 알리는 종소리가 울리자 여자들은 비에 젖은 땅에 무릎을 꿇었고, 남자들은 머리를 숙였다.

잠시 후, 강복*을 알리는 종소리가 또다시 울려 퍼졌다. 이제 미사가 모두 끝났으므로 사람들은 몸을 움직이면서 두런두런 낮은 목소리로 이야기를 주고받았다. 그러나 이것은 종소리를 다시 듣기 위한 하나의 몸짓이었다.

이윽고 또다시 종소리가 유쾌하게 울려 퍼졌다. 그러자 남자들은 시계를 꺼내며 말했다.

"아아, 벌써 점심시간이로군. 이제 그만 집에 갈 시간이야."

그들은 자전거와 짐마차 그리고 오토바이에 올라타고서 낯선 피난처, 쓸쓸하고 불편한 대피소(아이들과 짐이 있는)로 돌아갔다. 사람들은 걸어가면서 흙탕물에 잠긴 자기들의 초라한 집들을 쳐다보았다. 그러나 아마 속으로는 이렇게 생각했을 것이다.

'돈 까밀로가 마을에 있는 한 모든 게 잘 될 거야.'

미사를 끝낸 돈 까밀로는 강둑의 사람들이 무얼 하는지 보기 위해 종탑으로 달려갔다. 성당 바닥에는 손가락 네 마디 정도

---

* 거양: 성찬 예식 도중 사제가 축성된 빵과 포도주를 두 손으로 받들어 높이 들어 올리는 행위.
* 강복: 하느님의 이름으로 성직자가 신자들의 복을 빌어주는 행위. 축복.

의 높이로 물이 차 있었다. 다시 아래로 내려와 보니 이미 물이 다리까지 찼다. 사제관으로 발걸음을 옮기면서 돈 까밀로는 제대의 십자가상을 우러러보며 속삭였다.

"예수님, 무릎을 꿇지 못해 죄송합니다. 무릎을 꿇으면 물이 목까지 찰 겁니다."

돈 까밀로는 고개를 떨어뜨리고 있었으므로 예수님께서 미소를 지으셨는지 어쩐지 알 수가 없었다. 그러나 그분께서 미소를 지으셨다고 믿었다. 왜냐하면 허리까지 물에 잠긴 것을 잊어버릴 만큼 마음이 기뻤기 때문이었다.

그는 헤엄을 쳐 사세관에 도착했다. 나무 사다리가 물에 떠다니는 걸 발견하고는 그것을 잡아 세워 놓고 2층 창문을 통해 집 안으로 들어갔다.

젖은 옷을 갈아입고 식사를 한 다음 그는 침대 속으로 들어갔다. 오후 3시 무렵 누군가 창문을 두드리는 소리가 들려왔다.

"들어오시오!"

뻬뽀네가 얼굴을 내밀었다.

"신부님. 갑시다, 밑에 보트를 대기해 놓았으니까요."

"생각 없네. 파수꾼은 죽는 한이 있어도 항복하는 법이 없으니까 말이야!"

"그럼 지옥에나 가시오!"

뻬뽀네가 창문을 쾅 닫으면서 소리쳤다. 배가 문이 활짝 열린 성당 앞을 지나갈 때, 뻬뽀네가 노 젓는 사공에게 큰 소리로 고함을 질렀다.

"이봐, 왼쪽을 조심하라고. 가축들이 있으니까 말이야!"

그러자 사공들이 일제히 왼쪽을 바라보았다. 그 틈을 이용해 뻬뽀네는 성당 쪽을 향해 모자를 살짝 들어 올렸다가 내렸다. 아무리 생각을 해보아도 뻬뽀네는, 죽는 한이 있어도 파수꾼은 항복하는 법은 없다는 돈 까밀로의 말을 이해할 수 없었다.

그러나 한 가지 사실만은 확실했다. 돈 까밀로가 죽기를 각오하고 거기 남아 있는 한, 뻬뽀네가 보기에 마을의 수해는 훨씬 줄어들 거라는 점이었다.

마침내 홍수가 지나가고 사람들은 가재도구를 싣고 집으로 돌아왔다. 가을 안개가 뽀 강 골짜기에 짙게 깔리기 시작했다. 그러나 그 안개 위에는 밝은 하늘이 빛나고 있다는 것을 사람들은 알고 있었다.

돈 까밀로도 성당에서 다시 미사를 올릴 수 있게 되었다. 풍금 소리가 주의 은총을 찬양하며 즐겁게 울리고 성당의 종소리는 마을 구석구석으로 퍼져 나갔다.

그리고 종탑 꼭대기에 있는 천사상도 이 조그마한 마을을 굽어보며 반짝반짝 빛나고 있었다.

성벽

IL muraglone

사람들은 그 땅을 '마나스카의 정원' 이라고 불렀다. 그런데 사실은 정원이 아니라 미루나무만큼이나 키가 큰 쐐기풀이 무성하게 들어찬 땅으로 넓이는 1천500평방미터쯤 되고 3미터 높이의 성벽이 주위를 둘러싸고 있었다.

그러나 광장과 맞붙은 곳 50미터와 광장으로 통하는 30미터쯤의 땅에는 성벽이 쌓여져 있지 않았다. 그곳은 광장과 맞붙은 곳으로 마을에서 가장 좋은 땅이었다.

사람들이 돈을 얼마든지 낼 테니 그 땅을 팔라고 졸랐지만 마나스카 영감은 거절했다. 그래서 그 땅은 수십 년 동안 사람 손이 닿지 않은 채 방치되어 있었다.

세월이 흘러 마나스카 영감이 죽자, 그 땅은 아들 마나스카에게 상속되었다. 게다가 거액의 현금과 뽀 강 주변 이곳저곳의 집과 토지 등 수많은 재산도 아들의 손에 넘겨졌다.

어느 날, 아들 마나스카는 이런 땅을 이용하지 않고 내버려 두는 것은 안타까운 일이라고 생각해 읍장을 찾아갔다.

"마을 사람들이 굶주리는 것은 그들이 열심히 일하지 않기 때문이야."

마나스카가 직설적으로 말했다.

"게다가 붉은 목도리의 프롤레타리아들은 일을 안 하려고 드는 아주 못된 족속이란 말이야."

"우린 결코 자네들 부르주아들처럼 못된 방식으로 돈을 벌려고 하지 않네."

빼뽀네가 대답했다.

"자네들 부자 중에서 가장 뛰어난 놈도 우리 가운데 밥이나 먹어 치우는 식충이 같은 놈하고 비슷할 정도 아니겠나?"

빼뽀네와 마나스카는 세 살 무렵부터 스무 살이 될 때까지 서로 두들겨 패고 싸우면서 자랐다. 두 사람은 만나면 으르렁거렸지만 서로의 속을 주고받는 꽤 친한 친구였다. 빼뽀네는 마나스카에게 대체 무슨 일로 찾아 왔느냐고 물었다.

"만일 자네가 늘 읊어 대는 구질구질한 레퍼토리로 나를 괴롭히지 않겠다고 보증만 해 준다면…, 그러니까 노동조합이니, 노동자 연합회니, 당이니, 당 부대표니, 사회 정의니, 항의 파업이니 따위의 얘기로 내 사업에 참견하지 않겠다고 약속해 준다면…, 나는 일주일 후부터 마을 사람들 절반에게 일자리를 마련해 주겠네."

빼뽀네는 두 주먹을 허리춤에 갖다 대며 말했다.

"흥, 노동자를 착취하기 위한 일에 내가 협력할 줄 아나? 겨우 옥수수죽 한 그릇이나 얻을 그런 일자리를 미끼로 나더러 그들을 꼬드기란 말인가?"

"절대로 그럴 생각은 없네. 나는 정당한 임금은 물론 상여금도 주겠네. 대신 그자들이 일을 중도에 집어치워 내가 손해를 보는 일이 없도록 자네가 보증을 서주어야 하네. 그러면 자네한테 좋은 포도주 한 통을 선물하지. 워낙 큰 공사가 돼나서 노동자들이 파업한다면 난 파산하고 말 테니까."

빼뽀네는 마나스카에게 그 공사 계획을 말해 보라고 했다.

"난 그 정원에 4층짜리 빌딩을 지을 작정이네."

마나스카가 설명했다.

"도시에 있는 빌딩처럼 광장 쪽에는 30미터, 대로 쪽에는 20미터 되는 상가를 지을 계획이라고. 그 속에 상점, 카페, 식당, 호텔 같은 서비스 시설 등을 만들 거야. 그리고 일이 잘되면 거기에다 주유소도 세울 생각이지. 그건 자네한테 맡길까 하네. 그렇게 되면 단번에 중심지로서 면목이 일신되고 저 시골뜨기들도 땟물을 벗고 도시 사람처럼 멋지게 살 수 있을 게 아닌가?"

빼뽀네는 뉴욕이나 파리, 런던에 가 본 적이 없었지만 그렇게 되기만 하면 마을 광장은 순식간에 뉴욕이나, 런던처럼 훌륭하게 되리라고 생각했다. 그는 또 붉은색과 노란색으로 칠해진 기름 탱크와 자동식 공기 펌프가 달린 주유소와 최신식 작업장을 떠올렸다.

"주유소를 하려면 자동차를 들어 올리는 시설도 갖추어야 할 거야."

빼뽀네가 말했다.

"그래, 들어 올리는 시설과 들어내리는 시설들, 자네가 원하는 건 다 들여 놓을 테니까 말야."

마나스카가 대답했다.

"그러니, 자네는 이 사업에 최선을 다해 주어야 해."

"하지만…, 이 일 때문에 내가 읍장에 재선되지 않으면 어떻게 하지?"

빼뽀네가 머뭇거리며 물었다.

"차라리 그렇게 되면 더 잘된 일 아닌가. 새 읍장은 자네와 자네 부하들을 무서워할 테니까. 읍장으로 있는 것보다 훨씬 더 유리할 걸."

빼뽀네가 주먹으로 탁자를 내려쳤다.

"좋아! 자네 계획을 방해하는 놈이 있다면 박살을 내 버리겠네. 이것은 마을의 장래가 달린 일이니 말이야. 성실하게 일을 안 하고 게으름 피우는 놈은 혼을 내주어야지. 누구든지 필요한 사람을 다 말해 주게. 그중에서 가장 일 잘하는 녀석을 골라 줄 테니까."

"그럼, 계약이 성립된 거네."

마나스카가 말했다.

"일은 냉정하게 하자고. 일꾼을 모집할 때, 자네 당에서 제일 게으른 놈들만 골라오면 곤란하니까. 나는 솜씨가 좋고 일을 하고 싶어 하는 사람들을 고용하고 싶네."

"알았어!"

뻬뽀네가 기운차게 대답했다.

그날 밤 뻬뽀네는 부하들을 보아 놓고 이 계획을 설명했다.

"마을 주민들에게 전하라. 다른 놈들이 수다나 떨고 노닥거릴 때, 우린 건설적이고 실용적인 일을 할 거라고 말이야. 우린 장차 높고 커다란 빌딩을 세운단 말이다!"

일주일 후 일꾼들이 와서 성벽을 허물기 시작했다. 그러나 그때부터 곤란한 일이 벌어지고 말았다.

성벽은 벽돌 조각과 자갈 그리고 회반죽을 섞어서, 3백 년 전에 만들어진 낡은 것이라 쉽게 무너뜨릴 수 있었다. 그러나 문제는 그 성벽 한구석에 그려진 성모상이었다. 이 그림이 성벽 측면에 있는 줄은 모두 다 알고 있었지만 정작 벽을 허물 때에는 아무도 그 사실을 생각해 내지 못했다. 벽감* 속에 깊숙이

* 벽감: 서양 건축에서 조각품, 꽃병 등을 안치하는 벽의 움푹 들어간 곳.

그려진 이 성모상은 매우 오래된 것으로, 그 위에는 그림을 보호하기 위한 창살도 붙어 있었다.

그 성모상은 아마 2~3백 년 전에 이름 없는 작가가 그린 것으로 예술적 가치는 없는 것이었지만, 마을 사람들은 언제나 그 그림에 꽃을 바치며 공경심을 표하곤 했다. 그런데 벽을 허물면 이 성모상도 허물어질 판이었다.

그러자 마나스카는 도시에서 기술자를 불러와서 성모상을 부수지 말고 벽에서 떼어 내라고 지시했다. 기술자는 벽감을 자세히 조사해 보고 나더니 손쓸 도리가 없다고 말했다.

"그림에 손을 대는 순간 모든 게 산산조각이 날 겁니다."

한편, 인부들은 반대쪽에서 빠른 속도로 성벽을 허물어오고 있었다. 그들은 성모상이 있는 양 끝 2미터 앞까지 와서는 갑자기 작업을 중단해 버렸다.

뻬뽀네가 달려와 성벽에 매달려 있다시피 한 성모상을 바라보더니 머리를 절레절레 흔들었다.

"웃기는 일이야! 이건 종교와 아무런 상관이 없는 거다. 모두가 미신이야. 이런 걸 깨뜨린다고 벌을 받지는 않는다. 이걸 깨뜨리는 게 무서워 일을 중단하다니 정말 어처구니가 없구나. 이러고서도 마을의 번영을 위해 일한다고 할 수 있는가?"

뻬뽀네가 외쳤다.

곡괭이로 철거 작업을 하던 인부들이 허물어지다가 남은 성벽 파편 앞에 멈춰 서 있었다.

그들은 자기 아버지가 거기 서 있더라도 그냥 곡괭이질을 해버릴 종류의 인간이라고 해도 과언이 아닐 만큼 거친 자들이었다.

공사판 감독인 바고가 씹고 있던 껌을 탁 뱉으며 고개를 흔들었다.

"교황의 명령이 떨어져도 난 저 성모상을 부수지 못하겠소!"

다른 인부들도 모두 그의 말에 찬성했다.

"저걸 깨뜨리라고 말한 사람은 아무도 없어!"

빼뽀네가 소리쳤다.

"정말 보수적이고 감상적인 유치한 작자들이군. 한 가지 좋은 수가 있다. 성모상 주변의 성벽에 보호 장비를 설치해 그 그림을 조심스럽게 떼어내라. 그리고 그걸 번쩍 들어 다른 장소로 옮겨라. 젠장! 러시아에서는 15층짜리 빌딩도 왼쪽 길에서 오른쪽 길로도 잘만 옮기던데. 이런 일쯤이야 누워서 떡 먹기보다 쉬운 일이 아닌가."

바고가 어깨를 으쓱했다.

"러시아에선 빌딩은 옮겨도 성모상을 옮기지는 않습니다."

브루스코가 벽감을 꼼꼼히 살펴보더니 양팔을 벌리며 말했다.

"저기 쑥 들어간 벽감 뒤에 금이 나 있는데 아직까지 무너져 내리지 않은 게 기적입니다. 이 벽은 진흙과 자갈로 되어 있으니 밧줄만 감아도 한꺼번에 무너져 버릴 것 같습니다, 대장."

빼뽀네는 초조했다. 하지만 그는 생각에 잠겨 잠시 서성거렸다. 마을 사람 절반이 나와 그 광경을 지켜보고 있었다.

"나는 여러분의 의견을 듣고 싶소!"

갑자기 빼뽀네가 소리쳤다.

"지금까지 보아서 문제점을 잘 아실 거요. 공사를 중단해야 옳겠소? 아니면…, 얘기들 좀 해 보시오! 이런 빌어먹을!"

누구 하나 대답하지 않았다.

"돈 까밀로 신부님한테 가서 물어보는 게 좋겠소."

마지막 결론이 그렇게 내려졌다.

빼뽀네는 머리통에 모자를 푹 눌러 쓰며 말했다.

"좋아! 그게 마을의 이익에 관한 일이라면, 신부한테 가 보자고."

빼뽀네가 사람들을 이끌고 사제관으로 달려갔을 때, 돈 까밀로는 밭에서 채소를 옮겨 심고 있었다. 일동은 모두 채소밭 울타리 앞에서 걸음을 멈추었다.

마나스카가 사정을 설명하자 빼뽀네가 물었다.

"어떻게 하는 게 좋겠소?"

돈 까밀로는 사정이 어떤지 이것저것을 자꾸 묻고 자세한 설명을 부탁하면서 사람들과 열띤 토론을 벌였다. 하지만 사실은 그 역시 사정을 아주 잘 알고 있었다. 단지 시간을 벌고 싶어 그렇게 한 것이었다.

"오늘은 너무 늦었으니까, 내일 아침에 결정하기로 합시다."

돈 까밀로가 결론을 내렸다.

"도시에서는 예전에 성당이었던 건물을 헐어 석탄 창고나 가구 공장을 만들기도 한다는데 말입니다."

빼뽀네가 으르렁거렸다.

"성당도 허무는 판에 그까짓 벽에 그려진 성모상 하나쯤 못 부술 게 무어란 말이오?"

"그렇지만 이렇게까지 나를 찾아온 걸 보면 무언가 상의할 것이 있는 게 아닐까?"

돈 까밀로가 대답했다.

그날 밤, 돈 까밀로는 이 일이 걱정되어 좀처럼 잠을 잘 수가 없었다. 하지만 그는 다음 날 아침에 빼뽀네가 부하들을 이끌고 찾아왔을 때, 이미 대답을 준비해 놓고 있었다.

"진정으로, 도저히 성모상을 구할 길이 없다고 생각되거든 지금 바로 달려가서 벽을 허물게. 마을의 번영을 위한 일이니까. 성모께서도 빵에 굶주린 가난한 사람들과 마을의 번영을 위한 일이니 용서해 주실 거네. 주께서 함께하시길…, 하지만 곡괭이질은 조심스럽게 해 주기 바라네."

"좋소!"

빼뽀네는 모자챙에 손을 얹어 돈 까밀로에게 인사를 하고 부하들과 함께 광장으로 달려갔다.

성모상 앞에 도착하자 빼뽀네는 바고에게 말했다.

"일을 진행하라! 아무것도 거리낄 게 없다."

바고는 모자를 한쪽으로 올라가게 비스듬히 고쳐 쓰고 손에 침을 뱉은 후 곡괭이 자루를 움켜잡았다.

그는 곡괭이를 머리 위로 번쩍 쳐들었다. 그러나 얼마를 머뭇거리더니 곡괭이를 힘없이 내리며 말했다.

"못하겠소! 정말 이런 일은 하고 싶지 않단 말이요."

빼뽀네가 고함을 치며 욕설을 퍼부었지만 아무도 곡괭이를 잡으려고 하지 않았다. 마침내 화가 잔뜩 치민 빼뽀네가 바고의 곡괭이를 뺏어들고 성벽 앞으로 다가갔다.

그는 곡괭이를 머리 위로 번쩍 쳐들었다. 그 순간 창살 사이로 성모 마리아의 눈동자가 자기를 노려보는 것처럼 느껴져 곡괭이를 내던져 버렸다.

"빌어먹을…!"

그가 소리쳤다.

"읍장이 꼭 이런 일을 해야 하겠어? 읍장이 성모상과 무슨 상관이야. 이럴 때 마을의 신부는 뭐 하고 있는 건가? 신부가 해야 할 게 아니야! 사람이란 저마다 자기가 할 일이 따로 있는 법이란 말이야."

빼뽀네는 씩씩거리며 사제관으로 달려갔다.

"그래, 일은 잘 끝났나?"

돈 까밀로가 물었다.

"끝내기는커녕 옷자락도 건드리지 못했소!"

빼뽀네가 소리쳤다.

"건드리지 못했다니? 왜?"

"성모 마리아나 성자 따위는 신부님이 처리해야 할 일 아니오? 나는 지금까지 신부님더러 레닌이나 스탈린의 흉상을 부수라고 한 적은 한 번도 없었소. 내가 시킬 것 같소?"

"안 시키겠지. 하지만 자네가 나를 필요로 한다면 기꺼이 하겠네."

돈 까밀로가 대답했다.

뻬보네가 주먹을 불끈 쥐었다.

"마음대로 하시구려. 하지만 성모상이 그곳에 있는 한, 도저히 그 일을 계속할 수 없소. 시간의 낭비와 노동자들의 실직은 모두 신부님 마음먹기에 달려 있소. 그러니 잘 생각하시오. 나는 읍장이오, 그렇지만 성모상을 부수는 일만은 못하겠소. 게다가 후에라도 성상을 파괴하는 신성모독에 언제나 공산당이 앞장선다는 누명을 뒤집어쓰고 싶지 않고 말이오."

"좋아, 그렇다면…."

돈 까밀로가 말했다.

"읍장님과 조용히 할 얘기가 있으니, 다른 사람들은 밖으로 나가 기다리시오."

사제관에 남은 두 사람은 한동안 말이 없었다.

마침내 돈 까밀로가 먼저 침묵을 깨뜨렸다.

"여보게 뻬뽀네, 나는 어떤 일이 일어나더라도 그 성모상을 못 부수겠네."

"나 역시 마찬가지요."

빼뽀네가 소리쳤다.

"신부님은 성직에 있으니까 그만한 일을 할 용기는…."

"용기의 문제가 아닐세."

돈 까밀로는 빼뽀네의 말을 가로막았다.

"저 성모상은 5~6백 년 전부터 우리 마을을 지켜온 종탑 위의 천사상과 같은 존재네. 저 성모 마리아의 두 눈은 우리 선조들을 지켜 주었고, 2백 년 전부터 우리들의 희망과 절망, 기쁨과 슬픔을 보아 온 것일세. 빼뽀네, 기억하나? 우리가 전쟁터에서 돌아오던 때를 말이야. 나는 저 성모상 앞에 꽃을 바쳤고 자네는 군대에서 쓰던 알루미늄 밥그릇을 바치지 않았던가?"

빼뽀네가 투덜거렸다.

돈 까밀로는 턱에 손을 대고 잠시 서 있다가 외투를 걸치고 머리에 모자를 썼다.

잠시 후, 돈 까밀로와 빼뽀네는 성모상이 있는 곳에 나타났다. 마을 사람 중 절반 이상이 거기 나와 구경하고 있었다. 다른 마을에서 온 사람도 있었다.

자동차를 타고 온 젊은이에게 빼뽀네가 달려가 인사를 하는 것으로 보아, 그는 도시에서 온 공산당 간부인 듯했다.

그는 앞으로 나와 성모상을 바라보더니 큰 목소리로 외쳤다.

"에…. 상황은 여러분이 제게 설명해 주신 그대로요. 신부님께서도 노동자의 구제와 마을의 번영을 위해 이런 중대한 공사를 중단해서 안 된다는 것에 찬성하셨다니, 제가 그 일을 해결해 드리겠습니다. 우리는 부르주아적 감상주의를 배격해야 하는 법입니다."

그는 이렇게 외치며 곡괭이를 들고 벽감 앞으로 다가갔다.

바로 그때, 돈 까밀로가 젊은이의 어깨 한쪽을 꽉 잡더니 뒤로 확 잡아당겼다.

"그럴 필요 없네!"

돈 까밀로는 엄숙하게 말했다.

갑자기 깊은 침묵이 흘렀다.

그곳에 있던 구경꾼들은 모두 뭔가를 기다리는 것처럼 허물어지다 만 성벽 조각에 온통 시선을 고정했다. 갑자기 성벽이 흔들거리더니 금이 가기 시작했다. 그러나 벽은 완전히 무너지지 않고 벽돌과 자갈 따위만 조금씩 부서져 내렸다.

그런데 놀랍게도 성모상의 자태만 남겨 놓고 벽이 무너지는 게 아닌가.

그 잔해더미 위에는, 수세기에 걸쳐 드리운 벽감의 그림자에서 이제 막 벗어난 성모상이 조금도 부서지지 않은 채 고스란히 놓여 있었다. 2~3백 년 된 그림이 마치 2~3일 전에 그린 그림처럼 생생했다.

"앞으로 새롭게 세워질 건물에는 이 성모상을 모실 자리도 마련될 것입니다!"

마나스카가 말했다.

"모두 박수로써 동의합시다!"

빼뽀네가 소리쳤다.

빼뽀네는 문득 옛날 일이 떠올랐다. 전쟁터에서 돌아오던 날, 돈 까밀로가 가져온 꽃을 자신의 알루미늄 밥그릇에 담아져 성모상 앞에 바쳤던 일이 생각났다. 자꾸만 그때의 광경이 머릿속을 맴돌았다.

초대장

La lattera

문구점과 인쇄소를 경영하는 바르키니가 오랫동안 병으로 드러누웠다. 그 가게는 그가 없으면 도대체 일을 할 수 없었다. 바르키니 혼자 주인 노릇에서부터 사환 노릇까지 도맡아 일을 해왔기 때문이다. 돈 까밀로는 하는 수 없이 성당의 주보를 인쇄하러 도시까지 가야만 했다.

그는 인쇄소에서 교정을 보는 동안에도 여러 가지 새로운 기계들을 보면서 시간을 보냈다. 그런데 사탄이란 놈은 세상천지 어디에도 끼어들지 않는 곳이 없는지라 디스코텍이나 유흥가는 말할 것도 없고 성실한 사람들이 일하고 있는 일터에도 어김없이 나타나서 농간을 부리는 것이었다.

이번에도 그 사탄이란 놈이 편지지를 인쇄하고 있던 인쇄기 밑으로 끼어드는 바람에 돈 까밀로는 인쇄소에서 나왔을 때 자신이 사탄의 친구가 되어 있는 걸 깨닫지 못했다.

인간의 육신이란 건 참으로 허망하고 허약한 것으로 한 성당의 신부 역시 허약한 육신을 가진 자라 때때로 그 육신의 유혹을 벗어나지 못하는 경우가 있다.

돈 까밀로가 집으로 돌아와서 가방을 열어 보니 공산당 마크가 인쇄된 공산당 전용 편지지가 대여섯 장이나 들어 있었으니 이게 대체 어찌 된 일이란 말인가.

그로부터 이틀 뒤, 뻬뽀네는 도시의 등기우편 한 통을 받고는 깜짝 놀랐다. 그 편지에는 '프랑키니' 라는 모르는 사람의 이름이 적혀 있었기 때문이다. 그런데 봉투를 열어 보니 편지 한 장이 보였다. 그는 편지에 쓰인 이름을 보자 자신도 모르게 벌떡 일어나 부동자세를 취했다.

> 친애하는 보타지 동무, 우리는 지금 미국의 배신으로 새로운 국면에 처하게 되었다. 미국은 북대서양 조약 기구에 가입한 회원국들에게 우리 공산당을 비밀리에 감시하라는 지령을 내렸다. 이는 평화를 위한 우리의 모든 활동을 고의적으로 저지할 목적인 것이다.
>
> 이렇듯 우리는 경찰의 엄중한 감시를 받고 있으므로, 편지를

쓰는 데에도 우리 당의 마크가 인쇄된 봉투를 사용할 수가 없는 형편이 되고 말았다.

오늘 동무에게 전하는 내용은 대단히 미묘하고 중대한 비밀에 속하는 거라 동무는 반드시 비밀을 지켜야 한다. 동무, 자본가와 성직자 계급은 전쟁을 위해 미쳐 날뛰고 있다. 평화가 이들에게 큰 위협을 주고 있는 것이다. 따라서 평화를 위해 고군 분투하는 우리 소비에트 연방은 능력이 뛰어난 동지 여러분의 도움을 기다리고 있는 바이다.

보타지 동무, 우리는 동무를 그러한 인물로 평가하고 신임하고 있다. 게다가 특별 위원회는 비밀 투표를 실시하여 동무를 선발대의 요원으로 결정했다, 우리는 동무가 이 소식을 듣고 긍지와 기쁨을 느끼리라 확신한다. 동무는 머지않아 러시아로 출발하여 그곳에서 기계공으로서의 능력을 한껏 발휘하게 될 것이다.

출발 날짜와 기타 준비 상황에 대한 자세한 지시는 추후 통보하겠지만 동지는 항공편으로 입국하게 될 것임을 미리 알려 두는 바다. 이 편지는 극비 사항이므로 읽는 즉시 소각하라.

답장은 봉투에 적힌 주소의 동지에게만 하고 절대로 신중하게 일을 처리하라.

— 동무의 답신을 기다리며.

빼뽀네가 당의 명령을 어긴 건 난생처음이었다. 그는 편지를 소각하지 않은 것이다.

'당이 이번만큼 나를 인정해준 적은 없었어. 암, 이 소중한 편지를 불에 태워 버릴 수야 없지'

그는 속으로 중얼거렸다.

'만약에 어떤 놈이 내 공로를 의심한다면 이 편지를 그놈의 면상에다 던져서 코를 납작하게 만들어줄 테다. 인쇄된 종이보다 더 확실한 건 이 세상에 아무것도 없는 것이니까.'

그는 몇 번씩이나 편지를 읽고 또 읽었다. 그 내용을 거의 다 외우게 되자 뻬뽀네는 유쾌한 마음으로 중얼거렸다.

'그래, 거기에서도 사람들이 일을 하기는 하지. 그렇지만 다들 아주 만족해하면서 한단 말이야.'

뻬뽀네는 그 편지를 전시해 놓고 남에게 자랑하지 못하는 것이 한스러울 지경이었다.

'자, 이제….'

그는 결심했다.

'답장을 쓰자. 답장 역시 역사적인 문장이 될 것이다. 그분들이 눈물을 흘릴 만큼 감동적으로 쓰자. 내가 비록 초등학교 3학년밖에 못 나왔지만 얼마나 감정이 풍부한 사람인가를 그분들에게 보여주자!'

그날 저녁 뻬뽀네는 밤을 새워 답장을 썼다.

동무, 평화의 선발대 일원으로 뽀핀대 대하여 저에 가슴은 울렁거리고 떨려서 지금 저는 당에 명령만을 기다리고 있습니다. 저는 가리발디의 붉은 셔츠 부대처럼 당의 명령에 복종하겠습니다. 지금 즉시 출발하고 시픈 충동이 끓어오릅니다만 저는 당에 명령을 기다립니다. 저는 지금까지 당에게 무언가를 청해 본 적이 없습니다만 이제 당에게 요청하오니, 제가 다른 당원들보다 앞장서 떠나게 해 주십시요!

빼뽀네는 답장을 몇 번이나 읽어 보고 나서 수정해야 할 곳이 여러 군데 있다는 것을 알았다. 그러나 초안으로 쓴 것치고는 그런대로 잘된 편이었다. 내일 다시 고칠 때까지는 시간이 좀 있으니까 급히 서두를 필요가 없었다. 문제는 편집자의 논평이 달린 이 편지가 언젠가는 당 기관지에 인쇄되어 나올 거라는 데에 있었다. 좌우간 빼뽀네는 답장을 세 번쯤 고쳐 쓰기로 작정했다.

며칠 후 저녁 무렵, 돈 까밀로는 입에 시가를 물고 봄날의 아름다운 꽃들을 감상하면서 방앗간으로 통하는 길을 몰래 산책하던 도중 빼뽀네와 마주쳤다.

두 사람은 날씨가 좋다는 등의 가벼운 이야기를 나눴다. 그러나 빼뽀네는 돈 까밀로와 함께 걸으며 가슴 속에 담겨 있는 말을 털어놓아야 한다는 충동에 쌓이게 되었다. 마침내 그가 입을 열었다.

"나 좀 보시오, 돈 까밀로. 신부로서가 아니라 남자 대 남자로 한 2분간만 이야기를 할 수가 있을까요?"

돈 까밀로는 가던 길을 멈추고 뻬뽀네를 바라보았다.

"얘기 꺼내는 폼이 별로 마음에 안 드는데그래."

돈 까밀로가 말했다.

"그런 말을 바보 멍청이나 하는 말 아닌가?"

뻬뽀네는 화가 불끈 치밀었으나 꾹 참았다.

"우리 정치 얘기는 하지 맙시다. 신부님은 러시아를 어떻게 생각하는지 아시는대로 얘기 좀 해 주시오."

"그런 거야 벌써 수만 번도 넘게 이야기했을 텐데."

돈 까밀로가 말했다.

"지금 여기엔 우리 두 사람뿐이오. 아무도 우리 얘길 엿듣는 사람은 없소."

뻬뽀네가 걸음을 멈추며 말했다

"한 번쯤은 정치 문제를 떠나서 서로 마음을 터놓고 진지하게 얘기해 봅시다. 신부님, 러시아란 나라를 어떻게 생각하시오?"

돈 까밀로는 어깨를 으쓱했다.

"그걸 내가 어떻게 알겠나? 나는 그 나라에 가본 적도 없고, 내가 아는 건 책이나 신문에서 얻은 지식뿐일세. 자네한테 뭐든지 확실하게 대답을 해 주려면 그곳에 가서 직접 내 눈으로 봐야 할 게 아닌가? 자네가 나보다 훨씬 더 많이 알고 있지 않은가?"

"그야, 물론 그렇지요."

빼뽀네가 진지하게 대답했다.

"러시아는 정말 살기 좋은 나라요. 모두 직업이 있고 정부는 인민의 의사에 따라서 일을 하고 가난한 사람들은 착취를 당하지도 않소. 그러니까 반동분자들이 러시아를 비방하는 말은 모두 거짓말이오!"

돈 까밀로가 빼뽀네를 빤히 바라보았다.

"그렇게 잘 알고 있으면서 왜 나한테 물어보나?"

"그저 신부님의 인간적인 말을 듣고 싶어서 그랬던 거요. 지금까지 나는 당신 생각을 성직자의 생각으로만 들어왔으니까."

"나도 마찬가지야. 지금까지 공산당 지부장인 자네의 생각만 들어왔네. 자네의 인간적인 견해를 들려줄 수 있겠나?"

"공산당원이 된다는 것은 곧 인간이 된다는 뜻이오. 나는 당원으로서나 인간으로서나 한결같은 생각을 지닌 사람이오."

그들은 잠시 말없이 걸었다.

빼뽀네가 다시 이야기를 꺼냈다.

"그럼, 러시아에 사는 거나 여기 사는 거나 마찬가지라 이 말씀이지요?"

"나는 그런 말을 한 적이 없네. 그렇지만 그게 자네 생각이라면 나도 그 의견에 대체로 찬성하네, 물론 종교적인 관점에서 하는 말은 아닐세."

돈 까밀로가 조용히 말했다.

빼뽀네가 고개를 끄덕이며 말했다.

"그럼 의견의 일치를 본 거지요? 그런데 신부님은 어째서 한결같이 러시아를 나쁘게 말하고 신문에도 그런 기사만 쓰는 거요?"

돈 까밀로는 양팔을 벌렸다.

"정치란 자네가 알다시피…."

"정치…! 정치…!"

빼뽀네가 얼굴을 찌푸리면서 말을 이었다.

"미국이란 나라도 정치를 하잖소. 그런데 사람들은 미국에 대해서는 별말이 없으면서 러시아에 대해선 왜 그렇게 험한 욕을 하는지 모르겠소."

"그래? 실제로 미국에서 일어나는 일들은 누구나 보러 갈 수 있지만 러시아에는 소수의 사람에게만 허락되는 점이 다르잖나."

빼뽀네는 그건 러시아가 조금 더 국가 보안에 신경을 쓰기 때문이라고 설명했다. 그러고 나서 그는 돈 까밀로의 소매를 붙잡아 길에 멈춰 세웠다.

"신…부님, 저 좀 보시오. 남자 대 남자로서 얘긴데 말이오. 만일에 어떤 사람이 러시아에 좋은 일자리가 생겨서 신부님께 조언을 구하러 왔다면 뭐라고 말해 주겠소?"

"자넨, 참으로 어려운 질문을 하는구만."

"신부님, 남자 대 남자로 얘기하는 거니까 솔직하게 말 좀 해 주시오. 어떻게 생각하오?"

돈 까밀로는 머리를 끄덕였다.

"그렇다면 내 솔직하게 말하지. 만일에 그렇게 좋은 일자리가 생겼다면 가라고 권하겠네."

세상일이란 참으로 묘한 법이다. 상식적으로 본다면 빼뽀네는 펄펄 뛰며 기뻐해야 할 판이었다. 그런데 그는 그 대답을 듣고 기뻐하는 기색도 없이 모자에 손을 대고 인사를 하더니 발걸음을 돌렸다. 그는 몇 걸음을 가더니 멈춰서 뒤돌아보았다.

"신부님은 어떻게 자기가 직접 가 보지도 않은 곳에 남더러 가라고 말씀하시오. 그게 양심적인 충고요?"

빼뽀네가 으르렁거렸다.

"물론 거기에 가 보진 않았지. 하시만 자네보다는 훨씬 많이 알고 있네."

돈 까밀로가 대답했다.

"자네는 모르고 있겠지만 난 자네 당에서 발행하는 공산당 신문을 여러 개 읽고 있거든. 거기에서 러시아에 갔다 온 사람들의 글을 읽어 보았지."

"그까짓 신문에 난 얘기 따위를 가지고…."

빼뽀네는 투덜거리면서 몸을 돌려 사라져 버렸다.

돈 까밀로는 기쁨에 넘쳐서 급히 성당으로 달려가 십자가의 예수님께 자세한 사연을 말씀드렸다.

"예수님, 빼뽀네는 지금 고민에 빠져 있습니다! 저 사람은 가지 않겠다는 편지를 보내고 싶어 합니다. 하지만 실상은 상부

책임자들이 제안한 그 명예로운 일을 거절하기가 마음에 내키지 않는 겁니다. 그래서 제가 자기 고민을 해결해 주기를 기대했던 겁니다. 빼뽀네는 정말 곤경에 빠졌습니다. 제가 어떻게 도와주어야 할까요?"

"아니, 나는 주께서 허락하신다 해도 절대로 너를 돕지 않겠다. 만약 그렇게 했다간 사악한 장난에 협력한 죄를 짓게 될 테니 말이다."

예수님이 대답하셨다.

돈 까밀로의 입이 쩍 벌어졌다.

"저…, 저는 그저 장난으로 그래 본 겁니다. 사악한 마음을 품고 한 게 아닙니다."

돈 까밀로가 더듬거리며 말했다.

"장난으로 던진 돌멩이에 개구리가 맞아 죽었다는 우화를 아직도 모르더냐? 돈 까밀로야, 남을 괴롭히고도 그렇게 기분이 좋단 말이냐?"

예수님이 준엄하게 꾸짖었다.

돈 까밀로는 고개를 뚝 떨어뜨리고 성당에서 물러 나왔다.

이틀 뒤, 빼뽀네는 또 한 통의 편지를 받았다.

친애하는 보타지 동무, 예기치 않은 문제가 발생하여 동무와 함께 평화의 선발대가 러시아로 떠나지 못하게 된 것을 매우 유감스럽게 생각한다. 약속을 어겨 실망을 주게 된 걸 용서해 주기 바란다. 동무는 잠시 더 동무의 마을에 남아 평화를 위해 힘써 주길 바라는 바이다.

그날 밤 누가 몰래 성당에 들어가 커다란 촛불 하나를 밝혀 놓았는지는 아무도 모르는 일이었다. 돈 까밀로는 저녁 기도를 드리려고 제단 앞에 갔을 때, 커다란 초가 제단 앞에서 타오르는 걸 발견하였다.

피마자기름

Il pellerossa

바싸 마을 사람 중에는 2월부터 시작하는 사육제*를 위해 돈을 따로 저축하는 사람들이 상당수 있었다. 이 마을에는 축제를 위한 12개의 경쟁 그룹이 있는데 다섯은 읍내에, 일곱은 읍내 외곽에 흩어져 있었다. 회원들은 매주 토요일마다 급료의 일부분을 떼어내 자기들의 행렬에 참가시킬 꽃마차의 장식을 위한 기금으로 적립하였다. 그 축제는 대단히 중요한 행사이기 때문이다. 이 축제에 참가할 꽃마차들은 마을에 흩어져 있는 농가에서 조금씩 완성되어 갔다. 각 그룹마다 자기들의 작업에 가장 적합한 농장을 선택해 기둥, 막대기, 갈대 자리

* 사육제: 사순절을 앞두고 벌어지는 카니발 축제.

와 발, 헝겊 조각들과 콜타르를 칠한 종이 따위로 작품을 만들었다. 게다가 축제일에는 푸짐한 경품도 걸려 있어 꽃마차를 탄 사람이나 화려한 의상을 차려입은 사람들이 근처의 마을과 도시에서까지 몰려왔다.

이 마을은 꼬박 사흘 밤낮 동안 각지에서 모여든 사람들로 시끌벅적했다. 이 축제는 여러모로 볼 때 무척 의미가 있는 중요한 행사였다. 부자들을 마을로 끌어들여 마을 경기를 진작시킨다는 목적도 있었지만 모든 정치 활동이 완전한 휴전 상태로 돌입했기 때문이다. 그런 이유 때문에 돈 까밀로는 미사 도중일지라도 그 일에 관해서는 전혀 입 밖에 내지 않았다.

"예수님."

돈 까밀로는 제단 위의 예수님께 설명했다.

"이제 인간들은 어리석은 짓을 할 때만 점잖게 처신하는 그런 지경에 이르렀습니다. 그러니 그들이 마음껏 재미를 보도록 놔두는 수밖에 다른 방법이 없습니다. 축제 때문에 모두들 정신이 나간 모양입니다."

한편, 읍장으로서의 뻬뽀네는 이 축제를 대단히 못마땅하게 생각하고 있었다. 다른 일에는 협조를 잘 하지 않던 사람들이 그따위 천박한 축제에 선뜻 협력하는 것이 눈꼴 사나웠던 것이다.

"저렇게 형편없는 꽃마차를 장식하는 데는 너도나도 앞장서서 돈을 쓴단 말이야."

그는 씩씩거렸다.

"그러면서 인민을 위한 가치 있는 일을 하기 위해 돈을 거두려고 하면, 그땐 한놈 한놈이 전부 지독한 구두쇠로 돌변한다니까."

빼뽀네는 1년 중 6개월 동안은 그렇게 축제를 비난하고 있었다. 그리고 나머지 6개월 동안은 행렬을 조직하고 자기 마을의 꽃마차를 만드는데 남은 시간을 깡그리 바쳐서 일했다. 그리고 만약 자기 마을의 꽃마차가 1등 상을 못 탈 경우에는 개인적인 모욕으로까지 생각했다.

그해에는 축제를 위한 모든 준비가 순조롭게 진행되었다. 행사에 참가할 꽃마차나 멋진 옷을 차려입은 사람들이 곳곳에서 모여들어 예전보다 더욱 성황을 이루고 있었다. 행렬은 그 전처럼 마을 안을 세 바퀴 돌도록 결정되었다.

빼뽀네는 특별관람석인 귀빈석에 앉아 대단히 만족스러운 표정으로 첫 번째 행렬을 내려다보고 있었다. 과연 그렇게 많은 사람들이 모여들 만하다고 생각하면서.

행렬이 두 바퀴째 돌기 시작하자, 빼뽀네는 하나하나의 꽃마차들을 아까보다 훨씬 더 자세하게 살펴보았다. 자기 마을의 꽃마차가 1등상 아니면 2등, 3등, 4등, 5등 상이라도 탈 수 있는지 궁금해서였다.

가장 멋진 옷을 차려입은 사람에게 주어지는 상품을 내건 행렬에서, 빼뽀네는 갑자기 오토바이를 타고 나타난 붉은 인디언과 시선이 마주쳤다.

그 인디언이 연단 앞을 지나가고 난 후, 빼뽀네는 무엇이 자기의 주의를 끌었던가를 골똘히 생각했다. 잠시 후 번개같이 떠오른 생각은 그 인디언 사내가 오래전부터 자기의 복수심을 불태운 인물이 아닐까 하는 의문이었다.

빼뽀네는 갑자기 귀빈석에서 내려와 힘겹게 사람들을 헤쳐 가면서 그 인디언의 뒤를 쫓아갔다. 그런데 잠시 행렬이 멈추는 사이에 그 인디언이 슬며시 고개를 돌려 빼뽀네를 바라보았다.

그 순간 빼뽀네의 의구심이 풀렸다. 비록 인디언 가면 뒤에 숨어 있기는 했지만 그건 틀림없는 다리오 카모니의 눈동자였다. 빼뽀네는 한 걸음 한 걸음 행렬 속으로 계속 나아갔다.

가장 행렬이 세 바퀴를 완전히 돌고 나서, 마을과 뽀 강 사이의 넓은 공터에 도착하자 행렬을 이루던 사람들이 뿔뿔이 흩어졌다. 그곳은 사람들과 꽃마차, 가설무대, 농장의 짐수레들이 뒤섞여 있어 인디언 가면은 쉽사리 도망칠 수가 없었다. 군중 틈에 열려 있는 길이라고는 그들이 마을 복판의 광장에서 이곳까지 행진해 왔던 제일 큰 길뿐이었다.

그는 빼뽀네가 미행하고 있음을 눈치채자, 지체하지 않고 광장 쪽으로 방향을 바꾸었다. 그러더니 걸어가고 있는 사람들을 몇 번이나 칠 뻔하면서도 계속 앞으로 달리기 시작했다.

그러나 몇 미터 가기도 전에 아주 큰 수레 하나가 길을 막고 있자 오토바이는 오른쪽 골목으로 방향을 틀었다. 그 바람에 뻬뽀네도 방향을 바꿀 수밖에 없었다. 그는 숨을 헐떡이며 인디언 가면의 뒤를 쫓기 시작했다.

성당 앞 광장에는 사람 하나 없이 한산했다.

카모니는 성당 뒤로 나 있는 오솔길을 향해 속도를 냈다. 그렇게 10미터를 달리다가 오토바이를 멈추었다. 왜냐하면 마침 돈 까밀로가 사제관 앞에 앉아서 반쪽짜리 토스카노 시가를 피우고 있던 중이었는데, 하마터면 그를 칠 뻔했기 때문이었다.

돈 까밀로는 오토바이의 출현이 너무 갑작스러워 혼이 빠져나갈 지경이었다. 생각 같아서는 인디언 가면을 꽉 움켜잡고 두들겨 패주고 싶었으나 타이밍을 놓치고 말았다. 인디언은 사제관의 문이 열린 틈으로 오토바이를 길 위에 남겨 둔 채 바람처럼 들어가 버렸기 때문이다.

바로 그 순간 뻬뽀네가 헐떡이며 달려오더니 돈 까밀로 쪽은 쳐다보지도 않고 사제관 안으로 돌진해 들어갔다. 그러나 이번에는 돈 까밀로의 강철 같은 체구가 문을 막아섰다.

"도대체 무슨 짓들인가. 처음엔 인디언 가면이 오토바이를 탄 채 나한테 뛰어들더니 이젠 읍장 나리가 나를 발로 밟고 지나가려고 하다니! 무슨 일인가?"

"신부님, 나를 들여보내 주시오."

뻬뽀네가 숨을 헐떡이며 소리쳤다.

"나는 아직 카모니와 계산할 게 남아 있단 말이오!"

"카모니? 자네와 카모니가 무슨 상관인가?"

"그 인디언 가면이 바로 그놈이란 말이오!"

빼뽀네는 이빨을 갈면서 소리쳤다.

돈 까밀로는 빼뽀네를 뒤로 밀쳐버리고 사제관 안으로 들어가서 빗장으로 현관문을 단단히 잠갔다. 인디언 가면은 서재에 앉아 있었다. 돈 까밀로가 맨 처음으로 한 일은 두꺼운 종이 코를 떼어 내는 것이었다.

"네, 그래요. 바로 나란 말이오!"

인디언 가면이 앉아 있던 의자에서 벌떡 일어서며 소리쳤다.

"그렇지만 자네가 다리오 카모니가 아니라 진짜 인디언이었으면 훨씬 너 신상에 이로웠을 거야."

*

1922년, 당시 이 뽀 강의 조그마한 마을은 정치적인 소용돌이에 휘말려 있었다. 다른 곳에서는 이미 파시스트들이 정권을 거의 장악하고 있었지만 이곳과는 관계가 없었다.

다리오 카모니는 당시 열일곱 살이었다. 그는 자기가 너무 어려서 파시스트와 공산주의자의 싸움에 끼지 못했던 걸 만회하느라 애쓰고 있었다.

1919년, 그가 아직 열네 살이었을 때 공산주의자 몇 명이 집에 와서 파업에 가담하지 않았다는 이유로 카모니의 눈앞에서 그의 아버지를 몽둥이로 늘씬하게 두들겨주고 간 일이 있었다.

이후 그가 왜 거리에서 빨갱이만 눈에 띄면 죽일 듯이 덤볐는지 이걸로 충분한 설명이 될 것이다.

다리오 카모니는 덩치가 크고 건장한 소년으로 다혈질이었다. 일단 그가 행동에 들어가면 그의 두 눈은 어찌나 무섭게 번뜩였는지 어떤 위협의 말보다도 효과가 있었다. 뻬뽀네는 그보다 나이도 두세 살 많았고 키도 훨씬 컸지만, 그 빌어먹을 눈초리 앞에서는 언제나 꼬리를 내리지 않을 수 없었다.

어느 날 저녁, 뻬뽀네가 애인과 함께 그녀의 집 앞에 있는 다리위에서 이야기를 하고 있을 때 카모니가 자전거를 타고 나타났다.

"방해해서 미안하다. 그렇지만 나는 해야 할 일이 있단 말이야."

카모니는 호주머니에서 커다란 유리잔과 병 하나를 꺼내더니 다리 난간에 유리잔을 올려놓고 병에 든 것을 전부 따랐다.

"의사 선생의 말이 자네는 소화불량 증세가 있어서 설사약을 먹어 두는 게 좋을 거라고 하던데."

그는 한 손에 액체가 가득 찬 컵을 들고 다른 한 손은 외투에 들어 있는 단단한 물건을 꽉 잡은 채, 뻬뽀네 앞으로 다가서면서 말을 계속했다.

"충고하지만 약을 먹는 게 몸에 좋을 거야. 자칫하면 피마자기름 몇 방울이 내 권총에 떨어진단 말이야. 그러면 내 손가락이 미끄러져서 나도 모르게 발포되는 수가 있으니까. 분량이 너무 많다고 걱정하지 마. 네가 안 먹으면 너의 애인이 마시게 될 테니까. 자, 그럼 셋까지 세겠다. 하나…, 둘… ."

빼뽀네는 컵을 들고 마지막 한 방울까지 마셔버렸다.

"그래, 몸에 좋을 거야!"

카모니는 자전거에 올라타면서 능청스럽게 말했다.

빼뽀네는 할 수 없이 파시스트들이 고안해 낸 형벌의 일종인 피마자기름을 마셔버리긴 했지만, 그 모욕까지 삼켜 버렸던 건 아니었다. 그것은 빼뽀네를 애인 앞에서 모욕했기 때문에 더욱 심각한 것이었다. 빼뽀네는 후에 그 애인과 결혼을 하게 됐지만 그렇다고 해서 상황이 좋아진 것은 아니었다.

집에서 빼뽀네가 아내와 언성을 높일 일이 있을 때마다 그녀는 이렇게 조롱하곤 했다.

"그날 밤 당신한테 피마자 기름을 먹였던 그 사람이 지금 여기 있다면 당신이 이렇게 잘난 척 소리칠 수 있을까요?"

빼뽀네는 그때의 모욕을 결코 잊어버릴 수가 없었다. 그 점에 있어서는 돈 까밀로도 마찬가지였다.

그 아득한 시절인 1922년, 돈 까밀로는 오븐에서 갓 구워 낸 케이크처럼 이제 막 신학교를 나온 애송이 신부였지만, 기가 죽어 말을 더듬거나 헤메지는 않았다.

하루는 강론 도중에 사람들에게 더러운 것을 마시게 하며 돌아다니는 불량배들을 가리켜 독설을 퍼부은 적이 있었다.

그러던 어느 날 밤, 돈 까밀로는 누가 지독하게 몸이 아파 종부성사를 부탁한다는 전갈을 듣고 밖으로 나왔다. 그가 아래층으로 내려오자 카모니가 오른손에는 모제르 권총을, 왼손에는 피마자 기름이 든 유리컵을 들고 서 있었다.

"신부님, 별로 성스러운 것은 아니지만, 당신도 이 기름이 필요한 것 같소. 이걸 마시면 신부님의 머리가 잘 돌아갈 거요. 성직자라 특별히 대접해서 셋이 아니라 넷을 세어 드릴 테니어서 삼키시오."

돈 까밀로는 자기 몫을 마셔 버릴 수밖에 없었다.

"이보시오, 신부님."

카모니가 말했다.

"내일이면 당신의 머리가 얼마나 매끄럽게 잘 돌아가는지 아시게 될 거요. 그리고 이런 불경스런 기름 대신 진짜 성스런 죽음의 성유를 마시고 싶거든 언제라도 우리 일에 계속 참견을 하시지요."

이 일은 한동안 그를 괴롭혔다. 그때가 기억 날 때마다 그는 제단의 예수님께 말씀드렸다.

"예수님, 차라리 제가 그놈한테 몽둥이찜질을 당했다면 이야기는 훨씬 달라졌을 겁니다. 하지만 피마자 기름 따위는 말도 안 됩니다! 신부를 죽일 수야 있겠지만 피마자 기름을 퍼먹여서 조롱거리를 만들 권리야 없지 않습니까?"

몇 해가 지나갔다. 카모니는 완력이 필요한 일이라면 어디든지 나타나 극성스러운 우익 당원 노릇을 계속하고 있었다. 그러고는 정치에서 손을 뗐다. 하지만 그는 이후에도 많은 사람들에게 피마자 기름을 먹이고 괴롭혀왔다.

마침내 20여 년이 지난 1945년, 정세가 역전되어 만사가 자기한테 불리하게 되자 꼬리를 감추고 마을을 떠나버렸다.

*

빼뽀네는 그가 종적을 감추자 카모니가 다시 마을에 나타나기만 하면 가죽을 홀랑 벗겨 죽여 버리겠다는 으스스한 소문을 흘려놓았었다.

그 후 카모니에 관한 소식은 더 이상 들을 수 없었고 세월은 흘러갔다.

그런데 이제 그가 되돌아온 것이다. 그것도 인디언으로 변장을 하고서 말이다.

"나는 자네가 무슨 생각으로 이런 짓거리를 하게 됐는지 그게 무척 궁금하네."

돈 까밀로가 물었다.

"전, 지난 6년 동안이나 고향을 떠나 있었습니다. 그래서 어떻게든 고향으로 돌아오고 싶었던 겁니다. 사람들 눈에 띄지 않으려면 이렇게 가면을 쓰는 수밖에 다른 방법이 없었지요. 제가 보기에도 그렇게 나쁜 생각을 아닌 것 같은데요."

돈 까밀로가 한숨을 쉬었다.

"자네가 그런 복장을 하고 있으니 너무나 웃겨보여서 정말 안됐다는 생각이 드네. 그렇게 기운이 센 카모니가 인디언이 되어서 내 집으로 뛰어들다니, 그것도 읍장을 피해서 말이야! 이건 한 편의 코미디가 아닌가! 자, 이젠 안심해도 좋네. 자네와 나 사이에 그 사건만 없었다면 훨씬 더 안전할 테지만 솔직히 그게 좀 마음에 걸리는군."

"그 어리석은 사건을 아직도 잊어버리지 않고 계십니까? 벌써 30년 전에 있었던 유치한 이야기를 말이오."

돈 까밀로는 인디언 가면에게 한바탕 설교를 늘어놓을 작정이었다. 그런데 서재 문이 활짝 열리면서 빼뽀네가 나타났다.

"미안합니다, 신부님. 문이란 문이 죄다 잠겨 있으니 다른 방법이 없었소이다."

인디언이 벌떡 일어났다. 빼뽀네의 표정이 심상치 않았기 때문이었다. 게다가 그의 오른손에는 쇠몽둥이까지 들려져 있지 않은가.

돈 까밀로가 두 사람 사이에 끼어들었다.

"사육제가 한창인 이때에 비극적인 사건을 만들지 말게. 우리 모두 냉정함을 잃으면 안 돼!"

"난 지금 아주 냉정하오! 그리고 비극을 일으킬 의사는 조금도 없소."

빼뽀네가 눈을 부릅뜨며 말했다.

"나는 해야 할 일이 딱 하나 남아 있소, 그것뿐이오."

그는 호주머니에서 큰 유리잔 두 개를 꺼내 탁자 위에 올려놓았다. 그러고는 인디언으로부터 시선을 떼지 않은 채 다른 쪽 호주머니에서 유리병을 꺼내 그 속에 든 것을 두 잔에 나누어 가득 채웠다.

"이제 됐군."

뻬뽀네는 문에 등을 기대서면서 말했다.

"의사 선생의 말이 자네는 소화불량 증세가 있어 설사약을 먹어 두는 게 좋을 거라고 그러던데. 충고하지만 빨리 약을 먹는 게 몸에 좋을 거야. 자칫하면 피마자기름 몇 방울이 내 쇠몽둥이에 떨어진단 말이야. 그러면 내 손이 미끄러져 나도 모르게 그걸 휘두르게 될 테니까. 자 두 잔을 모두 마셔라. 한 잔은 나의 건강을 위해, 그리고 나머지 한 잔은 돈 까밀로를 위해 말이야. 난 이런 식으로 신부님께 존경심을 표하는 걸 아주 기쁘게 생각하니까. 자 그럼 셋까지 세겠다. 하나…, 둘…."

인디언은 얼굴이 백지장처럼 새하얘지더니 벽에 등을 기대고 섰다. 뻬뽀네가 그 앞으로 다가섰다. 겁을 주기에 충분할 만큼 사나운 표정이었다.

"빨리 마셔라!"

뻬뽀네는 쇠몽둥이를 치켜들면서 소리쳤다.

"싫어, 안 마시겠다."

뻬뽀네가 달려들더니 그의 목덜미를 움켜잡았다.

"그럼, 내가 마시도록 해 주마!"

빼뽀네가 으르렁댔다. 그러나 인디언 가면의 얼굴과 목에는 온통 분장용 기름이 묻어 있어 쉽게 빠져나올 수 있었다. 그는 탁자 뒤로 뛰어가더니, 벽에 걸린 2연발 총을 꺼내 빼뽀네의 가슴을 겨누었다.

"미친 짓 따위는 집어치워라!"

돈 까밀로가 한쪽으로 물러서면서 소리쳤다.

"총알이 장전되어 있단 말이야!"

인디언 가면은 빼뽀네를 향해 앞으로 걸어갔다.

"그 쇠몽둥이를 버려라!"

그 음성은 거칠었고, 그 눈빛도 30년 전과 똑같이 파랗게 불타오르고 있었다. 빼뽀네와 돈 까밀로 두 사람 다 그 눈을 지금까지 똑똑히 기억하고 있었다.

빼뽀네는 힘없이 쇠몽둥이를 마룻바닥에 떨어뜨렸다.

"자, 이젠 네가 마실 차례다! 내가 셋을 셀 동안 마셔라, 하나…, 둘…."

인디언 가면이 이를 악물면서 빼뽀네에게 말했다.

그렇다. 바로 30년 전과 똑같은 목소리로, 눈빛 또한 그때처럼 광기로 번득였다. 빼뽀네는 컵 하나에 담긴 피마자 기름을 꿀꺽 다 마셔버렸다.

"자, 이제 네가 들어온 문으로 해서 빨리 꺼져라!"

인디언 가면이 명령했다.

빼뽀네가 나가자 인디언 가면은 서재 문을 자물쇠로 잠갔다.

"경찰 따위를 데려오고 싶으면 그렇게 하라지. 이제는 죽기 아니면 까무러치기다, 나 혼자서 지옥으로 가진 않을 테니까."
인디언 가면이 말했다.

돈 까밀로가 토스카노 시가에 불을 붙였다.

"이제 정신 나간 짓거리는 그만두게. 어서 그 총을 내려놓고 가버리라고."

"신부님이나 나가슈. 난 여기서 그놈을 기다릴 테니까 말이오."

인디언 가면이 차갑게 대답했다.

"그건 바보같은 짓이야. 난 뻬뽀네 패거리가 쳐들어올 거라고는 생각지 않네만, 만약 온다고 하면 자넨 그 빈 총을 가지고 어떻게 방어할 셈인가?"

"헛소리하지 마슈! 나를 어린애 취급하지 말라고요."

인디언이 비웃었다.

돈 까밀로는 서재의 다른 쪽 구석으로 가서 그와 마주 보며 앉았다.

"난 여기 앉아 있을 테니까 자네가 직접 살펴보게나."

의심스러워진 인디언은 탄창을 열어 보더니 얼굴이 새하얗게 질렸다. 그 총에는 정말로 하나의 총알도 없었다.

"총을 내려놓게."

돈 까밀로가 조용하게 명령했다.

"그 변장한 옷 따위는 벗어버리고 빨리 사제관 정원을 지나서 들판을 가로질러 달아나라고. 서두르면 폰타닐레로 가는 버스를 잡아탈 수 있을 거야. 자네 오토바이는 내가 보관해 둘 테니 어디로 보내 달라고 연락을 하든지 아니면 사람을 보내란 말이야."

인디언 가면은 총을 탁자 위에다 내려놓았다.

"탄약을 찾아봐도 소용이 없어. 탄띠와 탄약은 옷장 안에 있고, 옷장 열쇠는 내 주머니에 있으니까. 경고하지만 여기서 쏜살같이 달려나가지 않으면, 옛날에 자네가 억지로 마시게 했던 그 맛 난 기름 사건이 떠오르게 될 테니까 말일세."

돈 까밀로는 카모니에게서 시선을 거둔 다음 안경을 끼면서 신문을 읽기 시작했다.

인디언 가면은 변장하는 데 썼던 천 조각들을 황급히 뜯어내고 그걸로 얼굴을 닦으며 분장을 말끔히 지웠다. 그리고 호주머니에서 베레모를 꺼내 머리에 푹 눌러썼다.

사제관 밖에는 안개가 끼어있었다. 마치 누군가 일부러 그렇게 날씨 조정을 해 놓아 서둘러 도망쳐야 할 사람을 돕고 있는 것 같았다.

카모니는 밖을 행해 걸음을 옮기더니, 문 앞에서 잠시 머뭇거리다가 돈 까밀로를 향해 돌아섰다.

"우리 서로의 빚을 청산합시다."

그는 말을 끝마치자 피마자기름이 가득 담긴 두 번째 컵을 들고 단숨에 마셔버렸다.

"이젠 비겼지요?"

카모니가 물었다.

"그래 비겼네."

돈 까밀로는 신문에서 고개조차 들지 않은 채 대답했다. 인디언은 사라졌다.

*

얼마 후, 뻬뽀네가 머리꼭대기까지 시퍼렇게 독이 올라 돈 까밀로를 찾아왔다.

"신부님은 좀 전에 나한테 일어난 일을 비열하게 떠벌리지는 않을 테지요?"

뻬뽀네가 침울한 표정으로 말했다.

"물론, 그렇게 하면 안 되겠지."

돈 까밀로는 한숨을 내쉬며 탁자를 가리켰다.

"한 잔은 자네가 마셨지만, 그 악당 녀석이 나머지 한 잔을 나한테 마시게 했으니까!"

뻬뽀네가 의자에 앉으면서 물었다.

"그놈은 어디 갔소?"

"바람처럼 사라졌네."

뻬뽀네는 아무런 말도 없이 방바닥만 내려다보았다.

"내가 무어라고 말을 하면 좋겠소?"

그가 중얼거렸다.

"신부님 마치 30년 전, 우리가 아직 어렸던 시절로 돌아간 느낌이 드는 것 같지는 않나요?"

"맞아, 그건 맞는 말이야."

돈 까밀로가 맞장구를 쳤다.

"그 인디언 덕분에 잠시나마 우리가 젊은 시절의 추억을 떠올린 셈이지…."

그러자 뻬뽀네가 새삼스레 다시 분통을 터뜨리며 자리에서 벌떡 일어섰다.

"자, 진정하게. 뻬뽀네, 읍장으로서의 품위를 지켜야 하지 않겠나?"

뻬뽀네가 말없이 일어나 집으로 돌아가자 돈 까밀로는 제단의 예수님께 보고하러 성당으로 갔다.

"예수님."

돈 까밀로가 정황을 설명하기 시작했다.

"그렇게밖에 다른 뾰족한 수가 없었습니다. 제가 만일 뻬뽀네한테 총에 탄알이 없다고 말했다면, 그자는 틀림없이 인디언 가면을 때려죽였을 겁니다. 카모니한테 기름을 억지로 마시게 할 수는 없었을 테니까요. 카모니 집안은 좀처럼 굴복을 하지 않는 아둔한 사람들이거든요. 사실 그렇게 해서 폭력 사태는 없었습니다. 게다가 그 악당도 기름을 한 컵 마셨고요. 그런 반성의 표시는 예수님께서도 인정해 주셔야 합니다. 또 저는 제

개인적인 자존심까지 희생시켜 뻬뽀네에게 굴욕감을 안겨주지 않도록 노력하지 않았습니까? 그자가 치욕을 겪는 일이 없도록 한 겁니다."

"돈 까밀로야,"

예수님이 말씀하셨다.

"인디언 가면이 뻬뽀네에게 기름을 마시라고 명령했을 때, 넌 그 총에 탄알이 없었다는 걸 알고 있었느니라. 그러니 네가 나섰어야 하지 않았느냐?"

"예수님."

돈 까밀로가 실망한 듯 양팔을 벌리면서 말했다.

"만약 뻬뽀네가 그 총에 탄알이 없다는 걸 눈치채서 그 기름을 안 마셨다면 어떻게 됐겠습니까?"

"돈 까밀로."

예수님이 웃으며 말씀하셨다.

"너도 그자가 했던 대로 피마자 기름을 큰 잔으로 한 잔 마셨어야 마땅했을 것 같구나."

돈 까밀로는 옛날 일이 생각 나 자신도 모르게 얼굴을 찌푸렸다.

"허허… 아니다, 돈 까밀로! 이번 일은 아주 잘 처리했느니라."

고개를 쳐든 돈 까밀로의 눈에 예수님의 환한 표정이 들어왔다.

돈 까밀로는 인디언 가면의 깃털 모자를, 승리의 표시로 부억에 있는 2연발 총 옆에 걸어 두었다. 그리고 그것을 바라볼 때마다 총을 쓰지 않고도 얼마든지 훌륭한 사냥을 할 수 있다는 생각을 되풀이하곤 하였다.

팔아먹은 영혼

Commercio

벽돌공 네리는 이미 세 시간 전부터 줄곧 쇠망치를 휘둘러 댔지만 해놓은 일이라곤 아무것도 없었다. 그 벽은 마치 절대로 부서지지 않기로 한 바윗덩어리 같았다. 벽돌 한 장 한 장을 빼내려면, 그것들을 가루가 되도록 힘차게 두들겨야 한다. 네리는 잠시 일손을 멈추고 이마에 흐르는 땀을 닦았다. 그리고 그렇게 무진 애를 써서 자기가 뚫어 놓은 조그마한 구멍을 보면서 몇 마디 욕설을 내뱉었다.

"참을성이 꽤 필요할 거야."

몰로티 영감이 말했다. 그는 네리에게 이 일을 하도록 고용한 사람으로 네리 바로 뒤에 서 있었다.

"뭐요, 참을성이 필요하다고요!"

네리는 기분이 상한 듯 목소리를 올렸다.

"이건 벽이 아니라 커다란 강철 덩어리요. 여기에다 문을 내려면 참을성 따위 갖고는 어림도 없다고요!"

네리는 또다시 쇠망치를 휘두르기 시작했지만, 잠시 후 비명을 지르며 끌과 망치를 바닥에 떨어뜨리고 또 욕설을 내뱉었다. 왼쪽 엄지손가락을 어찌나 호되게 내려쳤던지 피가 흐르고 있었다.

"그러기에 느긋하게 일하라고 했잖나! 내 말대로 조심했더라면 침착성을 잃지 않았을 테고 말이야. 그러면 자기 손가락을 망치로 두들기는 일도 없었을 게 아닌가."

그러나 지금 네리가 대답할 수 있는 말이라곤 하느님을 모욕하는 욕설뿐이었다.

몰로티 영감이 고개를 가로저었다.

"자네 손가락이 깨진 것이 왜 그분 탓인가? 잘못은 오로지 망치를 휘두른 사람에게 있는 거야. 그리고 잘 기억해 두게. 자넨 굉장히 많은 고통을 참아내지 않고는 절대로 천국에 들어 갈 수가 없다네."

네리가 성이 나서 대꾸했다.

"먹고 사는 것만 해도 고통스러워 죽을 지경이오. 나는 영감님이 말하는 천국에는 눈곱만큼도 관심이 없어요."

네리는 새빨간 공산주의자로 뻬뽀네를 추종하는 열성분자

중의 하나였다. 반면에 몰로티는 비록 나이가 아흔 살이 넘은 노인이었으나, 이런 일에 호락호락 넘어갈 위인이 아니었다.

"그래, 난 자네가 우리의 천국 같은 데는 관심이 없는 사람이라는 걸 깜빡했네그려. 자네가 새빨간 빨갱이라는 사실을 말이야. 그러니 자네는 이 지상 위에 어떤 종류의 낙원을 이루겠다고 약속하고 있는 패거리 중 하나 아닌가."

"그게 저 하늘 위의 어딘가에 대고 약속하는 당신네보다 훨씬 더 정직한 거요. 우리는 직접 눈에 보이고 손으로 만질 수 있는 것들에만 약속하니까요."

"걱정하시 말게."

몰로티 영감은 손가락을 들어 네리를 가르치며 말했다.

"언젠가는 자네도 지금은 보이지 않고 숨겨져 있는 것들을 보고 만질 수 있게 될 테니 말일세."

네리는 큰 소리로 웃었다.

"내가 죽게 되면 이 세상도 저 세상도 끝이오. 사람은 한 번 죽으면 그걸로 모든 게 끝나는 겁니다. 그 밖의 모든 것들은 신부들이나 지껄이는 헛소리일 뿐이오."

"하느님이 자네의 영혼을 구해 주시기를!"

몰로티 영감이 탄식하자 네리는 다시 망치를 휘두르면서 말했다.

"흥, 별소릴 다 듣겠소. 지금 같은 세상에서 저런 터무니없는 소리를 듣다니…. 영혼이라고요? 날개가 돋쳐서 공중으로 상을 타려고 올라가는 영혼 말인가요? 아니, 내가 무슨 바보 멍청이인 줄 아슈?"

몰로티 영감이 가까이 다가섰다.

"나는 자네가 공연히 잘난 척하느라고 그런 심한 소리를 하는 거라고 믿네. 하지만, 마음속 깊은 곳에서는 그래도 훨씬 지각 있는 생각을 하고 있을 걸. 그렇지 않았다면 자네 머리가 돈 줄 알았을 거야."

"아직도 우리한테 그런 엉터리 소리를 믿게 할 수 있다고 생각한다면 그건 당신들 지주 계급이나 신부들이 머리가 돈 거요."

네리가 소리쳤다.

몰로티 영감이 고개를 절레절레 흔들었다.

"그럼, 자네는 육체가 죽으면 영혼도 함께 죽어 사라진다고 생각하나?"

"두말하면 잔소리지요. 내가 이렇게 눈 뜨고 살아 있는 걸 확신하듯 확신하오. 도대체 영혼이란 물건은, 세상 어디에도 존재하지 않아요!"

"그럼, 자네 몸뚱이 속에는 뭐가 들어있나?"

"허파, 간장, 비장, 두뇌, 심장, 위장 그리고 창자 따위가 들어 있지요. 우리 몸은 피와 살로 만들어진 기계들이오. 그러니 그런 기계들이 작동하는 동안엔 계속 움직이는 게 아니겠소? 그러다가 그 중의 하나가 고장이 나면 기계 전체가 정지하는 거고, 만일 의사가 그걸 수리해 내지 못한다면 그 기계는 아주 죽어 버리는 거지요."

몰로티 영감은 화가 나는 듯이 양팔을 벌렸다.

"그러나 자네가 지금 말한 것 중에서 빠진 게 있어. 영혼이야말로 생명의 숨결이네!"

"흥, 거짓말하지 말아요. 사람의 허파를 드러내면 무슨 일이 일어나는지 한번 보시오. 영혼이 생명의 숨결이라는 얘기가 맞는다면, 사람의 몸은 어느 것이고 내부 기관 한 개쯤 없어져도 여전히 움직여야 할 게 아닙니까?"

"그런 소리는 하느님을 모독하는 거야!"

"아뇨, 나는 하느님을 모독하는 게 아니라 냉철한 이성으로 말한 것뿐이오. 사람의 생명이 몸 안 여러 기관과 이어져 있다는 건 누구라도 다 아는 사실이지요. 난 지금까지 영혼을 떼어냈기 때문에 죽었다는 사람을 한 번도 보지 못했소. 그리고 영감님 말씀대로, 영혼이 생명의 숨결이라고 칩시다. 그렇다면 살아있는 암탉들도 인간하고 똑같은 영혼을 가지고 있을 테니, 닭에게도 지옥과 연옥 그리고 천국이 있을 게 아닙니까?"

몰로티 영감은 논쟁을 계속 해보았자 아무 소용이 없다는 걸 깨닫고 그 자리를 떠났다. 그러나 결코 싸움을 포기한 것은 아니었다. 정오가 되자 네리는 망치질을 잠시 멈추고 현관 그늘 밑에 가서 자리를 잡고 앉았다. 집에서 가져온 점심을 먹기 위해서였다. 그때 몰로티가 다가왔다.

"이것 봐요."

네리가 훈계조로 말했다.

"나에게 또 그 얘기를 하러 오시는 모양인데, 미리 말해 두지만 시간 낭비일 거요."

"나는 자네와 논쟁하고 싶은 생각이 전혀 없네. 자네한테 사무적인 제안을 하러 온 것뿐이야. 자넨 정말 자기한테 영혼이 없다고 자신 있게 말할 수 있나?"

네리의 표정이 어두워졌다. 그러나 노인은 그가 말대꾸할 틈을 주지 않았다.

"자네가 정말 영혼을 가지고 있지 않다면, 그걸 나한테 팔지 않겠나? 내 5백 리라를 줌세."

"그것참 좋군요! 그러나 내가 갖고 있지도 않은 걸 어떻게 영감님한테 판단 말이오?"

네리는 몰로티가 내놓는 지폐를 바라보며 웃음을 터뜨렸다.

"그런 걱정은 말게. 자네는 나한테 영혼을 팔기만 하면 돼. 만일 자네가 정말 영혼을 갖고 있지 않다면, 난 5백 리라를 날리는 셈이지. 하지만 자네에게 영혼이 있다면, 그때는 내 소유가 되는 걸세."

몰로티 영감이 말했다.

네리는 지금까지 돌아가는 상황이 너무 재미있게 느껴졌다. 이렇게 재미있는 일은 생전 처음 겪어 보는 일이었다. 그는 몰로티 영감이 나이가 너무 많아 망령이 들었다고 여겼다.

"5백 리라 갖고는 안 되겠는데요."

네리가 명랑한 목소리로 말했다.

"적어도 1천 리라짜리 지폐 한 장은 주셔야 하겠는데요."

"안 돼. 자네 같은 사람의 영혼은 5백 리라 이상의 가치가 없어."

"1천 리라 내시오. 그렇지 않으면 안 팔겠소!"

네리가 잘라 말하자 몰로티가 양보했다.

"좋아. 그렇다면 1천 리라다. 집으로 돌아가기 전에 우리 함께 계약서를 작성하자고."

네리는 기분이 좋아져서 저녁때까지 부지런히 망치질을 계속했다. 저녁 무렵이 되자 몰로티 영감이 다시 나타났다. 그의 손에는 날인한 종이 한 장과 만년필 한 자루가 들려있었다.

"마음이 변한 건 아니겠지?"

"물론이요."

"좋아. 여기 앉아서 이렇게 쓰게나, 내용은 별것도 아니지만 말일세."

네리가 탁자 앞에 앉자 노인이 계약서 내용을 불러 주며 받아쓰게 했다.

나 프란체스코 골리니, 즉 '네리'는 1천 리라의 금액을 받고 본인의 영혼을 주세페 몰로티 씨에게 합법적으로 팔기로 한다. 오늘부터 몰로티 씨는 본인의 영혼을 소유하게 되며, 마음대로

처분할 수 있다…. 서명인 프란체스코 네리

몰로티 영감은 계약서 하단에 멋지게 사인을 한 네리에게 1천 리라짜리 지폐를 건네주었다.

"좋아, 완벽해!"

그는 계약서를 소중하게 서류철 안에 넣으면서 만족한 얼굴로 말했다.

"이제 매매는 끝났네. 나중에 딴소리 말게."

네리는 웃으면서 돌아갔다. 그는 몰로티가 단단히 망령이 들었다고 생각했다. 아쉬운 점이 있다면, 더 많은 액수를 부르지 못한 것이었다. 어쨌든 하늘에서 1천 리라짜리 공짜 지폐가 떨어진 셈이었다.

그런데 네리는 자신의 고물 자전거를 타고 가는 동안, 자꾸만 이 이상한 계약에 대한 생각이 잠시도 머리를 떠나지 않았다.

'만일 몰로티가 망령이 든 게 아니라면 대체 어째서 내게 1천 리라를 주었을까? 겉으로 보기엔 멀쩡해 보였는데?'

몰로티는 부자이긴 하지만 상당한 구두쇠로, 웬만한 일이 아니면 절대로 한 푼의 돈도 내놓지 않는 사람이었다. 그런 그가 멀쩡한 정신으로 이런 일을 했다면 뭔가 목적이 있는 게 틀림없었다.

갑자기 네리의 머릿속에서 한 가지 생각이 반짝 떠올랐다.

그러자 그는 욕설을 퍼부으며 오던 길로 되돌아갔다.

네리는 몰로티 영감이 앞마당에 서 있는 걸 발견하자마자 재빠르게 입을 열었다.

"저 좀 보시오."

그는 시무룩한 표정으로 말했다.

"내가 미처 생각하지 못한 일이 하나 있소. 난 벌써부터 당신네 반동분자의 더러운 선전술을 잘 알고 있는 사람이오. 영감님은 선전을 목적으로 내게서 그 계약서를 받아 냈던 거죠? 우리 당을 웃음거리로 만들기 위해 그걸 만천하에 떠들고 다닐 속셈이라는 걸 모를 줄 아슈? '이 공산당 놈들 좀 봐라, 그놈들은 1천 리라에 자기 영혼까지 팔아먹고 다니는 놈들이야' 하고 말이오."

"이 거래는 자네와 나 사이의 일일세. 우리 두 사람 이외에는 아무도 모를 테니 그건 조금도 염려 말게."

노인이 대답했다.

"그렇지만 자네가 굳이 원한다면, 그 계약서 밑에다 '몰로티의 명예를 걸고 맹세하나니 이 문서를 아무에게도 보여주지 않겠음' 이라는 보증을 달아주지. 그럼 되겠나?"

몰로티는 존경받는 사람이었다. 그런 그의 엄숙한 맹세는 신뢰할 만했다. 그는 서재로 들어가 계약서 밑에 추가 조항을 써넣은 다음 거기에 사인해 주었다.

"여기에 대해서는 애초부터 걱정할 필요가 없었네."

몰로티가 말했다.

"나는 무슨 다른 목적으로 자네의 영혼을 산 게 아니니까. 그냥 내가 갖고 있으려고 산 것뿐이야."

"그럼, 내 영혼이 어디 있는지 찾아내야 할 게 아닙니까?"

네리가 기분이 좋아져서 물었다.

"물론이지. 그리고 이 일은 내게 있어 아주 수지맞는 일이네. 나는 자네가 영혼을 갖고 있다는 걸 확신하고 있으니까. 게다가 나는 지금까지 살아오면서 한 번도 손해 본 거래를 해 본 적이 없는 사람이란 말일세."

몰로티가 조용히 미소를 지었다.

네리는 더 이상 의심할 여지가 없을 정도로 몰로티 영감이 망령이 난 게 틀림없다고 생각했다. 그 나이쯤 되고 보면 그건 조금도 놀라운 일이 아니기 때문이다.

몰로티의 집을 수리하는 개축공사는 그 후로도 일주일 이상이 걸렸다. 그동안 네리는 날마다 그 노인과 마주쳤지만 몰로티는 한 번도 계약서에 관한 이야기는 벙긋도 하지 않았다.

네리 역시 일이 끝나자 몰로티의 영감을 볼 기회조차 더 이상 없어졌고, 그 계약서 사건도 까맣게 잊어버렸다. 그런데 1년이 지난 어느 날, 그 사건이 다시 네리의 머리에 되살아나게 되었다.

어느 날 저녁, 뻬뽀네는 네리를 불러 대장간 일을 좀 도와 달라고 부탁했다. 급히 처리해야 할 작업이었기 때문에 도와 줄 누군가가 필요했던 것이다. 빼뽀네는 밤을 새워가며 무쇠를 두들겨서 작은 철문의 부속품을 만들었다.

"이건 몰로티가 주문한 거야."

빼뽀네가 설명했다.

"영감은 무슨 일이 있어도 내일 아침까지 꼭 만들어 달라는 거야. 자기네 가족 묘지에 쓸 거라나. 그러니 자기가 죽기 전에 봐두어야 한다더군. 자기 집안의 나머지 사람들은 그런 일을 제대로 할 만큼 능력 있는 사람이 없다면서 말이야."

"그 영감 병이 났나요?"

네리가 묻자 빼뽀네가 대답했다.

"나이가 아흔세 살인데, 폐병으로 몸져누운 지가 일주일이나 됐어. 그 나이엔 감기만 들어도 곧장 저 세상 행이잖아."

네리는 풀무질을 시작하면서 말했다.

"그렇다면 늙은 돼지 같은 반동분자 하나가 없어지는 셈이죠. 그 집안사람들까지도 반갑게 생각할 겁니다. 망령이 난지도 벌써 꽤 오래됐으니까요"

빼뽀네가 머리를 흔들었다.

"안 그런 것 같은데. 한 달 전에도 트레스피아노 농장과 거래해서 적어도 1천500만 리라는 벌었다는 소문이 자자해."

"그건 어쩌다가 재수가 좋았던 거겠지요 뭐. 나는 그 영감이 얼마 전부터 완전한 멍청이가 됐다는 걸 증명할 수가 있어요.

대장, 제가 비밀 이야기 하나 해드릴까요?"

네리는 신이 나서 자기가 몰로티에게 영혼을 팔았던 이야기를 했다. 뻬뽀네는 주의 깊게 귀를 기울이고 있었다.

"글쎄, 1천 리라를 내고 영혼을 사다니 그것이 망령이 아니고 무어란 말입니까?"

네리가 결론을 내렸다.

"물론 그렇지. 하지만 1천 리라에 영혼을 판 놈은 더 멍청한 놈이지."

네리는 어깨를 으쓱했다.

"맞아요. 그 구두쇠한테 더 많은 돈을 받아 냈어야 할 걸 그랬나 봐요."

"돈이 많고 적은 문제가 아니야. 그따위 일 자체가 바보 멍청이 같은 짓이지."

네리는 풀무질을 하던 손을 멈추었다.

"대장, 그게 무슨 말입니까? 우리끼리 하는 얘긴데, 혹시 대장은 영혼이니 천국이니 지옥이니 하는 따위의 말들이 교회가 꾸며낸 이야기라고 생각지 않는단 말이오?"

뻬뽀네는 한참이나 침묵을 지키고 있다가 입을 열었다.

"네리, 이런 건 모두 그것하고는 상관없는 얘기야. 내 말뜻은 그 영감이 그걸 이용해서 우리 당을 골탕먹일 수도 있다는 거지."

네리의 표정이 밝아졌다.

“대장. 이제야 무슨 말인지 알겠습니다. 그렇지만 걱정하실 필요는 없습니다. 그 반동분자가 이 일을 정치적으로 악용하지 못하도록 제가 추가 조항 하나를 덧붙여 놨거든요. 그 조항엔 몰로티가 절대로 계약서 내용을 아무에게도 누설하지 못하도록 규정한 것입니다.”

“그래? 그런 보증 조항이 있다면, 얘기가 다르겠네. 그럼 이 문제는 자네의 개인적인 일로, 당하고는 아무런 상관이 없는 셈이군.”

뻬뽀네는 화제를 바꿔 다른 이야기를 하기 시작했다. 네리는 자정 늦게 집으로 돌아갔으나 기분이 무척 좋았다.

그는 잠들기 전에 혼자 중얼거렸다.

“당과 나 사이에 아무 문제가 없으면 나머지 모든 것과도 아무 문제가 없는 법이지.”

*

몰로티의 병세는 나날이 악화되어 갔다. 어느 날 저녁, 돈 까밀로는 노인의 병석을 방문하고 집으로 돌아오는 길에 네리하고 마주쳤다.

“안녕하십니까, 신부님.”

네리가 인사를 하자 돈 까밀로는 너무나 놀랍고 당황해 자전거를 세웠다. 그리고 네리에게 다가가 그의 얼굴을 똑바로 쳐다보았다.

"이거 이상한 일이군! 아니, 자네는 네리가 아닌가? 그런데 나한테 인사를 다 하다니. 혹시 사람을 잘못 본 건 아닌가? 내가 이곳 신부가 아니라 세금 징수원인 줄 착각했겠지?"

네리가 어깨를 으쓱했다.

"도대체 신부님을 어떻게 대해야 좋을지 모르겠군요. 우리가 인사를 안 하면 하느님을 모르는 빨갱이 놈들이라고 욕을 하고, 인사를 하면 미친놈 취급을 하니 말이에요."

돈 까밀로가 양팔을 벌렸다.

"자네말도 일리는 있네. 그렇지만 전부 다 맞는 이야기는 아니야. 어쨌든, 그동안 자네도 잘 지냈는가?"

네리는 돈 까밀로의 자전거 손잡이를 물끄러미 쳐다보더니 이렇게 물었다.

"몰로티 영감 병세가 어떻습니까?"

"서서히 죽어가고 있네."

"의식을 완전히 잃어버렸나요?"

"아니, 정신은 아직도 평상시처럼 말짱하다네."

"혹시 그 영감이 신부님께 무슨 이야기를 하지 않던가요?"

네리는 잠시 주저하더니 불쑥 이렇게 물었다.

돈 까밀로는 의아한 표정을 지으며 눈을 동그랗게 떴다.

"무슨 말인지 통 모르겠군. 왜 그분이 내게 무슨 말을 해야만 하는가?"

"혹시, 제 얘기나 저하고 맺은 계약에 관한 이야기를 말이에요?"

"아니."

돈 까밀로는 분명하게 말했다.

"우리는 거의 모든 세상일에 대해 이야기를 했네. 하지만 자네 이야기는 없었어. 그리고 나는 임종하는 사람에게 사업상의 일을 말하려고 찾아가는 사람이 아닐세. 내가 관여하는 건 영혼에 관한 일이야."

이 마지막 말에 네리가 몸을 찔끔거리자, 돈 까밀로가 고개를 끄덕이면서 미소를 지었다.

"여보게, 네리. 나는 지금 자네에게 설교할 생각은 조금도 없네. 자네에게 해 줄 말은 자네가 아직 어린애였던 시절, 내 설교를 들으러 성당을 찾아오곤 했을 때 이미 다 해주었어. 지금은 자네의 질문에만 대답하겠네. 나는 몰로티와 사업상의 계약에 관한 얘기는 하지 않았어. 그리고 그런 일에는 전혀 관심이 없다네. 그러니 그런 종류의 도움이 필요하다면 변호사를 찾아가 보게. 아마 서둘러서 할 걸세. 몰로티는 벌써 한쪽 발을 저승에 들여놓은 거나 마찬가지 몸이니까."

네리가 어깨를 으쓱했다.

"제가 돈 까밀로의 걸음을 멈추게 했다면, 그건 변호사가 아니라 신부님의 도움이 필요해서겠지요. 그건 뭐 대단한 일은 아니지만, 신부님이 저 대신 몰로티에게 1천 리라를 전해 주고 제가 사인한 계약서를 돌려 달라고 해주세요."

"1천 리라? 서명한 계약서? 내가 보기에 그건 변호사의 사업이지 신부가 할 일 같지 않은데?"

그들은 이미 사제관 앞에 도착해 있었다. 돈 까밀로가 집 안으로 들어가자 네리는 주위를 한 번 둘러본 후 그 뒤를 따라 들어갔다.

돈 까밀로는 부엌의 작은 식탁 앞에 가서 앉더니 의자 하나를 가리키며 말했다.

"정말 내가 도울 수 있는 일이라고 생각하거든 어서 털어 놓게."

네리는 한참 동안 양손으로 모자를 빙빙 돌리다가 입을 열었다.

"신부님, 사실은 1년 전에 몰로티 영감에게 1천 리라를 받고 제 영혼을 팔았거든요."

돈 까밀로는 의자에서 벌떡 일어나며 소리쳤다.

"이봐, 그게 웃기는 농담이라고 내게 말하는 거라면, 번지수를 잘못 찾아왔네. 여기서 빨리 나가게!"

"농담이 아닙니다!"

네리가 소리쳤다.

"제가 그 집에서 일할 때, 우리 두 사람은 영혼 문제로 논쟁을 벌이게 됐어요. 제가 영혼 따위가 어디 있느냐고 말하니까, 몰로티가 '자네 생각에 영혼이 존재하지 않는다면 나한테 자네 영혼을 팔게. 1천 리라를 주겠네.' 하지 않겠어요. 그래서 전 그 제의를 받아들였고, 계약서에 사인했던 겁니다."

"계약서라니?"

"네, 우리가 합의한 걸 법정 계약서 용지에 쓴 다음 제가 직접 사인을 했어요."

그는 계약서의 내용을 완전히 기억하고 있었기 때문에 그 얘기를 돈 까밀로에게 들려주었다. 돈 까밀로는 네리의 심각한 태도를 보고 그의 말을 믿지 않을 수 없었다.

그때야 돈 까밀로가 양팔을 벌리며 말했다.

"이제야 알겠군. 그렇지만 자네가 왜 그 계약서를 되돌려달라는 건지 이해가 안 되네. 자네는 영혼이 있다는 걸 믿지 않는다면서? 그러니 그걸 팔아먹었다고 해서 자네한테 무슨 손해가 될 게 없지 않나?"

"그건 영혼 때문이 아니에요."

네리가 설명했다.

"나는 그 영감의 유족들이 그걸 발견해서 정치적인 선전 수단으로 삼을까 봐 그러는 거예요. 그렇게 되면 당이 피해를 입게 될 테니까요."

돈 까밀로는 자리에서 일어나 옆구리에 두 주먹을 댄 채 네리 앞으로 바짝 다가섰다.

"내 말을 잘 들어!"

돈 까밀로가 으르렁거렸다.

“나를 보고 자네 당의 이익을 위해 그런 일을 하라는 말인가? 자네는 내가 세상에서 가장 멍청한 신부로 보이는 모양인가. 당장 나가라!”

네리는 의자에서 일어나 천천히 문을 향해 나갔다. 그러나 몇 걸음 못 가서 다시 되돌아와 부르짖었다.

“당 같은 건 중요하지 않아요! 난 그 계약서를 되찾아야 한단 말예요!”

돈 까밀로는 여전히 입을 꾹 다문 채 꿈쩍 않고 서 있었다.

“계약서를 찾아 줘요!”

그가 되풀이했다.

“나는 지난 여섯 달 동안 잠을 한 번도 제대로 자지 못했단 말예요!”

돈 까밀로는 네리의 불안한 얼굴과 겁에 질린 두 눈동자, 그리고 땀방울로 가득한 이마를 바라보았다.

네리가 한숨 섞인 음성으로 말했다.

“만약, 그 돼지 같은 영감이 죽어 가면서까지 돈을 벌려고 고집한다면 요구하는 대로 더 주겠다고요. 하지만 나는 그 집에는 갈 수가 없어요. 영감의 가족들이 나를 들여보내 주지 않을 테고, 그리고 난 이 일을 뭐라고 설명해야 좋을지도 모르겠습니다.”

“진정하게.”

돈 까밀로가 말을 가로막았다.

"그게 당에 관련된 문제가 아니라면 도대체 그 종잇조각 따위가 자네한테 왜 그리 중요한가? 영혼이니 저 세상이니 하는 이야기는 전부 다 우리 신부들이 꾸며낸 얘기라면서?"

"그건 신부님과 상관없는 일이잖아요! 어쨌든 나는 그 계약서를 되찾아야 한단 말예요!"

네리가 소리쳤다.

"좋아, 그렇다면… 내일 아침에 가서 찾아다 주지."

돈 까밀로가 못 이기는 척 말했다.

"안 돼요! 지금 당장 찾아다 줘요! 내일 아침이면 몰로티가 이미 죽은 송장일지도 모르잖아요. 여기 2천 리라를 가지고 가세요. 나는 저기 문밖에서 기다릴 테니까… 빨리요, 신부님! 빨리 찾아다 주세요, 네?"

네리는 거듭 호소했다.

돈 까밀로는 충분히 그 심정을 이해할 수가 있었지만, 요 하느님도 모르는 빨갱이의 버릇없는 말투는 아직도 참을 수가 없었다. 그래서 돈 까밀로는 여전히 두 손을 허리에 댄 채 버티고 서서 네리의 미칠 듯 초조한 얼굴을 들여다보고 서 있었다.

"신부님, 빨리 가서 당신의 의무를 하세요!"

네리가 절망해서 소리쳤다.

그러자 왠지 돈 까밀로 역시 네리와 똑같은 초조감에 사로잡혀 버렸다. 그는 모자도 쓰지 않고 자전거에 오르더니 어둠 속으로 쏜살같이 사라져버렸다.

돈 까밀로는 1시간 뒤에 돌아왔다. 그가 사제관으로 들어가자 네리도 뒤따라 들어왔다.

"자, 여기 있네."

그는 봉인한 커다란 봉투를 네리 쪽으로 내밀었다. 그 봉투 안에는 짤막한 편지와 밀랍으로 잘 봉해진 또 하나의 커다란 봉투가 들어 있었다.

편지에는 이렇게 적혀 있었다.

> 여기 서명한 바와 같이 나 주세페 몰로티는 골리니 프란체스코 씨, 즉 네리와 맺었던 계약을 무효로 선언하며, 계약서를 반환합니다.

그리고 또 다른 작은 봉투 안에는 원래의 계약서가 들어 있었다.

돈 까밀로는 네리에게 또 다른 뭔가를 내밀었다.

"몰로티는 2천 리라는 받고 싶지 않다고 했네. 자네 마음대로 하라더군. 자, 그 돈을 가져가게."

네리는 돈과 편지를 받아 들고 밖으로 나갔다. 그는 계약서를 찢어 버릴까 하고 생각했으나, 좀 더 생각해 본 다음에 그것을 태워 버리기로 했다. 그의 두 눈에, 아직도 열려 있는 성당의 쪽문으로 촛불 몇 개가 켜져 있는 것이 보였다. 네리는 살며시 안으로 들어가서 제단 난간 뒤의 커다란 촛대 앞에 멈추어

셨다. 그는 영혼 판매 계약서를 촛불에 갖다 대고 그것이 타들어 가는 걸 지켜본 다음에 시커멓게 오그라진 재를 손으로 움켜잡았다. 그리고 마지막으로 손바닥을 펴서 그 재를 후 불어 날려 버렸다.

그는 밖으로 나가려고 하다가 문득 몰로티가 보낸 편지와, 2천 리라의 돈이 생각났다. 그래서 그는 봉투 안에서 1천 리라짜리 지폐를 꺼내 자선함에 집어넣었다. 그러고 나서 정말 뜻밖에도, 또 다른 1천 리라를 꺼내서 그것도 같은 자선함에 집어넣었다. '왜냐하면 난 축복을 받은 셈이니까!' 하고 그는 마음속으로 생각하면서 집으로 돌아갔다. 그의 두 눈은 벌써부터 졸리기 시작해서 오늘 밤에는 잠이 잘 올 것 같았다.

잠시 후, 돈 까밀로는 성당 문을 닫으러 가서 제대 뒤의 예수님에게 저녁 인사를 드리러 갔다.

"예수님, 도대체 이런 사람들을 누가 이해할 수 있습니까?"

돈 까밀로가 물었다.

"돈 까밀로, 나는 이해할 수 있느니라. 네리가 자기 몸속에 영혼이 없다고 확신한다면 왜 너에게 그런 부탁을 했겠느냐? 언젠가는 그도 영혼의 존재를 깨우칠 날이 올 것이란다."

십자가 위의 예수님이 미소를 띠면서 말씀하셨다.

금의환향

Empoprio pitacio

조수에 비가티는 스물다섯 살 때, 사람들이 자신을 '피타치오' 라는 괴상한 이름으로 부르는 걸 더 이상 참지 못하고 고향을 떠나 도시로 일자리를 구하러 갔다.

그 후 15년 동안이나 타향살이를 하다가 말쑥한 옷차림을 하고 고향으로 돌아왔다. 돈도 좀 모은 데다 제법 깔끔한 아내까지 데리고 말이다. 그는 광장에 아담한 상점을 하나 차렸는데 간판에는 이렇게 씌어 있었다.

'조수에 비가티' 와 그의 아들

엠포리오

가정용품 판매

간판에 쓴 아들이란 이제 태어난 지 열 달도 채 못 되는 젖먹이였다. 어쨌든 그에게 아들이 하나 있는 것은 틀림없는 사실이었고 이름은 '안테오 비가티'였다.

그러나 사람들은 좀처럼 주의해서 생각해 보려고 하지 않고 '조수에 비가티와 그의 아들 엠포리오(만물상)'라고 붙여 읽어 버렸다."

그래서 아버지 조수에 비가티가 피타치오로 불린 것과 흡사하게 안떼오 비가티 역시 엠포리오 피타치오로 불리게 되었다.

안테오에게는 아무런 죄도 없지만 비가티 집안의 아들로 태어난 게 숙명적인 비극으로, '만물상'이라는 별명이 얼굴 정면에 혹처럼 붙어 버린 것이다. 부모는 그런 일로 사람들과 싸우거나 다투지 않았다.

안테오가 여섯 살 되던 어느 날, 학교에서 울면서 돌아왔다. 친구들이 엠포리오 피타치오라고 부르며 놀렸기 때문이었다. 그러자 아버지가 이렇게 말했다.

"그냥 내버려 두어라, 안테오야. 이 다음에 크게 성공해서 네가 어떤 인간인지 한번 보여 주려무나!"

안테오는 아버지의 말을 머릿속에 깊이 새겨두었다. 그 이후로는 친구들이 '엠포리오'나 '피타치오'라고 부를지라도 안테오는 눈 하나 깜짝하지 않고 견디어 냈다.

그러나 열일곱 살이 되자 여자애들까지 별명을 불렀으므로 그는 정말 견디기가 어려울 지경이었다. 그래서 아버지에게 청했다.

"도시로 유학을 보내 주세요."

마을 사람들은 엠포리오가 도시에서 도대체 무슨 공부를 하는지 누구 하나 아는 사람이 없었다. 그가 방학을 맞아 고향으로 돌아올 때마다, 친구들이 무얼 배우느냐고 물어 보면 그는 '응, 장사하는 법을 배워' 하며 대답을 회피하곤 했다.

엠포리오가 만 스물두 살이 되었을 때 마을에는 깜짝 놀랄 만한 소식이 전해졌다. 말라깽이 엠포리오가 성악을 공부하고 있다는 것이었다. 그리고 신문의 지방 소식란에 다음과 같은 제목의 기사가 큼지막하게 실렸다.

> 안테오 비가티, 국립 음악학교 실기 시험에서 우수한 성적을 거두다

엠포리오의 부모는 물론 마을 사람들도 그가 방학을 맞아 고향으로 돌아오기를 목이 빠지게 기다렸다. 그러나 엠포리오는 돌아오지 않았다. 그러자 사람들은 엠포리오가 안갯속으로 숨어 버렸다며 떠들어댔다.

그 후, 엠포리오 부모는 소식 없는 아들을 기다리다 지쳐 시름시름 병을 앓기 시작했다.

그리고 5년 뒤, 노인이 된 비가티가 세상을 떠나자 그의 아내는 가게에서 울면서 몇 달을 지냈다. 그러던 어느 날 아침 가게 셔터 문이 열리지 않았다. 그 이후로도 문은 계속 잠겨 있었다. 마침내 비가티의 아내마저 세상을 뜨고 만 것이다.

'엠포리오도 죽었을 거야.'

아버지의 장례식뿐만 아니라 어머니의 장례식에도 엠포리오가 나타나지 않자 사람들은 이렇게 해석했다.

그러나 엠포리오 피타치오는 죽지 않았다. 어느 날 신문의 제3면에 '테너 안테오 비가티, 미국에서 대성공을 거두다' 라는 제목의 기사가 보도되었다.

마을 사람들은 깜짝 놀랐다. 엠포리오 피타치오가 그렇게 훌륭한 일을 했다는 것을 도저히 믿을 수가 없었기 때문이다.

안테오 비가티의 이름은 날이 갈수록 점점 더 유명해졌으므로 사람들은 그것을 인정하지 않을 수 없었다.

그러던 어느 날 이탈리아의 가장 권위 있는 일간지의 뉴욕 특파원이 안테오를 인터뷰한 기사를 내보내자 마을은 온통 열광의 도가니에 빠졌다.

자신의 성공을 위해 부모의 장례식에도 나타나지 않은 불효자식이라고 욕하던 일도 잊어버렸다.

안테오 비가티는 인터뷰에서 미국의 주요 극장들과 맺은 계약이 모두 끝나면 유럽에서 노래를 부르겠다고 했다. 그러니까 이탈리아로 돌아온다는 뜻이었다. 여기까지는 좋았다. 그런데 그 기사를 조금 더 읽어 나가면 안테오 비가티는 '뽀 강 유역의 작은 마을인 카스텔레토에서 태어나' 라고 쓰여 있었다.

"정신 나간 놈들이로군!"

마을 사람들이 외쳤다.

"안테오 비가티는 카스텔레토가 아니라 바로 여기에서 태어났단 말이야! 안테오 비가티는 우리 마을 사람이야!"

빼뽀네는 출생증명서를 사진으로 찍어 엄중한 항의 서한과 함께 신문사로 보냈다. 그것을 계기로 신문사의 편집국장은 위대한 테너의 어린 시절을 취재하기 위해 바싸 마을로 특파원을 파견하였다.

신문은 마을 사람들을 취재한 다음 일제히 '안테오 비가티는 이미 어린 시절부터 노래의 천재였다. 그리고 사람들 모두 이 아이는 장차 큰 인물이 될 거라고 예언하고 있었다.' 라고 대서특필했다.

그러나 돈 까밀로만이 기자가 인터뷰하러 갔을 때 안테오에게 이런 재능이 있는 줄은 몰랐다고 말했다.

"그는 성가대에서 노래를 제일 못하는 축에 들었소. 내 기억으로는 성음도 청음도 별로 좋지 않아서 성가대에서 빼야 했을 정도였으니까. 어렸을 때 그의 성격은 말이 없는 내성적이었는데, 다시 말하면 다소 거부감을 주는 아이였지요."

신문에는 돈 까밀로의 얘기가 하나도 빠지지 않고 실렸으므로 마을에는 큰 소동이 일어났다. 그래서 빼뽀네는 집회를 열고 다음과 같은 비난 성명을 발표했다.

“여러분, ‘건전한 노동 대중의 후손 출신인 저명한 예술가를 중상모략하기 위해 모든 기회를 활용하는 성직자’는 비판을 받아 마땅합니다.”

이어 그는 다음과 같은 말을 덧붙였다.

“우리 마을은 안테오 비가티를 이 마을의 아들로 둔 것을 참으로 영광스럽게 생각합니다. 비록 성직자 중심의, 암흑의 중세기적 교권주의가 그의 화려한 경력에 흠집을 내려고 했더라도 말입니다. 오늘날 전 세계 주요 극장에서 조국과 고향의 이름을 드높인 노래의 아름다움을 교권주의는 부정한 것입니다.”

돈 까밀로는 동요하지 않았다. 성명서에 대한 그의 답변은 지극히 간단했다.

“하느님께서 내게 음악적인 분별력을 정교하게 주시지 않았다고 해서 좋으신 그분을 내가 원망할 수는 없네. 대신 그분은 더 중요한 미덕 하나를 내게 주셨지. 그건 바로 정직함이라네.”

시간이 흘렀다. 안테오에 대한 기사가 나올 때마다 사람들은 기사를 오려 마을의 주요 카페나 주요 상점의 진열장에 붙여 두곤 했다.

그러다가 안테오가 이탈리아에 도착했다는 소식이 라디오와 신문을 통해 보도되던 날, 마을은 온통 열광의 물결 속에 발칵 뒤집히고 말았다. 즉시 환영 위원회가 조직됐다.

"어떤 일이 있더라도 안테오는 우리 마을로 와야 한다! 그는 모든 곳에 앞서, 자기가 태어난 고향으로 와야 한다. 그에게 영감을 주었던 고향, 그가 첫 시련을 당했을 때, 그를 괴로움 속에서 지켜주었던 것도 바로 고향이었으니까. 그의 친구, 그의 동료, 세상을 떠난 부모의 무덤을 지켜주었던 사람들에게로 돌아와야 한다. 그의 목소리는 이 마을의 목소리가 아닌가. 그러니 우리의 목소리인 것이다. 우리는 누구보다 먼저 그의 목소리를 들을 권리가 있다."

위원회는 밤낮을 가리지 않고 회의를 거듭했다. 그리하여 마침내 다음과 같은 결정을 내렸다.

> 지금 당장 밀라노로 사람을 보내 안테오를 면담하고 마을 전체를 대표하여 열렬한 환영 메시지를 전하자. 하루 저녁이라도 좋으니 여기 와서 노래를 불러 주도록 설득하자. 그리고 우리가 만반의 준비를 철저하게 하고 있음을 보여 주자. 이 지방의 주요 인사들을 초청하고 전국 단위 신문의 주요 기자들도 초대하겠다는 것을 보증한다.

그러나 문제는 '누가 밀라노까지 가서 그 명성 높은 테너 가수를 설득할 것인가' 하는 점이었다.

뻬뽀네는 기꺼이 가겠다고 자청했다. 그러나 자신의 정치적 입장을 고려할 때, 미국에서 온 안테오가 결국 공산당에 대한 편견이 있을 것이므로 읍장의 뜻을 오해하는 일이 생길까 봐 걱정이 되었다.

그래서 모든 오해를 불식시키기 위해 읍장과 함께 신부를 보내기로 의견을 모았다.

돈 까밀로는 그 제안을 거절할 수가 없었다. 무엇보다도 아무 말없이 입만 삐죽 내밀고 있던 그 아이가 수십 년이 지난 지금, 어떤 모습으로 변해 있을지 궁금해서 견딜 수가 없었기 때문이다.

*

빼뽀네는 다림질한 양복에 반들반들 윤을 낸 구두를 신고, 양복의 깃을 세웠다. 거기다가 넥타이를 하고, 양복 주머니에 만년필까지 꽂는 등 파티에 참석하는 사람처럼 근사한 옷을 차려입었다.

"신부님이 먼저 말씀하시오."

밀라노의 커다란 호텔 앞에 도착하자 빼뽀네가 말했다.

"혹시 내가 쓸데없는 말을 하지 않도록 옆에서 신경 좀 써 주시오."

"걱정하지 말게, 동지."

돈 까밀로가 그를 안심시켰다.

"늘 자네가 하는 시시껄렁한 이야기 따위나 시킬 테니까 말이야."

돈 까밀로와 뻬뽀네는 안테오의 숙소 안으로 들어갈 수 있는 허락을 받기까지엔 상당한 시간이 필요했다. 마침내 안테오의 방문 앞에 도착하자 두 사람은 다소 흥분되어 있었다.

당당한 풍채의 사내가 그들을 맞이했다.

"저는 비서입니다. 성악가 기사 비가티 경께서는 지금 몹시 피로하십니다. 부디 용건은 간단히 끝마쳐 주십시오."

안테오는 실내복을 입은 채, 커다란 붉은색 벨벳 소파 위에 비스듬히 누워 있었다. 그는 신문을 읽고 있다가 천천히 고개를 들었다.

"무슨 볼일이신가요?"

들릴 듯 말 듯한 건조한 목소리였다.

뻬뽀네는 자기 옆에서 저 유명한 테너 가수를 멍하니 바라보고 있는 돈 까밀로의 옆구리를 팔꿈치로 쿡 찔렀다.

"사실은,"

돈 까밀로가 더듬거리며 말을 꺼냈다.

"우리가, 그러니까 읍장님과 내가 여길 찾아 온 것은 고향 사람들이 당신을 열렬하게 환영한다는 걸 전하기 위해서요."

안테오는 거만한 미소를 지었다.

"고향 사람들이라고요? 실례지만, 어떤 고향에 대한 말씀이신지요?"

그때까지만 해도 부드럽게 예의를 갖추어야 한다고 생각했던 돈 까밀로는 좀 더 단호하게 말을 이어나갔다.

"우리 고향입니다. 당신과 나와 읍장님의 고향 말입니다. 간단히 말해 당신이 태어난 곳이죠."

안테오 비가티는 씁쓰름한 미소를 지으며 대답했다.

"대단히 흥미롭고 멋진 생각입니다. 정말 친절하신 생각이십니다."

돈 까밀로는 안갯속을 바라보는 느낌이 들기 시작했다. 그런데 다행히 뻬뽀네가 정신을 차려 숨을 몰아쉬면서 입을 열기 시작했다.

"성악가 기사님, 우리 마을은 당신을 자랑으로 생각하고 있습니다. 우리는 당신이 세계적인 성공을 거두는 모습들을 가슴 졸이며 지켜보아 왔습니다. 그래서 우리는 모두 당신을 우리 마을에 모시는 특권을 청하기 위해 여기 온 것입니다."

"고맙습니다."

안테오가 대답했다.

"하지만 저는 이곳저곳에 계약을 많이 해 놓아서, 그건 가능하지가 않는데요."

비서 역시 양팔을 벌리며 머리를 좌우로 흔들었다.

"안 됩니다. 불가능합니다."

돈 까밀로가 나서며 비꼬았다.

"우리는 당신의 말이 옳다는 것을 압니다, 성악가 기사님. 유명한 테너님이시라 정말 중요한 일이 많으시다는 것까지도요.

하지만 부모님이 묘지에 제대로 묻혔는지 아니면 웅덩이 근처에 아무렇게 묻혔는지 잠시 보러 갈 몇 시간조차 없으시다는 겁니까? 읍장님 갑시다."

안테오 비가티의 얼굴이 새파래졌다. 그러더니 벌겋게 달아올랐다. 그러나 독침을 한 번 쏜 돈 까밀로는 그 유명한 테너 앞에서 돛을 달고 출항하는 범선처럼 위풍당당하게 몸을 돌려 밖을 향해 걸어갔다. 뻬뽀네도 그 뒤를 따랐다.

그들이 계단에 이르렀을 때 비서가 숨이 턱에 차서 쫓아왔다.

"잠깐만요, 선생님들. 뭔가 오해가 있었습니다. 걱정하지 마시고 제게 맡겨 주십시오. 제가 다 알아서 처리할 테니까. 아무거나 계약 하나를 연기하고 나서, 내일 연락을 드리겠습니다. 그러니 제발 신문에 제보 따위는 하지 마세요. 모든 게 간단하고 명료한 일을 굳이 복잡하게 만들 필요가 있을까요?"

돈 까밀로는 칼자루를 쥔 사람이 자신이라는 걸 알고 있었기 때문에 한 치도 물러서지 않았다.

"물론이오. 우리는 아주 성대한 환영식을 준비해 놓았소. 성악가 기사님께서는 매우 친절하게 우리 마을 사람들을 위해 노래를 몇 곡 불러 주시겠지요. 사람들 모두 기대가 큽니다. 게다가 이 행사의 목적은 성악가 기사님을 홍보하는 데 있습니다. 유명인사들도 초청하고 신문에도 알리겠습니다. 이런 것도 그분을 위해서 크게 유익한 일이 될 테니까."

비서는 이런 얘기를 다 듣고 나서 말했다.

"네, 반드시 기사님은 노래를 부르실 겁니다. 하지만 언론이나 유명인사들에겐 한마디도 하지 마십시오…. 그렇지 않으면 기사님은 계약을 불이행했다고 거액의 위약금을 물게 됩니다. 그러니 이번 행사는 가족적인 마을의 잔치가 되었으면 합니다."

뻬뽀네의 얼굴이 빛났다.

"좋소. 안테오와 우리는 같은 고향에서 태어난 사람들, 같은 땅의 아들입니다. 외부인 없는 가족적인 행사가 되도록 협조하겠소."

호텔을 나온 뻬뽀네와 돈 까밀로는 한동안 말없이 걸었다. 그러다 돈 까밀로가 한숨을 내쉬면서 말했다.

"뻬뽀네, 자네한테나 하는 말이지만 내가 안테오에게 그런 말을 하는 대신 차라리 따귀나 한 대 때려 주었더라면 결과적으로 좀 더 신사답게 행동한 셈이었을 텐데 하는 후회가 드네. 하느님께서는 오히려 내가 진짜 따귀를 때렸다면 용서하시겠지만, 그런 말을 한 것에 대해선 좀처럼 용서하시지 않을 걸세."

뻬뽀네는 그러나 대단히 만족하고 있었으므로 돈 까밀로의 정신적인 가책 따위에는 전혀 관심이 없었다.

*

이튿날 아침에 전보가 도착했다. 성악가는 마을에 와서 노래를 부르기로 승낙하고 날짜도 정해 주었다. 빼뽀네는 의기양양해져 성명을 발표하도록 했다. 마을 사람들은 이 마을의 유명한 아들인 성악가를 맞이할 준비에 부산했다. 콘서트 홀이 새롭게 단장되었다. 벽에는 페인트칠을 하고 문에도 니스 칠을 했다. 홀에 들어가지 못하는 사람들에게도 들릴 수 있도록 문밖에 확성기까지 달았다.

안테오는 약속한 날 점심때가 지나서 도착했다. 사람들은 아침부터 그를 기다리고 있었다. 그 유명한 가수의 멋들어지게 큰 미국산 자동차가 광장에 나타났을 때, 마을에는 고양이 한 마리도 남아 있지 않았다. 모두 다 나와 그를 환영할 태세를 갖추고 있었다.

한편 고향에 도착한 안테오의 기분은 엉망이었다. 왜냐하면 그가 커다란 검은색 고급 승용차에서 내렸을 때, 그 자동차는 뽀 강 저지대의 흙먼지를 뒤집어써서 뿌옇게 변해있었기 때문이다. 그는 새로 맞춘 흰색 줄무늬 회색빛 양복 깃을 가느다란 손가락으로 톡톡 치며 불쾌한 듯이 얼굴을 찡그렸다.

"이거야 볼품이 사나워 견딜 수가 있나. 에이 흙먼지를 흠뻑 뒤집어썼으니 말이야. 땀투성이에다가 먼지투성이라니…, 제발 나를 방으로 안내해 주시오. 옷을 갈아입어야 하겠소."

사람들은 이런 그의 심정을 아는지 모르는지 계속 박수를 치면서 '안테오 만세!'를 외쳐댔다. 그러나 안테오는 한시바삐 자기 방으로 들어갈 생각밖에는 없었다. 멋들어진 자동차로 고향을 찾아왔으나 먼지투성이가 되어 기대했던 금의환향 효과를 거두지 못하자 그는 저으기 낙담하고 말았다. 게다가 그 역시 차림이 헝클어진 상태였다. 얼굴은 땀과 기름기로 번들거리고 있었다.

그러는 동안 비서는 마치 폭격기 주변을 맴도는 전투기처럼 안테오 주위에서 이리저리 뛰어다니면서 외쳤다.

"빨리빨리! 성악가님을 방으로 모십시다!"

비서는 거의 울상이 되어 버렸다.

마침내 그들이 숙소인 여관에 도착해 방을 들어서는 순간, 비서는 두 손으로 얼굴을 감싸 쥐었다.

"아니 도대체, 이건 또 웬일이람? 아무리 그래도 방만큼은 괜찮을 줄 알았는데!"

여관 주인은 집에서 가장 깨끗한 침구를 준비했다. 게다가 각종 실내 가구들 위에도 각종 경기에서 상으로 받은 은도금 우승컵 등, 자기 집에서 가장 좋은 물건들을 몽땅 털어서 서비스를 하며 쩔쩔맸다. 비서를 뒤따라 방으로 들어간 안테오는 의자에 털썩 주저앉으면서 이렇게 외쳤다.

"뜨거운 목욕물을 지금 당장 준비해 주시오!"

모두 방에서 나와 굳게 닫힌 방문 앞에 서서 망령 든 노인들처럼 기운 없이 서 있었다. 그때 비서가 방 밖으로 튀어나왔다.

"부탁입니다! 욕실 좀 부탁합니다. 성악가님은 지금 정말 죽기 일보 직전입니다. 목욕실이 필요하다고요!"

그는 애원했다. 사람들은 서로의 얼굴만 쳐다보았다. 그때 뻬뽀네가 더듬거리며 말했다.

"욕실은…, 욕실은 없습니다… 이해하십시오. 여긴 워낙 후미진 시골이라…."

비서가 두 눈을 동그랗게 떴다.

"그런 말을 어떻게 성악가님한테 하란 말입니까? 이거 참 야단 났군!"

"곧 2층에 물을 길어 올리고 빨래통을 준비할까요?"

여관 주인이 제안했다. 그러나 비서는 그의 말에는 귀도 기울이지 않았다. 어떻게 해서든지 목욕실이 있어야 한다고 소리칠 뿐이었다.

"저기 오래된 저택에 목욕실이 있다!"

스미르초가 소리쳤다.

"그걸 사용할 수 있도록 청소를 한 다음 그곳으로 가서 목욕을 하게 하면 어떨까요, 대장?"

뻬뽀네, 스미르초, 비지오는 그 저택으로 달려가 관리인에게 공적인 목적으로 욕실을 징발해야 하니 너무 섭섭해하지 말라고 했다.

과연 안으로 들어가 보니 욕실이 하나 있었다. 기인이었던 '트람비니'가 귀족처럼 고상하게 살고 싶다는 이유로 1920년도에 만든 것이었다. 욕조는 철제로 된 큼지막한 장방형의 통으로 아궁이에서 장작을 지피는 식이었다. 욕조에는 에나멜이

칠해져 있는데 때가 묻어서 누렇게 변해 있었고 그 안에는 감자와 양파가 가득 차 있었다.

스미르초가 염산을 가지러 작업장으로 달려가자 비지오와 관리인 노파는 욕조와 탈의실을 청소하였고 뻬뽀네는 보일러를 수리하기 시작했다. 모두가 땀을 뻘뻘 흘리며 열심히 일한 덕분에 보일러가 작동하자 뻬뽀네는 화덕에 불을 지폈다.

그러나 뜻하지 않은 일이 발생하고 말았다. 15분쯤 지나서 스미르초가 염산을 들고 돌아오자, 그만 보일러가 터져 버린 것이다. 일동은 맥이 빠져서 안테오가 있는 숙소에 닿으니 비서가 못마땅한 얼굴로 뻬뽀네를 기다리고 있었다.

"욕실을 찾긴 찾았소. 그런데 보일러가 터져 버렸소."

비서가 그의 얼굴을 쳐다보고 나서 떨리는 목소리로 말했다.

"이제, 괜찮…습니다. 성악가님은 지금 빨래통에서 목욕을 하고 계십니다."

마을 사람들은 모두 여관 앞에 무리를 지어 기다리고 있었다. 안테오 비가티가 목욕하고 있는 걸 알고 있었으므로 시끄럽지 않도록 조심하고 있었다.

그러나 30분쯤 지나자 사람들은 더 이상 참지 못하고 손뼉을 치면서 소리를 지르기 시작했다.

"안테오 만세! 얼굴을 보여라, 안테오!"

마을 악단이 도착해서 안테오의 애창곡을 힘껏 연주해 댔으므로 안테오는 창문 밖으로 얼굴을 내밀지 않을 수 없었다. 그는 화려한 실크 가운을 입고 있었다. 안테오는 미소를 지으며 흰 손을 흔들었다. 손가락에 낀 크고 화려한 다이아몬드 반지가 햇빛을 받아 번쩍번쩍 빛났다.

잠시 후, 비서가 아래층으로 내려와 성악가 기사님은 조용히 휴식을 취해야 하니 돌아가 주십사고 부탁했다. 그러자 사람들이 겨우 환성을 멈추어 이제부터는 모든 게 잘되어 나갈 것처럼 보였다.

저녁 때가 되어 성악가가 무언가 먹을 것을 청하자 여관 주인은 순박한 시골 사람답게 엄청나게 굵은 소시지와 돼지 넓적다리 고기 한 접시, 오리 통구이 그리고 화로에 구운 피자 등을 잔뜩 가져왔다.

이 광경을 본 비서는 곧 울상이 되어 말했다.

"성악가 한 분이 드실 거지, 사자 한 마리가 먹을 게 아니라고요. 가벼운 요리로 주시오. 진한 수프와 기름기가 없는 얇은 햄 한 조각, 오이 하나, 그리고 포도주 한 모금 정도로…."

나름대로 최선을 다했음에도 이런 소리를 들으니 여관주인은 죽을 맛이었다.

그래도 그는 서둘러 수프를 끓였다. 하지만 그렇게 급히 끓이다 보니 수프 맛이 형편없었다. 설상가상 햄에서는 썩는 맛이 났다. 오이 피클도 없어 말라빠진 무 덩어리로 대신해야 했다.

그들에게 안테오는 마치 고대 로마 최고의 신인 주피터처럼 보였다. 하지만 신들이 먹는 최고의 음료수 대신 이탈리아의 서민들이 먹는 싸구려 음식 쪼가리로 대접한 것만 같았다.

이러는 동안에도 시간은 자꾸만 흘렀다. 공연장인 대강당은 초만원이 되었고 광장은 군중으로 꽉 찼다. 이게 또 좋지 않았다. 왜냐하면 안테오는 광장의 군중 사이를 마치 탱크처럼 뚫고 지나가야 했기 때문이다. 간신히 대강당에 이르자 그곳 역시 마치 달걀처럼 사람들로 빽빽이 들어차 있었다.

그 장소는 원래 텅 비어 있었어야 했다. 이것은 성악가라면 누구나 피아노 반주자와 함께 공연 진행 방식을 협의해야 하고 음조 맞추기와 조옮김 연습을 하기 위해 당연히 제공받아야 할 기본 조건이었다.

결국 사람들은 모두 밖으로 나가지 않으면 안 되었다. 이리하여 작은 소동이 일어났다. 갈수록 태산이라더니 그 다음에는 피아노 반주자가 연주 내용에 대해 아무 것도 몰라 진땀을 빼며 헤매는 웃지 못할 장면도 연출됐다.

이렇게 하여 겨우 준비가 끝나자 사람들은 다시 강당으로 들어왔다.

빼뽀네는 검은색 양복을 입고 있었는데, 빌린 옷이라 그런지 행동이 매우 불편해 보였다.

그는 광장 구석에서 악대가 연주하는 애국가가 끝나자, 근엄한 태도로 안테오를 무대로 안내했다. 안테오는 미국에서 으뜸가는 재단사가 맞춘 최고급 연미복을 입고 있었다.

우레와 같은 박수갈채는 크게 성공해서 고향을 방문한 성악가에 대한 존경과 사랑의 표현 같아 보였다. 안테오는 미소를 지으며 허리를 굽혀 인사를 했다. 자기 고향의 강당에서가 아니라 마치 메트로폴리탄과 같은 대도시의 무대에 서서 허리를 굽혀 인사하는 듯했다.

뻬뽀네는 거침없이 입심 좋게, 멋들어진 연설을 해치웠는데 이렇게 끝을 맺었다.

"공연에 앞서 위대한 안테오 비가티 씨, 우리의 위대한 안테오 씨께서 고향의 친구들에게 한 말씀 해 주시기를 간곡히 부탁하는 바입니다."

그 말이 안테오에게는 지겨울 정도로 귀찮게 느껴졌다. 그는 한참을 주저하더니 결국 무대 앞쪽에 나가 무관심한 듯한 목소리로 말했다.

"여러분을 위해 '청아한 아이다'를 불러 드리겠습니다."

사람들은 숨소리도 죽인 채, 안테오 비가티를 바라보았다. 그는 마치 자신의 보석 상자에서 감탄할 만큼 화려한 보석들 중에 하나를 꺼내 세상 사람들에게(이 추악하고 한심스러운 세상 사람들에게) 선물할 채비를 하는, '거룩한 목젖'을 지닌 성악가의 조각상 같은 포즈를 천천히 취하고 있었다.

이 모든 행동이 절대적인 침묵 속에, (너무 조용해서 이 세상의 것이 아닌 듯한) 거의 초자연적인 침묵 속에 진행됐다. 이윽고 안테오가 노래할 준비를 다 갖추었다. 그가 손가락에 낀 거대한 다이아몬드 반지에서는 수천의 빛줄기들로 된 찬란한 광채가 가득 빛났다.

피아노가 전주곡을 연주했다. 이어 안테오의 입술이 열리면서 천사의 목소리가 흘러나왔다. 그 순간 사람들은 그 소리에 전율을 느끼는 듯했다. 사람들은 감미로운 은빛 노랫소리가 퍼져 나가는 분위기를 혹시라도 방해할까 봐 두려워서 숨을 죽였다.

노랫소리는 침묵의 공간을 가로지른 뒤, 마치 느린 소용돌이처럼 완만히 허공 위로 올라가기 시작했다. 그렇게 계속 쭈욱 올라가던 그 소리는 하늘의 별들에까지 닿았다. 그러고는 일순간 멈추었다가 다시 무한의 절정에 이르는 비약을 막 시작하려는 찰나였다.

그런데 여기서 갑자기 뜻하지 않게, 안테오는 그만 음정을 틀리고 말았다. 어떻게 목소리를 다듬어 고쳐 볼 수도 없을 만큼 누가 들어도 분명하게 음정이 틀려 버렸다. 엄청나게 큰 소리로 형편없이, 마치 원자폭탄이 터진 것처럼 이런 불협화음이 튀어나오자 안테오는 그만 공포에 질려버렸다.

또 그때까지 숨을 죽이고 있던 관중은 얼마 남아 있지 않던 숨마저 콱 막혀 버리는 듯했다. 그러나 그것은 0.1초도 가지 못했다. 객석에서 누군가 외쳐댔다.

"엠포리오, 미국에나 가서 노래 불러라!"

그러자 다른 수많은 사람의 야유가 여기저기서 마치 우박처럼 마구 쏟아져 내렸다.

"피타치오, 가서 잠이나 자라!"

"피타치오!… 피타치오!… 피타치오!…"

마치 반란이나 폭동이 일어난 듯했다. 정말 무자비하고 냉혹한 야유였다. 마치 압력 밥솥 100개에서 수증기가 뿜어 나오듯 여기저기서 난폭한 휘파람 소리가 빗발쳤다.

그러더니 객석 중간에서 조롱하는 웃음소리까지 터져 나왔다. 또 다른 비웃음 소리도 여기저기에서 연달아 터져 나왔다. 결국 거의 객석 전체에서 쏟아져나온 비웃음 소리가 뒤섞여 점점 커지다가 소용돌이치는 강물을 이루었다.

안테오의 얼굴이 창백해졌다. 그는 잠시 꼼짝도 않고 서 있다가 총총히 샛문 밖으로 나갔다.

몇 분 후 그는 여관으로 돌아왔다.

"불쌍한 엠포리오 피타치오, 사람들이 그동안 너한테 기름기가 적은 햄과 오이 피클만 먹였구나!"

뒤에서 여관 주인이 비아냥거렸다.

당황한 안테오는 짐도 꾸리지 못했다. 운전기사와 비서의 도움으로 자기 물건을 아무렇게나 가방 안에 쑤셔 넣었다. 그리고 아래층으로 짐을 가져와 자동차 안에 던져 넣었다. 그가 탄 거대한 고급 승용차가 움직이더니 재빨리 밤의 어둠 속으로 사라져버렸다.

9시가 되었다. 사람들은 새벽 1시까지 배를 잡고 웃어대다 더 이상 웃을 기력조차 없게 되었을 때야 비로소 모두 잠을 자러 집으로 돌아갔다.

새벽 1시 반이 되었을 때 마지막으로 '피타치오!' 하는 외침 소리가 들렸다가 곧 사라져버렸다. 그리고 2시가 되자 마을 전체가 깊은 잠에 빠져버렸다.

광장은 텅 비어 있었다. 등잔불들도 미풍조차 불지 않아 모두 정지 상태였다. 2시 15분이 되자 거대한 검은 유령 같은 형체가 미끄러지듯 광장 안으로 들어오더니 광장 가장자리에 멈춰 섰다. 그 유령 같은 그림자 속에서 한 사내가 나왔다. 그는 광장 한가운데에까지 걸어가 거기서 걸음을 멈추었다.

그 순간 갑자기 면도칼처럼 날카로운 고음이 침묵의 밤을 꿰뚫었다. 목소리는 점점 커지더니 마침내 감정이 가득히 표출되는 노랫소리로 변했다. 노랫소리는 광장 주변에 길게 늘어선 주랑*을 빠르게 지나가 밤하늘 가득히 메아리쳤다.

사람들은 모두 잠에서 깨어 창문을 열어보았다. 창틈으로 엠포리오 피타치오가 보이자 모두 놀란 표정을 지었다. 이제 아무도 없는 텅 빈 광장 한가운데에서 엠포리오 피타치오가 노래를 부르고 있었던 것이다.

한 곡, 두 곡, 다섯 곡, 열 곡의 아리아를 차례로 불렀다. 가면 갈수록 어려운 노래였다. 그리고 마지막 곡이야말로 바로 몇

---

* 주랑: 여러 개의 기둥만 나란히 서 있고 벽이 없는 복도.

시간 전에 엠포리오가 중단하지 않을 수 없었던 〈청아한 아이다〉였다.

아까 음정이 틀렸던 그 날카로운 고음 부분에 이르자 그의 목소리가 눈에 띄게 자신감에 찼다. 그는 그 곡조의 음정을 정확히 노래했다. 그 어떤 가수도 그가 방금 불렀듯 그렇게 매끄럽게 부를 수 있을 것 같지 않았다.

마치 바다에서 배와 배 사이에 전투가 벌어졌을 때, 적의 배에 뛰어올라 적극 공격하듯, 그는 그 어려운 곡조를 적극 공략해 자신감 있게 처리해 냈던 것이다.

또 그 어려운 선율을 마치 한 송이 꽃의 긴 줄기를 움켜잡듯 단단히 자기 손에 거머쥐는 듯했다. 그러고는 이 선율을 마치 한 송이 꽃을 따듯이 따서 바싸 마을에 있는, 그 작은 옛 상점의 먼지투성이 덧문 앞에 내려놓는 듯했다.

그 상점의 빛바랜 간판에는 이렇게 쓰여 있었다.

'조수에 비가티' 와 그의 아들
엠포리오
가정용품 판매

노래를 끝낸 엠포리오 피타치오는 자신의 커다란 승용차를 타고 사라져갔다. 모두 숨을 죽이고 있었다. 사람들의 마음속엔 다시금 시기심이 일기 시작했고 점점 서로 비슷한 심정들이 되어 갔다.

돈 까밀로는 다른 사람들처럼 노랫소리를 듣고 자리에서 일어났다. 그는 이제 다시 잠자리로 돌아가면서 누군가에게 이렇게 속삭였다.

"예수님, 그의 부모님의 영혼도 그 노랫소리를 들었기를 빕니다."

부활절
Pasgua

그 해 부활절은 확실하게 평화스러운 분위기였다. 상당히 오래전부터 마을은 조용했다. 왜냐하면 사람들이 파업 같은 불안한 사태에 대해서는 더 이상 거론하지 않았기 때문이다. 마치 그런 일들은 머나먼 슬픈 과거의 일이었던 것처럼 말이다.

"너무 잘된 일이지만 오래가진 못할 겁니다. 무슨 전술 같은 거겠죠."

사람들은 걱정되어 돈 까밀로에게 말했다.

그러자 돈 까밀로가 미소를 지었다.

"물론 아침에 해가 뜨더라도 저녁에는 비가 오거나, 우박이 내릴 수도 있다는 것을 염두에 둬야 합니다. 그러니까 화창한 날에도 우산을 챙겨서 나가면 좋아요. 하지만 해가 떠 있는 동안만큼은 비 올 걱정을 하지 말고 일단 햇빛을 즐깁시다. 미래의 위험에 대비하기는 해야 하겠지만, 우리에게 주어진 행복의 시간을 낭비하지는 맙시다."

돈 까밀로는 신중한 사람이었지만 그해 부활절은 크고 멋진 부활절이 되리라 확신했다. 그는 집집마다 축복을 주기 위해 돌아다니면서 마음이 기쁨으로 가득 찼다.

그는 이런 행복감 속에 지내면서도 어쩌면 좋지 않은 일이 생길지도 모른다는 예감이 들었다. 하지만 그런 불길한 생각을 애써 쫓아버리며 자기가 사람들에게 역설했던 구절을 떠올리곤 했다.

'해가 떠 있는 동안만큼은 햇빛을 즐깁시다. 비가 오기 시작하면 그때 가서 우산을 펼쳐도 늦지 않을 테니까!'

하루 종일 가정 방문을 마치고 저녁 무렵, 돈 까밀로는 성당으로 돌아갈 채비를 하고 있었다. 그런데 그 순간 자신도 모르는 불길한 느낌에 온몸이 오싹했다. 설상가상으로 돈 까밀로는 뻬뽀네의 집 앞을 지나치고 있었던 것이다. 문득 그를 부르는 소리가 들렸다.

뻬뽀네의 아내였다.

"신부님. 세례자 명단을 보시면 우리 이름도 있을 겁니다. 이 마을 신자들의 목록에 말이에요!"

"가서 살펴보겠소."

돈 까밀로가 대답했다.

"하지만 난 파문된 자의 집엔 발을 들여 놓을 수가 없는걸."

"저하고 아이들까지 파문을 받은 건 아니잖아요?"

뻬뽀네의 아내가 대꾸했다.

"저와 저희 아이들은 정치와는 무관한 사람인데요."

"호, 그래요? 정치와 상관이 없다고? 그럼 부인의 아이들이 사제관 담장에 '바티칸을 타도하자'고 쓴 건 뭡니까? 부인도 '평화를 위한 여성 빨치산' 활동을 하면서 신부들이 미국에 동조하고 전쟁을 원한다는 얘기를 마을 사람들 앞에서 늘어놓지 않았던가요?"

돈 까밀로가 말했다.

"정치에 관여하든 안 하든 우리 집은 정직합니다."

그녀가 딱 잘라 말했다.

"그건 틀림없는 사실이지."

돈 까밀로가 대꾸했다.

"집 건물이야 제대로 서 있지만, 그 집에 사는 사람들이 문제지."

돈 까밀로는 가던 길을 다시 가려고 했다. 그때 깡마르고 허리가 굽은 작은 노파 한 사람이 문밖으로 고개를 내밀었다. 노파의 머리엔 검은 수건이 둘러져 있었다.

"안녕하세요, 신부님. 제가 누군지 아시겠어요?"

돈 까밀로는 노파가 누군지 금방 알아보았다. 오래전 뻬뽀네의 동생이 '트레카스텔리'에 작업장을 따로 차렸을 때 마을을 떠난 노파였다.

그 이후 그녀는 단 한 차례도 마을에 돌아온 적이 없었다. 돈 까밀로는 노파가 죽었을 거로 생각했다. 그녀는 작은아들을 따라 뻬뽀네 곁을 떠났을 때에도 이미 망령기가 있었기 때문이다.

"신부님, 내 나이가 벌써 여든여섯이라오. 이젠 살날이 얼마 남지 않았지요. 그래서 눈감기 전에 내가 살던 집이나 다시 보려고 왔답니다. 여기 온 지 일주일이나 됐네요. 진작 신부님을 찾아뵙고 싶었지만, 애들이 나를 세 살 먹은 어린애 취급하지 뭡니까? 혼자서는 도통 외출을 하면 안 된다는 둥, 또 뭘 하면 안 된다는 둥 하면서 말이에요. 그런데 제가 가만히 생각해 보니까 신부님이 부활절 강복을 주시려고 여기 오실 것만 같았어요. 어서 들어오세요, 신부님."

돈 까밀로는 침을 꼴깍 삼켰다.

"네…, 그런데 그게 저."

그는 말을 더듬었다.

"사실 며느님께도 말씀드렸다시피 저는…."

그때 어디선가 우렁찬 뻬뽀네의 목소리가 들려왔다.

"안녕하시오, 신부님! 우리 어머니가 아직도 정정하시지요?"

"아, 자네구먼. 그래, 자네 말대로 어머님이 정말 정정하신 것 같네. 참 감사한 일이야!"

돈 까밀로가 감탄해서 외쳤다.

"자네 모친께는 세월이 전혀 흐르지 않는 것만 같네그려."

"세월이 안 흐르기는요. 그렇지 않아요."

노파가 웃으면서 말했다.

"이렇게 낫처럼 허리가 꼬부랑인데도 그러세요? 걸을 땐 정신 차리지 않으면 넘어지기 일쑤랍니다. 얼른 들어오세요, 신부님!"

"루피노는 어떻게 지냅니까?"

돈 까밀로가 물었다.

"그놈도 제법 나이가 들어 제 형처럼 되었답니다. 버르장머리가 없죠. 공장이 있어서 웬만큼 먹고는 살아요. 결혼도 했고 자식도 둘씩이나 있어요. 녀석도 제가 노망이 들어 집 밖으로는 나갈 수조차 없다고 생각한다니까요. 나, 원 참 답답해서. 그 애도 그런 생각을 바꾸질 못해요. 그래서 제가 여기 오는 걸 기를 쓰고 말렸지요. 하지만 제가 녀석에게 성화를 부렸지요. 꼭 이곳으로 데려다 달라고 말입니다. 자, 안으로 들어오세요, 제집에서 신부님 강복을 받는 게 얼마나 기쁜 일인데요! 어서 들어오세요, 신부님!"

돈 까밀로는 이마에 흐르는 땀을 닦았다.

"정말 며느님께도 말씀드렸다시피, 전 그럴 수가 없…."

그가 갑자기 말을 멈췄다. 갑작스러운 통증 때문이었다. 누군가의 구둣발 뒤축에 정통으로 복숭아뼈를 걷어차였던 것이다.

돈 까밀로가 얼굴을 찡그리며 두 눈을 쳐들자 그 앞에서 자기를 노려보고 있는 빼뽀네의 두 눈과 마주쳤다.

돈 까밀로는 빼뽀네의 그런 두 눈을 결코 본 적이 없었다. 그 눈동자는 무서울 정도로 이렇게 말하는 것 같았다.

'말조심하지 않으면 이 망치로 신부님 머리통을 박살 내 버리겠소!'

그리고 실제로 빼뽀네는 오른손에 커다란 망치를 꽉 붙잡고 있었다. 그런데 이상하게도 망치를 들고 있던 빼뽀네의 손이 부들부들 떨렸다.

돈 까밀로가 빼뽀네의 단호한 눈빛에 마음이 움직인 건지 아니면 떨리고 있던 그의 손에 더 감명을 받은 건지는 알 수가 없다. 분명한 사실은 돈 까밀로가 호주머니에서 하얗고 노란, 큼지막한 손수건을 꺼내 이마의 땀을 닦았다는 것이다.

"제가 무슨 말을 하고 있었습니까?"

돈 까밀로가 시간을 벌기 위해 말했다.

"햇볕을 받으면서 한참을 돌아다녔더니 정신이 헷갈려서요."

"신부님께서 뭔가 할 수 없다고 말씀하시던 중이셨어요. 저희 며느리한테도 설명하셨다고 그러시면서요."

노파가 말했다.

"아, 그렇군요. 며느님께도 말씀드렸다시피, 제가 강복을 드리러 들어갈 수 없는 이유는… 순번 때문이라는 거였습니다."

돈 까밀로가 대답했다.

"순번이라고요? 그게 뭡니까?"

노파가 깜짝 놀라서 물었다.

"순번은 순서를 지켜야 한다는 겁니다. 목록이 하나 있습니다. 처음에는 이러이러한 집들을 방문하고, 다음에는 저러저러한 집들을, 다음에는 또 다른 집들을. 이렇게 순서가 있는 겁니다. 신부가 어떤 곳을 다른 곳보다 먼저 가서 강복을 준다고 해서 사람들이 시기하는 일이 없도록 순서를 정하는 겁니다. 아시겠습니까?"

"그렇군요. 지금은 우리 집 차례가 아닌가요?"

그때 복사 한 명이 다가와 끼어들며 말했다.

"신부님. 이제 이 집 차례예요. 다른 집들은 우리가 전부 다 돌았잖아요."

돈 까밀로의 손은 가래처럼 넓고 벽돌처럼 두툼했다. 그런 손으로 그는 복사의 뒤통수를 한 대 때려주고 싶었다.

하지만 손바닥으로 직접 뒤통수를 치지 않고 슬쩍 스치고 지나가게만 했다.

"그럼 이제 우리 집 차례네요, 신부님?"

그렇게 말하면서 노파는 현관문 쪽으로 앞장서 걸어갔다.

돈 까밀로는 복사를 성당으로 돌려보냈다. 그러고는 사나울

대로 사나워진 눈으로 뻬뽀네를 노려보았다. 돈 까밀로는 노파를 따라가면서 뻬뽀네에게 밖에 남아 있으라는 손짓을 했다.

그러자 알았다는 듯 뻬보네 역시 손짓으로 화답했다.

하지만 노파는 돈까밀로와 함께 좁은 복도에 들어서자마자 주위를 둘러보고는 소리쳤다.

"애, 너도 들어와라. 이 정신 나간 녀석아! 거기 밖에서 뭘 기다리는 게냐?"

뻬뽀네는 양팔을 벌리며 어쩔 수 없다는 몸짓을 했다. 이렇게 된 게 자기 탓은 아니라는 뜻이리라. 돈 까밀로는 쇠막대기라도 휘두르고 싶은 심정이었지만 꾹 참고 다정한 모습으로 성수채를 움켜쥐었다.

그러고는 성수를 뿌리며 좁은 복도를 강복했다. 그다음에는 부엌을, 이어 작은 거실을 차례로 강복했고 또 2층으로 올라가 침실까지 강복을 했다.

돈 까밀로는 혈압이 잔뜩 오른 상태에서 강복 예식을 마치고 아래층으로 다시 내려왔다. 하지만 노파는 집 안 구석구석까지 전부 강복받고 싶어 했다. 그 태도가 아주 진지했는데, 그만큼 자기 생각이 분명한 사람이었다.

"작업장은요? 작업장도 축복해 주셔야지요. 일하는 곳이니까 다른 어느 곳보다 주님의 축복을 받아야 합니다!"

"네, 알았습니다. 할머니는 힘드시니까 작업장에는 저 혼자 가겠습니다."

"너도 같이 가거라!"

노파가 뻬뽀네에게 명령했다.

돈 까밀로와 뻬뽀네 둘이서만 조용히 작업장에 들어갔다.

"노인네는 아무것도 모르고 계시오."

뻬뽀네가 입을 열었다.

"그래서 우리 형제들은 어머니가 밖에 나가 쓸데없는 소리나 듣게 되실까 봐 외출을 막은 거요. 일이 어떻게 돌아가는지 아무것도 모르고 계시니까. 만일 내가 교회에서 파문됐다는 걸 아시는 날엔 아마 기절초풍하실 거요."

"하지만 난 알고 있지 않나!"

돈 까밀로가 소리쳤다. 그의 표정은 절대로 해서는 안 될 일을 한 듯한 고민의 흔적이 역력했다.

"그런데 그걸 알면서도 강복을 주는 일을 내가 했단 말이네. 이건 신성모독이야!"

뻬뽀네가 어깨를 으쓱했다.

"심각한 말은 그만둡시다, 신부님. 이 일은 정치와 연관시키지 말자고요. 한 신부가 그저 해본 신사적인 행동을 가지고 하느님께서 노하시진 않을 거라고 믿소. 게다가 신사적인 행동은 신부님이 아주 드물게 하시는 일이잖소!"

돈 까밀로는 뻬뽀네의 머리통을 쥐어박으려고 주먹을 들었다. 그런데 그 주먹에는 아직도 성수채가 들려져 있었다.

"하느님 저를 용서하시고 이 돌대가리 뻬뽀네에게 드리워진 어둠을 밝히소서."

돈 까밀로는 위협하려던 몸짓을 강복의 몸짓으로 바꾸며 말했다.

"아멘."

빼뽀네는 고개를 숙이며 중얼거렸다.

노파는 부엌에서 초조하게 기다리고 있었다.

돈 까밀로를 보자 노파는 부엌에 가서 찬장을 뒤적이더니, 작은 바구니에 달걀 여섯 개를 담아 가지고 왔다.

"신경 쓰지 마세요!"

돈 까밀로가 손사래를 치며 거절했다. 그러자 빼뽀네가 다가와 나지막이 속삭였다.

"우리 집 암탉들은 공산당에 등록되어 있지 않소."

"안 받으시면 저를 무시하는 거나 다름없어요, 신부님."

노파가 말했다.

돈 까밀로는 하는 수 없이 달걀 바구니를 받아들고 현관으로 향했다.

문밖에는 빼뽀네의 아내가 지키고 서 있었다.

"잠깐만요."

그녀가 문지방을 넘어서려는 돈 까밀로를 멈춰 세웠다. 그러고는 다시 옆으로 비켜서면서 말했다.

"방금 전에 바르키니가 자전거를 타고 지나갔어요. 이제는 아무도 보는 사람이 없으니 편한 마음으로 가세요."

"아무도 안 보긴, 하느님은 보고 계실 텐데 뭘…."

돈 까밀로가 불편한 심기를 드러내며 말했다.

*

밤이 되어 돈 까밀로가 성당의 제대 앞으로 가서 무릎을 꿇었을 때, 예수님은 모든 일이 순조롭게 진행되었는지를 물으셨다.

"네, 전부 잘 됐습니다."

돈 까밀로가 대답했다. 하지만 대답과 달리 그의 표정은 어두워보였다.

"그래, 모든 일이 잘 진행되었다면, 왜 기뻐하지 않느냐, 돈 까밀로?"

"해서는 안 될 일을 한 제가 한심해서 무척 괴롭습니다."

돈 까밀로는 한숨을 내쉬었다. 그러고는 눈을 들어 십자가의 예수님을 쳐다보며 이렇게 물었다.

"예수님, 제가 사제직을 그만두는 편이 더 낫지 않을까요? 만일 오늘 제가 한 일을 말씀드리면 예수님도 허락하실 겁니다."

"그렇지 않으니라. 빼뽀네가 하느님을 인정하지 않는 공산당이라고 해서, 축복을 주지 않는다면 그의 영혼은 언제 치유가 되겠느냐? 돈 까밀로, 주님은 원수까지도 사랑하라고 하지 않으셨더냐. 뻬뽀네와 그의 가족을 지금보다 더욱 사랑해 보려무나."

돈 까밀로가 고개를 들고 제대 위의 십자가상을 올려다보았다. 예수님의 온화한 표정이 그날따라 더욱 환하게 빛나고 있었다.

탱크 소동

IL 'panzer'

"제가 속에 넣고 다니는 물건이 있습니다…."

도리니 영감이 주먹으로 가슴을 쾅쾅 치면서 말했다.

돈 까밀로는 더 기다릴 수가 없었다.

"이것 보시오. 영감님은 벌써 30분 전부터 앵무새처럼 똑같은 말만 되풀이하고 있는데 대체 무슨 일이오. 무슨 근심 때문에 골머리를 썩이고 계신지 저한테 설명해 주세요. 그렇지 않으면 영감님을 문앞까지 바래다 드리고, 나는 잠을 자러 갈 테니까."

"신부님, 그게 보통 일이 아니란 말이오."

도리니 영감이 슬픈 목소리로 말했다.

"그럼 도대체, 그게 뭐란 말이오?"

"그게…, 난 그 물건에 대한 전문가가 아니라 정확히 알지를 못해요."

노인이 더듬거리며 말했다.

"앞뒤 바퀴 둘레에 긴 벨트가 걸려 있고 철로 만든 기계로…."

"그럼, 트랙터 말인가요?"

"비슷해요. 그런데 위에 커다란 대포가 달렸어요."

돈 까밀로는 깜짝 놀라 노인을 다시 바라보았다. 그리고 이렇게 생각했다.

'이 양반이 잠이 덜깼나? 아니면 실성을 하셨나?'

"그럼 탱크란 말씀이오?"

돈 까밀로가 물었다.

"네, 대충 비슷합니다. 나는 벌써 5년 동안이나 그걸 여기 뱃속에 넣고 다녔소. 그때부터 더 이상 제대로 잠을 이룰 수가 없었다오, 돈 까밀로."

만일 도리니 영감이 정말 뱃속에 탱크를 넣고 다녔다면 잠을 못 자는 건 당연한 일일 것이다.

하지만 그가 탱크 사건에 휘말려 있다는 사실은 이해하기 힘든 일이었다. 돈 까밀로는 그제야 사태의 심각성을 깨닫기 시작했다.

"벌써 오래된 이야기요. 독일군이 한창 퇴각하던 시기인

1945년 4월에 있었던 일이니까요."

"…."

"그 일이 있던 그 날, 탱크인지 뭔지 하는 그 큰 기계 덩어리가 대로로 나가기 위해 우리 밭을 가로질러 갔다오. 그런데 그 기계 안에서 뭔가 고장이 났는지 우리 집 마당 근처에 멈추어 섰지 뭡니까. 그러자 뚜껑이 열리고 독일군 세 사람이 튀어나와 자기네 나라말로 씨부렁대기 시작했소. 그 병사들은 그 기계 주변을 한 바퀴 돌더니 그들 중 하나가 어디론가 구조를 청하러 사라지고 나머지 두 사람은 그곳에 남아 기다리고 있었어요. 잠시 후, 그중 한 사람이 우리 집 마당으로 오더니 뭔가 마실 것을 달라는 시늉을 해 보였소. 우리는 반갑지 않은 독일군이어서 떠나기만 해준다면 포도주 창고를 통째로라도 내주고 싶은 심정이었어요. 그런데 나머지 한 명마저 와서 포도주를 병째 들고 꿀꺽꿀꺽 마시기 시작했습니다. 그렇게 많이 마셔댈 정도로 위가 엄청나게 큰 사람들은 난생처음 보았어요. 도움을 청하러 갔던 사람이 좀처럼 돌아오지 않았으므로 나머지 두 사람은 포도주를 마치 설탕물 들이켜듯 계속 마셔 댔소. (우리 집 포도주는 오래돼서 독했습니다.) 그렇게 30분쯤 지나자 두 녀석은 완전히 곯아떨어지고 말았지요…. 그때 우리는 큰 어리석은 일을 저지르고 말았다오."

도리니 영감은 말을 중단하고 길고 긴 한숨을 쉬었다.

"그럼, 영감님이 그자들을 죽이기라도 했단 말이오?"

돈 까밀로가 깜짝 놀라 소리쳤다.

노인이 고개를 흔들었다.

"천만에요, 신부님. 그래 제가 아무 나쁜 짓도 안 하는 사람을 죽일 만한 위인으로 보인단 말이오? 다른 독일군들이 지나가기에 우리 집에 술에 취한 군인이 있다는 사실을 알렸지요. 그러자 몸집이 코끼리처럼 큰 상사 하나가 그 두 놈의 목덜미를 잡고, 마치 넝마 자루를 던지듯이 트럭 위로 휙 던져 넣었어요. 그러고는 떠나 버렸죠!"

돈 까밀로는 당황한 표정으로 물었다.

"그 어리석은 짓이라는 게 전부 이거요?"

"아니요. 여기까지는 시작에 불과해요."

노인이 설명했다.

"제 아들놈 둘이 더 이상 탱크를 찾으러 오는 사람이 없자 그 위에 짚더미를 덮어버렸소. 그런데 1시간 정도 지나자 구조를 청하러 갔던 병사가 정비용 자동차를 타고 돌아왔지요. 우리는 그 독일 병사한테 다른 두 명은 탱크를 수리해서 벌써 떠났다고 거짓말을 하였소."

돈 까밀로는 기가 막혀 도리니 영감을 쳐다보았다. 이 자그마한 영감이 그렇게 엄청난 일을 했으리라고는 상상조차 할 수 없었기 때문이다.

"영감님이 탱크를 숨겨 놓은 건 잘한 겁니다. 그런데 아직도 이해가 안 되는 점은 왜 오늘날까지 그 사건을 가슴속에 품고 계시느냐는 겁니다."

노인은 양팔을 벌리며 말했다.

"우리는 그 기계가 무척 마음에 들었소. 그래서 그걸 개조해서 경작용 트랙터로 쓸 생각이었지요. 한밤중에 그 기계 위에 덮여 있던 짚더미를 치우고 커다란 천으로 덮어놓았소. 그리고 20미터쯤 떨어진 곳에 있던 잡목 더미를 그 탱크 위에 옮겨다 놓았어요. 그건 정말 힘든 일이었습니다. 지금 신부님이 이 사실을 알게 되셨지만, 막상 거기 가서 보시면 그 잡목 더미 밑에 탱크가 있다는 게 전혀 믿기지 않으실 거요. 지난 5년 동안 우리는 잡목이 썩지 않도록 늘 새것으로 갈아 주었답니다. 탱크가 거기 있다는 걸 숨기기 위해 당연히 해야 할 일이었소."

"참으로 훌륭한 일을 하셨소!"

돈 까밀로가 노인을 흘겨보았다.

"그런데 왜 이 이야기를 나한테 하시는 겁니까? 영감님이 저지른 그 한심스러운 일이 나와 무슨 관계가 있다는 거요?"

"신부님."

노인이 탄식하며 말했다.

"누구한테 가서 이런 이야기를 하겠습니까? 오직 신부님만이 악몽에서 저를 해방시켜 주실 수 있습니다. 저는 그 빌어먹을 기계를 더 이상 집에 두고 싶지 않습니다! 만일 사람들이 그걸 발견한다면 무슨 생각을 하겠소?"

"독일군이 퇴각하자마자 당국에 신고했어야지요!"

"우린 그걸 트랙터로 개조할 생각이었습니다. 그 당시에는 모든 게 가능해 보였으니까. 도대체 우리가 무슨 나쁜 짓을 했나요? 탱크는 아무도 건드리지 못하게 잘 보관해 뒀소. 이제 우린, 당국이 그걸 발견해 주기를 바랍니다. 그렇지만 그 탱크를 우리 밭에서 찾아내서는 안 돼요. 그러니 어떻게든 그걸 잡목더미에서 꺼내 다른 곳에다 버려야 할 텐데 말이오."

그건 정말 터무니없는 생각이었다. 그래서 돈 까밀로는 도라니에게 그 무모함에 대해 설명했다.

"좋소, 그걸 몇 킬로미터 떨어진 곳으로 옮겨서 어떤 웅덩이 근처에다 버렸다고 칩시다. 그러면 누군가 그걸 발견하고 '이크, 누가 탱크를 잃어버렸구나!' 하고 경찰에 신고한다면 상황은 어떻게 될까요? 그렇게 되면 본격적인 수사가 시작되지 않겠소. 경찰들이 온 마을 구석구석 돌아다니면서 송아지 한 마리까지도 조사할 걸요. 결국 진상이 드러날 겁니다. 그리고 대체 누가 그 먼 곳까지 탱크를 옮겨 놓을 수가 있겠소?"

영감은 훌쩍훌쩍 울기 시작했다.

돈 까밀로는 절망하는 노인을 바라보며 천천히 입을 열었다.

"영감님, 집으로 돌아가 기다리시오. 어떻게 이 일을 수습해야 할지 생각해 봐야 하니까요. 아무래도 시간이 필요하지 않겠소?"

"신부님, 제발 좀 도와주세요."

노인이 나가자 돈 까밀로는 잠자리에 드는 대신 그 자리에 남아 다시 한 번 그 이상한 탱크 이야기에 대해 이것저것 곰곰이 생각해 보았다.

*

오전 미사를 집전하고 나서 돈 까밀로는 뻬뽀네의 집으로 달려갔다. 뻬뽀네는 작업장에서 일하고 있었다.

뻬뽀네는 돈 까밀로가 나타나자 갑자기 끔찍한 치통에 시달리는 사람처럼 얼굴을 찌푸렸다.

"뻬뽀네, 자네 탱크 좀 다뤄 볼 생각 없나? 어떤 종류의 탱크인지 그건 나도 잘 모른다네."

돈 까밀로가 온화한 말투로 입을 열었다.

"독일제 탱크라니 아주 크고 무겁지 않을까? 그걸 어떤 장소에서 끌어내 몇 킬로미터 떨어진 장소로 옮겨 놔야 하는 일이네."

뻬뽀네는 기가 막힌다는 듯이 쓰고 있던 모자를 벗어 던지면서 말했다.

"신부님, 간밤에 서서 주무셨소?"

"아니, 한숨도 못 잤네."

"…."

"그러니까 이 일은, 바로 자기 집에 탱크 한 대를 숨겨 놓고 전전긍긍하는 어떤 불쌍한 사람을 구해 내는 일이야. 독일군이 도망칠 때 그 집 마당에 버리고 간 것이네. 그는 나중에 경작용 트랙터로 개조해 쓰려고 생각하고 그 전쟁 도구를 숨겼지. 그 후 전쟁이 끝나자 그 사람은 탱크를 당국에 양도할 엄두가 나지 않았네. 그동안 정이 들었거든. 하지만 이제는 자기 뱃속에 넣고 다니던 그 무거운 짐을 떨쳐버리고 싶어 한다네. 나를 찾은 건 하느님께 자기 죄를 고백하기 위해서가 아니라 물리적인 도움을 청하기 위해서였네. 나는 탱크에 대해선 잘 모르네. 그러니 자네가 나 좀 도와주어야겠네."

빼뽀네는 돈 까밀로의 말이 진심인지 아닌지 판단하기가 힘들었다.

"그런 일은 나와 관계가 없는 이야기요. 바티칸에 가서 말해보시오. 탱크에 일가견이 있는 사람들이 아주 많이 있을 테니까."

돈 까밀로는 이 말에 꿈쩍하지 않았다.

"참고로 말해두겠네. 탱크를 뱃속에 넣고 계신 그 굉장한 사람에겐 아들이 하나 있는데 공교롭게도 그는 자네 당 소속이라네. 내가 알고 있는 한, 그 탱크는 프롤레타리아 혁명을 지원할 목적으로 숨겨 놓은 게 아니야. 하지만 지금, 경찰이 탱크를 그 집에서 발견한다면 그걸 프롤레타리아 혁명과 연관 지어 트집을 잡지 않을 거라고 누가 장담할 수 있겠나?"

빼뽀네는 어깨를 으쓱했다.

"신부님 좋을 대로 하시구랴. 나는 거리낄 게 하나도 없는 사람이니까. 더구나 탱크에 대해서는 아는 바도 없고."

"자네는 아직도 내 의도를 모르나?"

돈 까밀로가 차분하게 설명했다.

"내게 정치적 의도가 있었다면 자네가 아니라 곧장 경찰서로 갔을 걸세. 나는 탱크를 경찰 당국에 넘길 생각이지만 누구에게도 화가 미치지 않기를 바라네. 그러니 자네가 가서 그 탱크가 움직일 수 있는지 시험해 주게. 그리고 적당한 때 '숲 속의 웅덩이'에 갖다 버리자고. 그런 다음 경찰에 알려서 뒷일을 수습하면 되지 않을까?"

빼뽀네는 말없이 망치를 한번 내려쳤다.

"기막힌 생각이오! 아니, 아주 감탄할 정도요. 그러니까 당신은 나더러 그 탱크가 있는 집을 찾아가란 말이오? 그리하여 이 빼뽀네가 탱크를 운전하고 그 웅덩이로 가는 동안에 경찰에 신고해 나를 잡히게 하겠다는 수작 아니오? 그러면 탱크도 고칠 수 있어 좋고 골칫거리였던 빼뽀네도 감옥엘 가게 되니 그야말로 일거양득이다, 이거 아니오!"

돈 까밀로가 머리를 흔들었다.

"좋은 생각이긴 하지만 틀렸네. 왜냐하면, 그때 탱크 안에는 빼뽀네와 함께 돈 까밀로도 들어가 있을 테니 말이야."

빼뽀네는 말없이 오랫동안 그를 쳐다보았다. 그러나 그 침묵은 그 어떤 웅변보다 더 큰 효과가 있었다.

그날 밤, 돈 까밀로와 빼뽀네는 잡목을 쌓아놓은 도리니 영감네 집을 찾아갔다. 그는 절대로 문밖을 내다보면 안 된다는 명령을 받고 있었다. 두 사람이 끙끙거리며 잡목 더미를 들어내자 겨우 탱크 윗부분의 포탑이 나타났다. 뻬뽀네는 가져온 손전등을 비추며 그 거대한 쇳덩어리 안으로 들어갔다. 그는 한참 동안 그 속에 있다가 올라왔는데 온 몸이 땀으로 흠뻑 젖어 있었다.

"시동을 걸려면 배터리를 충전해야 하오. 그런 다음에 다시 봐야겠지. 엔진은 별 이상이 없는 것 같소."

뻬뽀네가 말했다.

두 사람은 잡목을 다시 얹어놓고 그 자리를 떠났다.

이틀 밤이 지난 후, 그들은 충전한 배터리를 가지고 다시 나타났다. 바람이 몰아치고 천둥이 치는 한밤중으로, 그 일을 하기에는 안성맞춤이었다. 뻬뽀네는 그 거대한 쇳덩어리 속에 들어가 두 시간쯤 작업을 했다. 그런 후, 잠시 밖으로 얼굴을 내밀며 소리쳤다.

"시동을 걸어보겠소. 누군가 나타난다 싶으면 신호를 주시오. 곧바로 시동을 끌 테니까."

그러나 조금도 문제 될 상황은 벌어지지 않았다.

뻬뽀네는 어떻게 해서든지 시동을 걸려고 애를 썼으나 그만 배터리가 방전되고 말았다. 그는 잔뜩 약이 올라 독일군과 그들이 남기고 간 기계 장치에 저주를 퍼부으며 탱크 속에서 기어 나왔다. 그리고 이틀 후에 다시 돌아와 시동을 걸기 시작했다. 드디어 요란한 소리를 내면서 엔진이 돌아가기 시작했다.

빼뽀네와 돈 까밀로는 시동 걸기에 성공하자 전과 같이 탱크 위에 잡목을 하나둘 올려놓았다.

"폭풍우가 몰아치는 밤에 해치웁시다."

빼뽀네가 말했다.

그러나 잠시 후 그들은 아주 화창한 날 밤을 택해 일하는 게 더 나을 것으로 생각했다.

바야흐로 경작 시기였으므로 새벽 2시부터 논과 밭 곳곳에서 엔진 소리가 요란했고 트랙터 불빛이 여기저기에서 어둠을 밝혀 주었기 때문이다. 숲속의 웅덩이까지 가기 위해 굳이 한밤중에 이동할 필요가 없었다. 단지 통로만 알면 되었다. 그러면 큰 위험은 없을 터였다.

빼뽀네는 마지막 순간에 돈 까밀로가 탱크에 타지 않는 것이 낫겠다고 생각했다. 왜냐하면 돈 까밀로는 탱크가 지나갈 길을 낮에 탐색해 놓은 다음 탱크 앞에서 길 안내를 하는 게 더 효율적이라고 보았기 때문이다.

"신부랍시고 허튼수작을 부리면 대포 한 방에 날려 보낼 테니까 그런 줄 아슈."

빼뽀네가 돈 까밀로에게 경고했다.

돈 까밀로는 탱크가 이동할 길을 미리 주도면밀하게 살펴보았다.

드디어 탱크를 옮기는 밤이 되었다. 도리니 집 식구들은 가슴을 두근거리며 베개 밑에 머리를 쑤셔 넣은 채 침대에 누워 있었다. 뻬뽀네는 잡목 더미를 치울 만큼 치우고 탱크의 뱃속으로 들어가 오막살이 같은 탱크에 시동을 걸었다. 그러고는 천천히 기어를 넣었다. 그동안 돈 까밀로는 서둘러 성호를 긋고 하느님의 가호를 빌었다.

잡목 더미가 흔들렸다. 탱크의 무한궤도가 단 몇 분 만에 마른 가지 더미를 갈아서 분쇄해 버렸다. 뒤이어 강철로 된 그 거대한 짐승이 천천히 앞으로 나아감에 따라 잡목 더미가 흔들리며 사방으로 무너져내렸다.

마침내 탱크가 자유의 몸이 되었다. 소름 끼치도록 시끄러운 쇳소리가 났다. 하지만 그날 밤 다른 트랙터들의 모터 소리도 요란하게 울려 퍼지고 있었으므로 탱크 움직이는 소리는 여기에 파묻혀서 조금도 들리지 않았다. 그리고 이렇게 일을 벌여 놓은 이상, 이 일을 끝낼 때까지 계속하지 않을 수가 없었다.

전쟁 중 군용 트럭과 탱크를 수리한 적이 있던 뻬뽀네는 자신이 해야 할 일을 너무나 잘 알고 있었다. 그래서 침착하고 안정감 있게 전진해 나갔다. 아니, 그는 차츰차츰 그 일이 재미있어지기까지 했다.

그다지 험난한 코스는 아니었다. 탱크는 물이 거의 마른 협곡에 도착해 급류 안으로 들어갔다. 그러고는 자갈길 가운데로 전진하기 시작했다. 이것은 흔적을 남기지 않기 위해 미리 뻬뽀네가 정해 놓은 코스였다. 여기서 돈 까밀로는 탱크를 멈춰 세우고 탱크 안으로 들어갔다. 힘이 들기도 했고 탱크를 타는 그 재미있는 일에 자기도 한몫 끼고 싶었기 때문이다.

그들은 마른 나뭇가지 더미와 덤불 아래에 이르자, 엔진을 끄고 잠시 귀를 기울였다. 그들의 심장은 마치 6기통을 달고 전속력으로 질주하는 자동차 엔진처럼 쿵쾅쿵쾅 뛰었다.

트랙터들의 엔진 소리가 시끄럽게 들려왔다. 그 밤중에 깨어 있는 사람들이라고는 트랙터 운전사들뿐이었다. 그들은 자기네 기계 소음 외에는 아무 소리도 듣지 못했을 것이다.

"하느님이 도우셔서 일이 잘된 것 같네."

돈 까밀로가 속삭였다.

"그리고 악당 같은 뻬뽀네의 도움 덕택이겠죠."

뻬뽀네가 말을 받아쳤다.

그들은 좀 더 거기 남아 기다렸다.

" 이렇게 좋은 기계를 버리다니 아까운걸…."

갑자기 뻬뽀네가 한숨을 내쉬며 말했다.

"버리는 게 아닐세. 다시 쓰이게 될 거야."

"그렇겠지. 아마도 당신네 우익들의 그 더러운 전쟁을 위해서 쓰이겠지!"

뻬뽀네가 으르렁거렸다.

"자네들이 말하는 공산 혁명을 위해 쓰는 것보다 우리들의 전쟁을 위해 쓰이는 게 차라리 낫지! 게다가 자넨 조국의 군비

확충에 협력한 걸 자랑스러워해야 한다네."

빼뽀네는 이성을 잃고 흥분했다. 그러다 탱크의 조종석에서 그만 건드리지 말아야 할 작동 스위치를 다리로 건드리고 말았다.

끔찍하게도 탱크에는 포탄이 장전되어 있었고 완벽함을 자랑하는 독일식 탄약 장전 방식에 따라 대포에서 어김없이 포탄이 발사되고 만 것이다.

그건 정말 무서운 일이었다. 그 시간, 그 상황에서 탱크에서 포탄이 발사된 건 원자폭탄이 하나 터진 것보다도 천 배는 더, 세상을 뒤집어엎을 만한 일이었다.

돈 까밀로와 빼뽀네는 그 냄비 같은 기계 밖으로 튀어 나왔다. 그들은 달리고 또 달렸다. 숨이 차서 더 이상 움직일 수 없게 되었을 때에야 비로소 달음박질을 멈추었다.

그들은 뽀 강에서 가까운 강둑 발치에 도착했다. 두 사람은 거기에서, 한참을 그렇게 서 있었다. 더 이상 아무 생각도 할 수가 없었다. 마침내 빼뽀네가 더듬거리며 말했다.

"어디로 갔을까?"

"누구 말인가?"

"빌어먹을 포탄 말이오!"

"포탄?"

"그래요! 설마 독일군들이 대포에 소시지를 장전하고 다녔다고 생각하는 건 아닐 테지요!"

그들은 그 저주받을 대포가 도대체 어느 방향을 향해 있었는지 생각해 보려고 애썼지만, 도저히 생각이 나질 않았다.

그들은 들판을 가로질러 마을로 돌아왔다. 광장에는 온통 난리가 나 있었다. 무서울 지경이었다.

그들은 먼저 사제관에 들어가 손과 얼굴을 씻고 옷을 단정히 했다. 그런 다음 사람들 사이로 몰래 끼어들어 갔다.

"무슨 일이 생긴 거요?"

뻬뽀네는 근엄한 목소리로 물었다.

"누군가 평화의 비둘기 상에 폭탄을 터뜨렸습니다!"

스미르초가 몹시 흥분해서 설명했다.

실제로 목재에 페인트칠을 해 만든 거대한 비둘기 상이 산산조각이 나 있었다. 이 비둘기 상은 뻬뽀네가 사람들을 시켜 인민의 집 지붕 위에 세워 두었던 것이었다.

"도발에 흔들리지 마라! 비록 유혈사태가 있다고 하더라도! 민중의 자연스럽게 솟구치는 분노는 민중을 거스르는 적들의 이 같은 범죄 행위에 대해 모욕을 주기에 충분한 것이다. 인민의 평화 만세!"

뻬뽀네가 외쳤다.

"만세!"

공산당을 지지하는 사람들이 집으로 돌아가면서 이렇게 따라 외쳤다. 다들 졸린 눈을 비비며 다시 잠자리로 돌아가게 된 것은 천만다행이었다. 이런 상황에서는 관심이 증폭된다면 하등 좋을 게 없었다. 혁명 세력에게 평온한 일상은, 이럴 때 더 욱 매력적으로 느껴지는 법이니까.

*

숲 속의 웅덩이는 마을에서 동떨어진 장소였기 때문에 탱크는 거기서 조용히 잠자듯 아무에게도 발견되지 않았다. 탱크가 초원을 지나가며 남긴 모든 자국은 도리니 가족이 쟁기로 갈아엎어 없애버렸다. 그리고 도리니 가족은 이미 잔가지 밑에 숨겨 놓은 탱크 위에 다시 마른 나뭇더미를 촘촘히 쌓아 탱크가 보이지 않도록 가려 놓기까지 했다.

모든 일이 정리되자 돈 까밀로는 경찰서장을 찾아가서 웅덩이 지역을 한 번 조사해 보는 게 좋을 거라고 귀띔해 주었다.

"성능이 완벽한 독일제 탱크를 하나 확보하시게 되리라고 믿소."

그는 터놓고 말했다.

경찰서장이 그곳에 갔다가 잠시 후 돌아왔다.

"잘 되셨소?"

"잘 됐습니다."

경찰서장이 대답했다.

"성능이 완벽한 탱크를 찾아냈습니다. 그건 독일제가 아니라 미제 탱크였습니다."

경찰서장이 대답했다.

돈 까밀로는 양팔을 벌렸다.

"그런 사소한 사항은 부차적인 문제요. 중요한 건 그게 탱크라는 사실이라니까."

그 후 어느 날 돈 까밀로가 도리니 영감을 만났을 때, 그는 이렇게 말했다.

"딱한 양반 같으니라고! 도망치던 사람들은 독일군이 아니었소. 미군이 도착하고 있었던 거였소."

영감은 어깨를 으쓱하며 대답했다.

"신부님, 이탈리아는 온갖 사람들이 드나드는 항구요. 나가는 사람이 누구고 들어오는 사람이 누군지 어떻게 다 알겠소. 죄다 알아들을 수 없는 말만 지껄이는데요!"

불쌍한 영감의 얘기도 틀린 말은 아니었다.

반지의 위엄

L'anello

내막을 모르는 사람이라면 먼지투성이에다 돼지우리 같은 그 1층 방에 들어가면 '지자' 아줌마가 무슨 마법에 걸려 정신이 나간 줄 알고 깜짝 놀랄 것이다. 그 방은 어찌 보면 일종의 창고 같아 보였다. 거기에는 가구와 여행용 가방과 상자 그리고 그림 등이 무질서하게 널려 있었기 때문이다. 하지만 내막을 알고 나면 모든 것은 자명해진다.

그 사건은 다채로운 색으로 그려진 한 폭의 초상화에서 비롯되었다. 그 초상화에는 한껏 빼입은 행정관의 사모님이 황후처럼 오만한 태도로 등받이가 높은 소파에 앉아 있었다.

그녀는 깃털을 채운 소파 팔걸이에 왼손을 척 걸쳐 놓고 있었는데, 그게 모두 그 커다란 반지를 돋보이게 하려고 생각해 낸 자세였다.

그 초상화를 볼 때마다 지자 아줌마는 마치 마법에 걸린 사람처럼 행동했다. 그녀에게 방으로 들어가 그 초상화를 구경하라고 강요하는 사람은 아무도 없었다. 그러나 그녀는 적어도 하루에 한 번쯤은 초상화를 보기 위해 그 방에 들어갔다. 마치 마법에 걸리는 걸 즐기는 모험심 많은 아이처럼 말이다.

사실 디모테오 부부는 얼마 전부터 '필라스트리'에서 자취를 감추었는데, 그들은 다시 돌아올 것으로 보이지 않았다. 왜냐하면 마을의 분위기가 무척 살벌했기 때문이다. 만일 그들이 돌아온다고 해도 소작인 부부가 별장을 내어주느니 차라리 총으로 쏘아버렸을 테니까 말이다. 그러니까 지자 비올키, 그녀가 사실상 그 별장의 주인이었다. 하지만 별장에서 실제로 명령을 내리는 사람은 아직도 그 당당한 행정관 사모님인 미미 디모테오였다.

이 모든 것이 그놈의 반지 때문이었다. 그건 단지 마술이나 다른 어떤 눈속임에 관한 것이 아니라 위신의 문제였다. 그 반지는 그야말로 권력의 상징과도 같은 것이었다.

이건 소설이나 연극에서 흔히 볼 수 있는 심리전임을 누구라도 금세 알아차릴 수 있을 것이다. 예컨대 도시 귀부인들의 문제라는 걸 말이다. 소작농의 아내에 불과하고 낫 놓고 기역 자도 모르던 지자 비올키도 그런 것쯤은 충분히 알고 있었다. 그러니까 철학이나 심리학 따위는 지자 아줌마 같은 무식쟁이에게는 골치 아픈 일이 아닐 수 없다.

디모테오 별장에는 훌륭한 물건들이 산더미처럼 쌓여 있을 뿐만 아니라, 넓은 홀과 거실 그리고 미미 마님의 개인 서재도 있었다. 그곳에는 행정관님 사모님 신분에 걸 맞은 비단 소파와 카펫과 하녀를 호출할 때 쓰는 초인종도 갖춰져 있었다. 그녀는 가끔 그곳에서 혼자만의 시간을 즐겼는데, 커피만으로는 우아한 멋을 충분히 낼 수가 없었는지 담백한 수프도 잔뜩 보관하고 있었다. 곁들여 먹는 비스킷은 도시에서 특별히 주문한 것이었다.

지자 아줌마는 별장의 하인들과 이런 이야기를 나눌 때면 얼굴이 붉으락푸르락해졌다. 사실 어찌 보면 그녀가 그렇게 화를 내는 것도 이해할만한 일이었다. 하녀만 하나 달랑 딸린 것 외에는 가족이라곤 둘밖에 없는 디모테요 부부는 십여 개가 넘는 방을 쓰고 있었지만, 애들이 일개 소대쯤 되는 비올키 부부는 좁은 방 두 개에서 억지로 끼워 맞춰 살아야 했기 때문이다.

그러나 정작 지자 아줌마를 더욱 화나게 했던 것은 황후처럼 거만한 미미 마님의 태도였다. 나이가 마흔다섯 살가량 돼 보이는 그녀는 가슴(아이를 가진 적이 없었으므로 힘든 일이 별로 없었다)이 큰 미인이었다. 늘 검은색 옷을 즐겨 입었는데, 금발 머리라 그런지 검은색 톤의 옷이 특히 잘 어울렸다. 그녀는 팔찌나 장식 핀 혹은 다른 보석들로 몸을 치장하지 않는 스타

일이었다. 그 대신 순금과 다이아몬드로 만들어진 번쩍번쩍 빛나는 커다란 반지 하나만을 손가락에 끼고 있었다. 그 반지를 보면 누구라도 무릎을 꿇고 그것에 입을 맞추고 싶은 충동이 들 지경이었다.

그렇다. 모든 비밀은 바로 그 반지에 있었다. 지자 아줌마는 언젠가 온통 지저분한 몰골을 한 미미 마님을 본 적이 있었다. 넝마 같은 옷에 목욕하려는 듯 수건을 머리에 동여맨 모습이었다. 하녀보다 더 싸구려 옷을 입고 얼굴은 먼지를 뒤집어썼는지 얼룩이 져 있었다. 그럼에도 불구하고 손가락에 낀 그 반지 때문에 마치 제복을 입었을 때처럼 복종심을 불러일으키는 것이었다.

반지가 비싼 것이기 때문만은(사실 그건 금과 작은 다이아몬드로 만들어진 반지에 불과했다.) 아니었다. 그 위풍당당한 모습에는 어떤 명령이라도 내릴 수 있는 위엄이 서려 있었기 때문이다.

디모테오 행정관 역시 늘 잘난 척하는 인상에 매사 권위적인 인물이었지만 그에 대해 이러쿵저러쿵 떠들어 댈 필요는 없다.

그는 자신의 정치 경력에 오점을 남기고 싶지 않았기에 조금도 나쁜 짓을 하지 않았다. 최대한으로 험담한다면 아랫사람들의 고충을 알아주지 않은 그런 관리였다.

정치적인 지각 변동이 있었을 때, 사람들은 그가 탐탁지 않은 행정관이라는 걸 알아차렸지만 그뿐이었다. 그는 제2차 폭동이 닥쳤을 때도 행정관직을 계속 유지하고 있었다. 예전보다 더 잘하려고 더 못하려고 하지도 않았다. 하지만 그에 대한 사람들의 증오심은 날이 갈수록 깊어갔다.

역사는 늘 그런 식이었다. 어느 순간에 상황이 바뀌기 시작하면, 사람들은 그동안 자신들이 착취당했다고 생각하게 된다. 그리하여 예전에는 전혀 존재하지 않던 증오심이 생겨나 점점 커지게 된다.

그리고 사람들은 선택된 희생양을 바라보게 되는 것이다. 그가 지나갈 때면 '저기 저 더러운 놈이 간다!' 고 손가락질을 하는 것이다.

어느 날, 돈 까밀로는 행정관을 만나기 위해, 그의 집으로 찾아갔다. 당시는 1945년 초였기 때문에 혁명의 상처가 거리 곳곳을 휩쓸고 지나갈 때였다.

"적당한 때가 올 때까지 숨어 계시는 게 좋을 듯합니다."

돈 까밀로가 행정관에게 말했다.

"신부님, 신부님께서도 알다시피, 전 남에게 해로운 일을 한 적이 손톱만큼도 없는 사람이 아니오?"

행정관이 대답했다.

"그건 중요하지 않소. 그건 나중에 하느님 앞에서 따질 문제니까. 하지만 마구 쏘아 대는 기관총 앞에서는 아무런 의미가 없습니다. 빨리 피하십시오. 다 생각이 있어서 드리는 말씀이니까요."

행정관은 도망치는 것이 썩 마음에 내키지 않았다.

"양심이 더러운 자나 도망을 치는 겁니다."

그가 반박했다.

"미친 황소가 사슬을 끊고 당신에게 달려든다면, 피하지 않으시겠소? 양심이 깨끗해도 황소를 피하지 않는다면 그 뿔에 받혀 창자가 밖으로 쏟아지게 될 겁니다."

"신부님, 이건 다른 문제입니다. 여기서 도망치는 건 굴욕적인 행동일 뿐이오."

"아무도 해치지 않았는데 개죽음을 당하는 것이야말로 굴욕적인 행동 아니겠소? 선량한 사람들을 보호해야 합니다. 난 당신을 보호하고, 당신은 당신 자신을 보호해야 합니다."

디모테오는 그 멋진 별장을 떠나는 게 죽기보다 싫었다. 그러나 그곳을 떠날 수밖에 다른 방법이 없었다. 그는 4월 초까지 미루다가 돈 까밀로에게 작별 인사를 하러 갔다.

"떠나겠습니다, 신부님. 아마도 많은 시간이 지나야 좋은 시절이 올 것 같습니다. 소작인 비올키에게 보내는 편지 한 통을 신부님께 맡깁니다. 곡물을 어떻게 팔아야 하는지, 이익금은 어떻게 은행에 저금해야 하는지 그가 해야 할 일을 적어 두었습니다. 신부님도 몸조심하세요. 전 아내와 함께 스위스로 갈 생각입니다. 그동안 익명의 협박 편지를 수십 통이나 받았습니다. 신부님 말씀이 옳았습니다."

"조용히 떠나시오."

돈 까밀로가 충고했다.

"벌써 도피 계획을 완벽히 짜두었습니다. 이 계획을 알고 있는 사람은 오직 신부님뿐입니다."

행정관은 정말 빈틈없이 일을 진행했다. 그가 잠적하고 사흘이 지나서야 사람들은 그 사실을 알아차렸다.

"놈이 도망치게 내버려 두었다니, 우리가 실수한 거야!"

사람들은 분통을 터뜨리며 말했다.

"심보가 시커먼 놈이야. 그렇지 않았다면 이렇게 도망치진 않았을 텐데…."

이윽고 일은 벌어졌다. 어느 화창한 날, 목에 붉은 스카프를 두른 자들이 나타나 거리를 활보하기 시작했다.

그러자 비올키 부부는 약삭빠르게 굴러 들어온 복을 차 버리지 않았다. 그들은 목에 붉은 스카프를 두르고 술병을 넣은 자루 두 개를 마차에 싣고 공산당 본부로 갔다. 술병을 양도한 후 그들은 이렇게 말했다.

"저희 식구들은 비가 새는 작은 방에서 개처럼 살고 있습니다. 우리 집 바로 옆에 빈 별장이 하나 있습니다. 민중의 심판을 피해 저 더러운 행정관 놈이 도망을 쳤습죠. 저희가 그 집에 살아도 좋을까요?"

"당신들이 별장을 쓰고 당신들의 집은 하인들에게 주시오."

술병을 따며 공산당 책임자가 대답했다.

이렇게 해서 비올키 부부는 현관문의 자물쇠를 부수고 별장을 차지했다.

그러나 여기서부터 비극이 시작되었다.

그들은 초상화며 여행용 가방들, 가구들, 행정관 부부가 쓰던 속옷들과 부엌살림들을 전부 1층 구석방에 쑤셔 넣었다. 비올키 부부에겐 소유할 재산보다는 인간답게 살아갈 공간이 필요했던 것이다.

그런데 불행하게도 어느 날 갑자기, 지자 아줌마는 자기가 마치 지자 마님이 된 듯한 착각에 빠져버렸다. 타인의 출입이 금지된 미미 마님의 개인용 서재와 창문의 커튼들, 꽃을 담은 꽃병들을 갖고 싶어 했고 수많은 방에 카펫도 깔아놓고 싶어 했다. 이건 바로 그녀가 수십 년 동안 열망해왔던 꿈이었다. 게다가 모든 것이 그렇게 멋지고 우아하게 배치된 그 저택의 조화(그녀는 그 조화를 이해할 수는 없었지만 느낄 수는 있었다.)를 깨는 건 죄악 같았다.

그리하여 행정관 부부의 부엌살림과 침대 시트 등 개인적인 물품과 초상화 따위를 제외하곤 모든 것을 조금씩 끄집어내 전에 있던 자리에 갖다 놓았다.

그 후, 지자 아줌마는 포악한 짐승으로 변했다. 누군가 카펫을 더럽히거나 비단 소파에 앉을라치면, 마치 사냥을 나가는 암사자처럼 펄펄 날뛰었다. 그녀는 중요한 물건이 들어 있는 방들을 모두 열쇠로 잠그기 시작했고, 가족을 부엌이나 하인들의 방에서 지내게 했다.

사업은 아주 번창했다. 주인과 셈을 치러야 할 필요가 없었으므로 비올키는 자기가 90퍼센트 넘게 챙기고 나머지는 돈 까밀로가 건네준 편지에 씌어 있는 은행계좌로 입금했다. 암거래도 마다하지 않은 덕에 그들 부부는 돈푼깨나 쥘 수 있게 되었다.

마침내 지자 아줌마는 미미 마님처럼 검은색 옷을 입었다. 그리고 틈만 나면 한껏 옷을 쏙 빼입고 다른 가족한테는 출입을 금지해 놓았던 이 방 저 방으로 들어갔다.

그녀는 문을 잠가 놓고 이 물건 저 물건을 만져 보며, 비단 소파에 앉기도 했다. 어느 날 오후에는 차를 끓이기도 했는데 너무 세게 끓인 나머지 마실 수 없을 정도로 쓰게 만들어 버리고 말았다. 하지만 그녀는 미소를 지으며 그 쓴 차를 마셨다.

*

요컨대 그녀는 안주인이나 다름없었다. 행정관 부부가 돌아올 줄은 꿈에도 생각해 본 적이 없었으므로 모든 것이 자신의 소유였다. 만일 누군가 자신들을 그곳에서 쫓아내려고 했다면 비올키 부부는 총질이나 그보다 더한 짓이라도 했을 것이다.

그렇게 지자 아줌마는 안주인 행세를 했다. 하지만 명령을 내리는 사람은 아직도 미미 마님이라는 생각이 들었다. 사실 꽃병이나 장신구 따위를 다른 곳으로 옮기려고 했다가도 얼른 제자리에 갖다 두곤 했다.

그래서 지자 아줌마는 골방에 들어가 스스로 마법에 걸려들어야 했다. 그곳에서 미미 마님의 커다란 초상화를 보며, 모든 비밀의 열쇠는 바로 저 커다란 반지에 있다고 확신하게 되었다. 그런 반지를 손가락에 낄 수만 있다면 그녀는 정말로 지자 마님, 곧 안방마님이 될 것만 같았다.

그날 이후 지자 아줌마는 남편을 조르기 시작했다. 반지, 반지, 늘 반지 얘기만 했다. 그녀는 반지가 너무 갖고 싶었다. 반지가 없으면 더 이상 살 수가 없을 것 같았다.

돈은 충분했다. 게다가 금과 다이아몬드는 사 두면 나중에 돈이 되는 좋은 투자 대상이었다.

"팔찌를 사 줄게. 브로치도 사 주고 귀고리도 사줄게."

남편은 이렇게 대답했다. 그러나 지자 아줌마는 들은 척도 하지 않고 반지만 찾았다. 오로지 반지만을….

어느 날 밤, 남편은 반지를 사달라는 마누라의 성화에 더 이상 견딜 수가 없었다. 그래서 이렇게 저주를 퍼부었다.

"네가 아가리를 닥친다면 반지를 갖게 해 주마. 그렇지 않다면 벼락 맞을 거다!"

그들은 잡동사니가 가득 들어있는 아래층 방으로 내려가 상자들을 치웠다. 그리고 벽돌 두 줄을 떼어 낸 다음, 천천히 그 안을 파헤치기 시작했다.

우선 콘크리트와 자갈을 파냈다. 이어 손톱으로 흙을 파기 시작했다. 미미 마님의 왼팔이 보이자 지자 아줌마는 팔을 들어 올렸다. 그리고 살점이 떨어져 나간 미미 마님의 손가락에서 반지를 빼냈다. 이윽고 두 사람은 다시 흙을 덮은 다음 벽돌을 제자리에 깔았다.

드디어 손가락의 반지를 차지한 지자 아줌마는 온전히 안주인이 된 느낌이 들었다. 하지만 조심하지 못한 게 불찰이었다. 이틀 뒤, 하인 한 사람이 그녀의 손가락에서 끼고 있는 미미 마님의 반지를 발견했다. 그 반지는 마을 사람들이 모두 알고 있을 만큼 유명한 보석이었기 때문이다.

소문은 급속도로 퍼지기 시작했다.

어느 날 오후, 경찰들이 별장에 나타났다. 경찰이 나타난 것을 알아차린 비올키 부부는 2층으로 올라갔다. 그리고는 경찰을 향해 마구 총을 쏘기 시작했다. 두 부부가 합심해서 말이다. 경찰들도 일제히 대응하기 시작했다. 두 범죄자가 총에 맞아 쓰러질 때까지 총격전은 계속되었다. 뻣뻣하게 몸이 굳은 지자 아줌마는 총을 꼭 쥔 채 남편의 시체 옆에 쓰러졌다. 화려한 옷차림에 미미 마님의 반지를 손가락에 끼고서….

잡동사니가 들어있는 방에서 미미 마님과 남편인 행정관의 시체가 발견되었다. 그들은 서둘러 도망치려고 했던 바로 그

날 밤, 비올키 부부가 내려친 흉기에 머리를 맞고 살해되었던 것이다.

돈 까밀로가 미미 마님의 손가락에 다시 반지를 끼워주었다. 이로써 미미 마님은 자기 반지를 끼고 축복받은 땅으로 갔다. 그리하여 그녀는 다시 안주인의 자리로 되돌아 올 수 있었다.

마차와 트럭

Menelk

마부 자롱은 매우 유명한 사람이어서 마을 사람들은 한 가지만 빼고는 그에 대해 모르는 게 없을 정도였다. 그 한 가지란 그와 그가 몰고 다니는 말 가운데 누가 더 짐승 같으냐는 것이었다.

일반적으로 저속한 사람은 말할 때 불쑥 욕이 튀어나오게 마련이다. 이와 반대로 자롱은 말을 할 때 불쑥 단정한 말이 튀어나오는 사람이었다. 왜냐하면 그가 구사하는 어휘는 전적으로 욕으로 이뤄져 있었기 때문이다.

자롱에게도 눈부시게 좋은 시절이 있었으니 짐마차를 끄는 데 쓰는 훌륭한 짐승을 아홉 마리나 갖고 있던 때였다. 이 아홉 마리의 짐승은 사실 말 여섯 마리와 아들 셋이었다.

사람들은 짐마차든 자전거든 오토바이든 혹은 자동차든 뭔가를 끌고 길을 나설 때면 으레 자롱네 식구를 만나지 않게 해 달라고 하느님께 기도드려야 할 정도로 그는 거친 사람이었다.

국도를 제외하면 이 마을의 도로는 전부 좁고 거친 오솔길에 지나지 않았다. 그래서 자롱네 식구들은 저마다 이렇게 생각했다.

'나 혼자만 다녀도 겨우겨우 지나갈 수 있을 정도로 좁은 길인데, 왜 너도 이 길을 사용하겠다는 거야? 잠자는 나를 건드리지 말고 네가 알아서 다른 길을 찾아봐!'

자롱네 식구 중 누군가가 자갈이나 모래를 가득 실은 짐마차 위에서 고개를 숙이고 졸고 있을 때 그들을 깨우면 큰 낭패를 본다. 그들은 모두 성질들이 하나같이 고약해 사람을 채찍 손잡이로 내려치거나 삽을 휘두르기를 아무렇지도 않게 여기기 때문이다.

그 시절에는 자롱네 식구들만 그런 생각을 한 게 아니었다. 길을 가다가 누군가에게 길을 내준다는 건 마부라면 누구에게나 자존심과 관련된 문제였기 때문이다. 꼭 나쁜 마음을 먹어서가 아니었다. 그러니까 마부라면 당연히 짐칸에 모래를 싣고 강에서 돌아올 때면 방해받지 않고 조용히 쉴 수 있는 권리가 있다고 느끼기 마련이었다. 그래서 시원한 모래 위에 배를 깔고 엎드리게 되고 햇볕에 등줄기가 달구어지는 동안 깜박 잠이

들게 되면 앞에 있는 말이 혼자 서둘러 짐마차를 끌고 가도록 그냥 내버려 두곤 했다. 그럼 말은 혼자 알아서 목적지까지 갔던 것이다.

마부에게 있어 말은 세상에서 가장 훌륭한 동물이었다. 사람들은 그 말들이 그들의 주인들보다 덜 짐승 같다고, 즉 주인들보다 더 낫다고 하는 얘기에 동의하곤 했다. 특히 자롱의 말이 그랬다.

왜냐하면 자롱의 말은 주인이 잠들었을 때 계속 걸어가기만 하는 것이 아니었다. 자롱의 말은 선술집을 하나씩 지나쳐 갈 때마다 멈춰 서서 주인이 깨어날 때까지 거기 머무르곤 했다.

그런 자롱한테 갑자기 심각한 문제가 생겼다.

어느 날 저녁 그는 아들 셋의 표정이 평소와 달리 어둡다는 것을 눈치챘기 때문이었다. 식사하다 말고 큰아들이 속내를 털어놓았다.

"이곳에선 더 이상 희망이 없어요. 여기서 결단을 안 내리면 굶어 죽기에 딱 알맞아요."

자롱은 도대체 이유가 뭐냐고 묻는 듯한 억양으로 갑자기 욕설을 한바탕 퍼부었다.

"그렇게 흥분하신다고 일이 해결되는 건 아니에요."

큰아들이 불만스런 표정으로 소리쳤다.

"주위를 한번 둘러보세요. 온 동네를 통틀어 마부 일을 고집하는 집은 우리뿐이에요. 다른 사람들은 이미 오래전에 말이 트럭을 이길 수 없다는 걸 알았어요. 트럭에는 열 배나 많이 짐을 실을 수 있을 뿐만 아니라 열 배나 멀리 간다고요. 또 말한테는 일이 없을 때도 먹이를 줘야 하지만 트럭은 그렇지 않다고요."

자롱은 아들에게 그래서 어쩌자는 거냐고 물었다. 그러자 큰아들이 설명했다.

"우리에겐 말 여섯 마리와 저축한 돈이 조금 있어요. 말을 팔아 트럭을 한 대 사는 겁니다. 마침 좋은 트럭이 나왔는데 놓치기 아까운 기회예요."

자롱은 주위 분위기를 살피더니 세 아들이 모두 동의한다는 걸 깨달았다. 그러자 그는 불같이 화를 터뜨렸는데 그 모습은 정말 무서웠다.

"바꾸고 싶은 놈은 집을 나가라. 가축은 내 것이니 내 마음대로 할 테다!"

"우리 것이기도 해요! 우리도 아버지처럼 일했잖아요. 그러니 동등한 권리를 누릴 자격이 있어요."

큰아들이 대꾸했다.

자롱은 가장 끔찍한 욕지거리를 내뱉고 나서 이렇게 결론을 내렸다.

"너희들 마음대로 해라. 난 메넬리크와 비욘다, 두 말만 가지고 내 일을 계속 할 테다."

사흘 뒤, 술에 취해 집으로 돌아온 자롱은 아치형 문간 기둥 아래 세워진 커다란 트럭을 발견했다. 멋진 차였다. 자롱의 세 아들은 마치 나폴리의 진풍경인 양 넋을 놓고 트럭을 바라보고 있었다.

자롱은 증오에 찬 눈빛으로 트럭을 쳐다보더니 땅바닥에 침을 퉤 뱉었다.

"아버지도 생각을 바꾸실 거야!"

큰아들은 두 동생을 쳐다보고 중얼거렸다.

하지만 자롱은 생각을 바꾸지 않았다. 한 달 후 아들들이 그에게 회계 장부를 보여 주며 30일간 일해서 얼마를 벌었는지에 대해 설명해 주었을 때도 자롱은 꿈쩍도 하지 않았다.

"계산은 한 달 뒤에 하는 게 아니다. 마지막 달에 하는 거지."

그가 잘라 말했다. 자롱은 그 돈에 손도 대고 싶어 하지 않았다.

"돈에서 석유 냄새가 난다. 세상을 망친 게 바로 이놈의 석유야. 이 집에 석유 냄새가 나면서부터 더 이상 되는 일이 하나도 없구나."

그러자 큰아들이 마치 성난 야수처럼 발끈했다.

"지금처럼 아버지가 술 냄새를 풍기는 한 이 집에서 될 일은 하나도 없어요!"

자롱은 큰아들을 때리기 위해 달려들었지만 큰아들은 한 손으로 그를 떠밀었다. 자롱은 두 눈에까지 잔뜩 취기가 올라 있었기 때문에 바닥에 쓰러져 길게 뻗어버렸다.

그는 힘겹게 다시 일어섰다. 두 다리로 간신히 버티고 설 수 있게 되자 조금 전에는 단순히 화를 내던 것에서 벗어나 이제는 완전히 이성을 잃고 격분하기 시작했다.

"지금까지 네놈들은 네놈들 몫을 가질 만큼 가졌다. 아니 그 이상으로 가졌다! 그러니 다들 여기서 썩 나가거라. 저 빌어먹을 것도 가지고 가라. 만일 내일도 트럭이 있으면 불을 질러 버릴 테다! 모두 나가라, 이 더럽고 비열한 놈들아!"

세 아들은 그날 밤 집을 나갔다. 살림도구를 트럭에 싣고는 아무 말도 없이 떠나버렸다.

집에는 자롱과 그의 늙은 아내만 남았다. 둘만의 생활은 정말 삭막하기 짝이 없었다. 둘 사이의 대화란 것이, 자롱이 미친 듯 욕을 퍼부으면 그의 아내는 어두운 표정으로 그저 조용히 듣고만 있는 식이었기 때문이다.

자롱은 마부 일을 계속했다. 그러니까 예전 행동들을 아무것도 포기하지 않았다. 그러다 끔찍이도 아끼는 애마 중 한 마리인 비욘다가 죽자 메넬리크로 그럭저럭 마차를 끌며 결코 마부 일을 포기하지 않았다.

술도 포기하지 않았고 끔찍한 욕설도 중단하지 않았다. 그런데 하루는 돈 까밀로가 어느 한적한 시골 길에서 자전거를 타고 가다 마차를 끌고 가는 그의 뒷모습을 보게 되었다. 돈 까밀로는 그에게 이 길을 전세 놨느냐며 다른 사람들도 지나갈 권리가 있으니 어서 길을 비키라고 소리 질렀다. 그러자 자롱은 쉰 목소리로 대머리 무신론자도 머리털이 곤두설 정도로 쌍소리를 퍼부어댔다.

돈 까밀로는 자전거에서 내려 그의 다리 하나를 붙잡고 그를 짐마차에서 끌어내렸다.

"자롱, 오늘은 그동안 진 빚을 모두 갚아주겠소."

돈 까밀로는 그를 짐마차 끝에 쾅 소리가 나게 밀어붙이면서 으르렁거렸다.

"신부님도 내 아들과 다를 바 없이 비겁하군. 내가 술에 취한 틈을 이용해 이렇게 손찌검을 하는 걸 보니…."

자롱은 돈 까밀로의 손에 붙잡힌 채로 넝마조각처럼 몸을 흐느적거리면서 이렇게 대답했다.

"어디 배짱이 있거든 때려 보시오!"

돈 까밀로는 마부를 잡았던 손을 놓고 다시 자전거에 올라탔다.

"자롱. 인과응보요. 이렇게 계속 고집부리며 살다간 모두가 당신을 버릴 거요. 언젠가는 개처럼 홀로 남게 될 것이오."

돈 까밀로가 말했다.

"상관없소. 내 말만 나를 버리지 않으면 나한텐 그걸로 부족할 게 없소."

자롱이 대꾸했다.

"그놈도 당신을 떠날 거요!"

"말은 사람들보다 더 신사적이오! 절대 배신하는 법이 없지."

바로 그날 밤 자룽이 집에 들어가 보니 아내가 보이지 않았다. 저녁밥이 차려진 식탁 위에 쪽지가 놓여 있었다.

자식들한테 가겠어요. 참아도 너무 많이 참았어요.

자룽은 손에 잡히는 대로 부수어 버렸다. 하지만 그것으로도 분이 안 풀렸는지 마구간으로 가서 미친 사람처럼 소리를 지르면서 메넬리크에게 달려들었다.

"넌 그러지 않을 거지, 더러운 새끼야!"

그는 미친 듯이 말의 머리를 주먹으로 마구 후려치면서 외쳤다.

"넌 다른 놈들처럼 나를 버리지 않겠지! 나를 배신하지 않을 거지! 반항하지 않을 거지!"

자룽은 술에 절어 있었기 때문에 주먹질마다 빗나갔다. 그래서 그는 짧은 채찍을 거꾸로 움켜쥐고 말에게 몽둥이질을 하기 시작했다.

말은 '히이잉' 소리를 내며 공포심으로 몸부림치기 시작했다. 그러나 자룽은 계속 점점 더 잔인하게 매질을 가했다. 갑자기 굴레가 끊어지자 말은 마구간 문을 향해 펄쩍 뛰어 나갔다.

자룽은 뒤로 나자빠졌다. 다시 일어났을 때 말은 이미 들판 가운데로 사라지고 없었다.

'그놈도 당신을 떠날 거요.'

자롱은 돈 까밀로의 말을 떠올리며 또다시 흉측한 욕설을 내뱉었다. 그는 온몸에 힘이 빠지고 머릿속이 텅 비어 버린 것처럼 느껴졌다. 그래서 침대에 가서 푹 쓰러져 버렸다.

해가 중천에 떴을 때 그는 잠에서 깨어났다. 옷은 벗지 않은 그대로였고 몸은 뼈 마디마디가 쑤셨다. 메넬리크가 도망칠 때 발굽으로 자롱의 정강이 한쪽을 걷어찼던 것이다.

절뚝거리며 아래층으로 내려가 보니 집안이 고요하고 안에는 아무도 없었다. 부엌 바닥에는 간밤에 그가 격분해서 집어 던진 그릇들이 깨져서 그 조각들이 여기저기 널려 있었다.

쑥밭이 된 식탁에는 아내가 남긴 쪽지가 아직도 남아 있었다.

'나는 자식들한테 가겠어요.'

메넬리크만 남아 있었어도 그렇게 괴롭진 않았을 것이다. 자롱은 텅 빈 마구간 안에 들어가 보았다. 끊어진 굴레가 바닥에 떨어져 있는 것이 눈에 띄었다.

다시 화가 치밀어 오른 그는 소리를 질러 또 무언가 욕을 퍼붓고 싶었다. 그러나 난생처음으로 욕을 할 힘이 나지 않았다. 그는 고개를 숙인 채 마구간을 나와 아치형 문간 기둥 아래 세워진 짐마차를 보기 위해 집 뒤로 갔다. 짐마차는 거기 있었다. 마차를 끄는 막대 사이에 메넬리크가 서 있는 게 보였다.

자롱은 한동안 어쩔 줄을 몰라 하다가 천천히 말에게 다가갔다. 그러고는 벽에 걸려 있던 마구를 메넬리크에게 덮어씌우고 버클로 고정했다. 말의 배에 대는 끈을 묶다가 그는 메넬리크에게 살갗이 벗겨진 상처가 하나 있음을 발견했다. 등과 주둥이에는 다른 상처들이 또 얼마나 많이 났을까.

자롱은 마차 짐칸의 높다란 바퀴에 붙은 바퀴살 하나에 발을 걸쳐 놓고 마차 측면을 두 손으로 단단히 붙잡은 다음 소리쳤다.

"이랴!"

마차가 덜컹거리면서 움직였고, 바퀴는 돌면서 자롱을 위로 들어 올려주었다. 그러자 자롱은 적당한 순간에 펄쩍 뛰어 짐칸 안에 올라탔다.

*

자롱은 1년 후 두 아들을 다시 만났다.

햇살 가득한 어느 오후였는데 자롱의 마차가 흔들흔들 자갈길을 가고 있을 때였다. 자롱은 짐칸에 실은 모래 위에 배를 깔고 엎드려서 잠을 자고 있었다.

빵빵거리는 경적 소리에 그는 잠을 깼다. 몸을 돌려 보니 커다란 트럭이 따라오면서 길을 비켜달라는 것이었다. 운전석에 있는 두 사람은 바로 그의 아들들이었다. 자롱은 욕을 하지 않았다. 그는 다시 잠들었고, 메넬리크가 길 가운데를 걸어가는 대로 내버려 두었다.

트럭 운전사도 더 이상 경적을 울리지 않았다. 그들은 자롱을 알아보고 피오파치아 사거리가 나올 때까지 6킬로미터를 조용히 따라갔다. 거기서 마차는 오른쪽으로 빠지고 트럭은 직진했다.

2년이 더 흘렀다. 자롱은 아내가 죽었다는 소식을 접했다. 그러나 장례식엔 참석하지 않았다. 아들들을 만나고 싶지 않았기 때문이다. 그러나 7~8개월 뒤에 그는 두 아들을 또다시 만나게 되었다.

자롱은 몰리네토의 두 살래 분기섬 근처의 국도를 지나가고 있었다. 그때도 그는 평소처럼 모래가 실린 짐칸의 꼭대기에서 잠을 자고 있었다. 그런데 갑자기 누군가 말을 멈추게 하더니 뭐라고 소리를 질렀다. 그 앞에는 많은 사람이 모여 말싸움을 벌이고 있었고 경찰들도 있었다.

마차에서 내려선 자롱은 호기심 때문에 보러 갔다. 특별한 건 아무 것도 없었다.

"트럭 한 대가 수로에 빠졌어요. 운전사 한 명은 침대칸에서 잠을 자고 있었고, 다른 한 명은 더위와 피로에 지쳐 졸고 있었나 봐요. 모두 그 자리에서 즉사했소."

누군가 자롱에게 설명을 했다.

시신 두 구가 큰 천에 덮여서 길가에 놓여 있었다. 자롱은 가까이 가 허리를 굽히고는 천의 가장자리를 들어 올렸다.

천을 들어 올리기도 전에 그는 알고 있었다. 두 아들인 디에

고와 마르코였다.

자룽은 그 어느 때보다도 거칠게 마구 욕을 퍼부었다.

“그때 그걸 불 질러 버렸어야 했는데! 멍청한 놈들, 석유가 모든 걸 망친다고 내 그렇게 말했건만.”

그는 트럭 잔해에 침을 뱉어 주기 위해 수로 아래로 내려갔다. 자룽은 잔해 전부에 불을 질러 버리려고 했다. 그러자 사람들이 그를 강제로 끌어냈다.

이제 그에겐 셋째인 막내아들만 남았다. 그는 ‘피우메토’ 에 서 삼륜차를 몰며 집배원을 하고 있었다. 1년 뒤 막내아들마저 두 형을 따라갔다는 소식이 자룽에게 전달됐다. 어떤 트레일러 한 대가 막내아들의 삼륜차를 치어 벽에 들이박았다는 것이었다.

자룽은 미친 사람처럼 욕을 해 댔다. 어느 날 돈 까밀로는 거리에서 그를 만나게 되었다. 돈 까밀로는 자전거에서 내려 자룽을 위로해 줄 참이었다. 그러나 자룽은 채찍을 거꾸로 움켜쥐고 소리를 질렀다.

“이 저주받을 신부야, 입만 뻥긋 해봐라, 때려죽여 버릴 테니!”

노인의 이 같은 욕설을 듣자 돈 까밀로는 새하얗게 얼굴이 질려 그만 맥이 풀리고 말았다.

자룽이 숨이 차 잠시 욕을 못하고 멈춘 사이에 돈 까밀로는 다정하게 말을 건넸다.

“자룽, 그래 얼마나 괴롭겠소? 아마 미칠 것만 같을 거요. 하느님께서 당신이 분별력을 되찾게 해 주시고 당신을 보호해 주시기를 빌겠소."

"하느님이라고 했나? 난 네 하느님과는 아무 볼일도 없어! 네 주님이 나를 배신했어. 오직 내 말만이 나를 배신하지 않았다고. 앞으로도 그럴 거고!"

자롱이 소리쳤다.

자롱의 짐마차는 이후에도 여러 달 여러 해 동안 계속 바싸의 작은 길들을 돌아다녔다. 그를 만나면 사람들은 악마의 수레가 지나간다고 수군거렸다.

자롱은 사람에 대한 증오로 잔뜩 독이 올라 욕설들이 혐오감을 주었을 뿐만 아니라 두려움마저 자아냈기 때문이다.

달이 바뀌고 해가 바뀌어도 악마의 마차는 바싸의 들판 길을 떠돌아다녔고 마차를 볼 때마다 사람들은 성호를 긋게 되었다. 자롱은 더 이상 아무하고도 대화하지 않았다. 오직 메넬리크하고만 말을 했다.

메넬리크는 자롱의 마차를 계속해서 끌고 다녔다. 그는 마치 귀신들린 사람처럼 고함을 지르거나, 나지막한 목소리로 메넬리크와 이야기를 했다. 그런데 어느 가을 저녁 메넬리크가 당황해 어찌할 바를 모르는 일이 벌어졌다.

늙은 자롱이 더 이상 입을 열지 않게 된 것이다. 고함도 지르지 않았다. 대신 신음을 내기 시작했는데 그 소리에 메넬리크는 귀를 쫑긋할 뿐이었다.

사방은 이미 어두컴컴했고 거리는 한산하고 조용했다. 메넬리크는 걸음을 멈추고 '히이잉' 소리를 냈다. 그러나 이 소리에 대답하는 건 자롱의 신음뿐이었다. 그러자 메넬리크는 넓은 길이 시작되는 우물까지 걸어가 천천히 한 바퀴를 돌더니 마을을 향해 되돌아갔다.

막 저녁 식사를 하려고 식탁 앞에 자리잡았던 돈 까밀로는 밖에서 나는 어떤 소리를 들었다. 그 시끄러운 소음이 그치지 않았으므로 사제관 앞에서 무슨 일이 벌어지고 있는지 확인하기 위해 밖으로 나갔다.

사제관 앞에는 메넬리크가 발굽을 동동 구르고 있었다. 짐마차 꼭대기에서 신음이 들리자 돈 까밀로는 마차 바퀴를 계단 삼아 그 위에 올라가 보았다.

짐칸에 가득 실린 모래더미 위에 노인이 누워 있었다.

"자롱! 나요, 돈 까밀로!"

돈 까밀로가 소리쳤다.

늙은 자롱이 혼잣말처럼 뭔가 가만히 중얼거렸다. 돈 까밀로가 귀를 기울였지만 워낙 소리가 작아 알아들을 수가 없었다.

그 후 자롱은 아무 말도 하지 않았다. 더 이상 신음도 내지 않았다.

돈 까밀로가 짐마차에서 내려와 보니 메넬리크가 뜨거운 숨을 내쉬고 있었다.

"메넬리크, 저 노인이 너를 여기까지 데려올 순 없었을 텐데.

그는 더 이상 고삐를 붙잡고 있지 않았어. 몸이 아프다고 느꼈을 때부터 고삐를 놓아 버렸을 거야. 그것도 오래전부터 말이야. 메넬리크, 어떻게 여기까지 왔니?"

돈 까밀로가 말의 주둥이를 쓰다듬으며 속삭였다.

"자롱이 여기로 가라고 했니, 아니면 네가 주인을 여기로 데려왔니?"

그러나 메넬리크는 대답 없이 눈만 깜빡거릴 뿐이었다.

"예수님. 평생을 욕만 하고 증오만 하다가 세상을 뜬 자롱이 불쌍합니다. 마지막까지 주님의 사랑을 깨닫지 못하고 말았으니까요."

돈 까밀로는 측은한 마음이 들어 간절하게 기도를 드리기 시작했다. 그러자 물안개처럼 예수님의 입가에 비단 같은 부드러운 미소가 피어올랐다.

"아니다, 돈 까밀로야. 그는 조금 전에 가장 절실한 마음으로 온 힘을 다해 이렇게 말했단다."

예수님의 입에서 낭랑한 한줄기 음성이 성당 안에 엷게 퍼졌다.

'죄 많은 저를 주께서 용서해 주시기를….'

선량한 뻬뽀네

IL fraticello

뽀 강둑으로 올라가는 좁은 언덕길 아래에서 뻬뽀네와 그의 부하들은 성직자, 특히 돈 까밀로의 횡포에 대해서 열띤 토론을 벌이고 있었다. 그때, 마치 매의 둥지로 날아든 새끼 비둘기처럼 한 수사가 그곳을 향해 걸어오고 있었다.

한쪽 어깨에 작은 자루를 둘러맨 그의 행색은 매우 초라하고 볼품없었다. 그가 그렇게 힘없이 걷는 모습을 보고 있노라면, 그의 깡마른 몸은 길바닥으로 곧 쓰러질 것만 같았다.

그 수사가 어디서 오고 있는지는 알 수 없었다. 그는 강둑 언덕에 도착해 뻬뽀네와 그 일당을 발견하자, 마치 눈덩이가 굴러 내리듯 재빨리 몸을 돌려 언덕길 아래로 급히 도망쳤다.

빼뽀네와 부하들은 딱하다는 얼굴로 수사를 바라보면서 그가 제멋대로 지껄이는 소리를 말없이 듣고 있었다. 그러다가 빼뽀네가 빈정거리는 투로 말했다.

"이렇게 쓸데없이 돌아다니지 말고 뭐든 유익한 일거리라도 찾아보시오. 그게 더 낫지 않겠소?"

수사가 미소를 지었다.

"우리는 편하게 지내는 걸 바라지 않습니다. 좀 더 고행을 하려고 노력하고 있지요."

"그건 당신 자유요!"

빼뽀네가 소리쳤다.

수사는 소심하지만 겸손한 사람이었다.

"저는 공연히 고행을 하는 게 아닙니다. 저희 수도원에는 갖고 있는 게 아무것도 없는데 굶주린 사람들이 날마다 찾아와서 문을 두드립니다. 저희는 고통받는 이웃에게 필요한 걸 주기 위해 여분의 물건을 구걸하러 다니는 길입니다."

빼뽀네가 비웃었다.

"흥, 그자들은 수도원 문을 두드리는 대신 합심해서 부자들의 머리통을 두드릴 수만 있어도, 먹고사는 일은 당장에 해결될 것이오!"

"주의 섭리를 믿지 않으면 안 됩니다."

수사가 말했다.

"폭력은 또 다른 폭력만을 낳게 할 뿐, 악으로 악행을 치유할 수는 없습니다. 선을 얻으려면 선행을 해야지요."

빼뽀네가 껄껄 웃었다.

"정 그렇다면 할 수 없지. 그럼 잘 가시오."

수사는 낙담하지 않았다.

"무엇이고 헌금할 생각은 없으신가요? 조금이라도 괜찮습니다만."

"없소!"

빼뽀네가 톡 쏘아붙였다.

수사는 놀라 잠시 멈칫하더니 소매 안을 뒤적여 한 장의 작은 종이를 꺼내 빼뽀네에게 주었다.

"그럼, 이 상본*이나 받아 주십시오."

"필요 없소!"

빼뽀네가 대답했다.

수사는 다른 사람들이 옆에 있다는 사실을 깨닫지 못한 듯, 빼뽀네만 뚫어지게 쳐다보았다.

그는 상본을 든 손을 천천히 거두었다. 그리고 몸을 돌려 가던 길을 가기 위해 끙끙거리며 언덕 위로 올라갔다.

"마을의 여기저기에 푯말을 붙여야겠다. '구걸 금지, 수사나 수녀에게도 해당됨' 이라고 말이야."

빼뽀네의 말이 떨어짐과 동시에 스미르초가 아부하듯이 동

---

* 상본: 예수나 성모 마리아, 혹은 다른 성인들의 화상이나 성스러운 문구를 담은 카드, 보통 기도서나 성서의 책갈피 사이에 끼울 수 있는 작은 크기로 제작된다.

조했다.

"옳은 말씀입니다, 대장! 지금이야말로 실천에 옮겨야 할 때입니다. 수사들의 95퍼센트는 바티칸의 첩자니까 말이에요."

이렇게 해서 회의가 끝이 나자 각자 자기 집으로 돌아가기 시작했다.

하지만 뻬뽀네는 강둑길을 돌아 집으로 가기로 작정했다. 마음속의 울분을 털어 버릴(집에서 가장 멀리 떨어진 길) 필요가 있었기 때문이다. 그가 언덕 위에 올라 카스텔레토 쪽을 바라보니 저 멀리 사라져 가는 수사의 뒷모습이 까마득하게 눈에 들어왔다.

"그래, 너와 네 상본 따위나 축복받아라!"

그는 중얼거렸다.

집에 돌아온 뻬뽀네는 외출복 상의를 벗고 작업복으로 갈아입었다. 그는 작업장으로 가서 일하려 했으나 예민해진 신경이 가라앉지 않아 일이 손에 잡히지 않았다. 그래서 다시 외출복으로 갈아입고 자전거를 꺼내, 마을 앞까지 산책하려고 집을 나섰다. 강둑 위로 다시 올라가 보니 이미 엷은 실안개가 강가에 피어오르고 있었다.

뻬뽀네는 무엇이 급한 듯 힘차게 페달을 밟기 시작했다. 상당한 시간 페달을 밟은 후 '피오페타'의 갈림길 앞에서 한 노인을 만났다. 그는 가던 길을 멈추었다.

"수사 한 사람을 보지 못하셨소?"

"글쎄요, 본 것도 같소만."

노인이 대답했다.

"그게 대체 무슨 말씀이오? 보신 거요, 안 보신 거요?"

"한 15분쯤 전에, 오래된 수로 앞에서 수사들의 수도복과 같은 누더기를 본 것 같기는 합니다만, 그 누더기 안에 뭐가 들어 있는지는 자세히 보지 않았소이다."

빼뽀네는 앞으로 달리기 시작했다. 그는 오래된 수로를 2킬로미터나 더 지나친 뒤, 방향을 돌려 갔던 길로 되돌아왔다. 비록 그놈의 수사가 마라톤 선수처럼 튼튼한 다리의 소유자라 할지라도 그렇게 빨리 갈 수는 없었을 터이기 때문이다. 분명히 그는 오래된 수로를 지나자마자 방향을 바꾼 게 틀림없었다.

빼뽀네는 그가 갔으리라고 추측되는 새로운 길을 따라 이곳저곳을 뒤져보았다. 그러나 수사의 그림자는 얼씬도 하지 않고 안개만 짙어져 갔다.

다시 원위치로 되돌아오던 빼뽀네는, '토리첼라'로 이어지는 좁은 길이 있다는 걸 문득 떠올렸다. 그 오솔길은 강둑 앞 밀밭 사이로 나 있었다.

"쳇, 나도 참 멍청하구먼! 토리첼라와 가비올라 사이에 수도원이 하나 있잖아. 그걸 진작 생각해 냈어야 했는데!"

빼뽀네는 밀밭 사이의 오솔길로 들어섰는데 몸이 축축이 젖어 있었다. 왜냐하면 오솔길은 울퉁불퉁한 비포장도로라 한눈을 팔면 위험했기 때문이다. 게다가 안개는 점점 더 짙어만 갔다. 그때 갑자기 개울가에서 무언가 거무스름한 것이 눈에 보였다. 바로 수사들이 입는 수도복 색깔의 누더기 보따리였다.

그는 자전거를 멈췄다.

개울가에 앉아 있던 수사는 놀란 얼굴로 일어섰다. 그리고 그는 집채만큼 덩치 큰 체격의 사내를 쳐다보았다.

"안개 때문에 길을 잃었소."

빼뽀네가 나지막한 목소리로 말했다.

"가비올라로 가려면 어디로 가는지 아시오?"

"알다마다요."

수사가 대답했다.

"저는 수도원으로 돌아가는 길인데, 수도원은 가비올라 2킬로미터 못미처에 있지요."

빼뽀네는 잠시 망설였으나 곧 용기를 내어 말했다.

"여기 타시오. 자전거에 태워 수도원까지 모셔다 드릴 테니까."

수사가 미소를 지었다.

"고맙습니다, 형제님. 우리는 늘 불편한 걸 택합니다. 편한 걸 택하진 않습니다."

그는 보따리를 둘러메고 걷기 시작했다. 빼뽀네는 자전거에서 내려 수사의 곁에 서서 함께 걸었다. 안개는 점점 더 짙어져 이제 두 사람은 마치 세상에서 100만 킬로미터나 멀리 떨어져 있는 것만 같았다.

갑자기 빼뽀네가 멈춰 서자 수사도 우뚝 멈춰 섰다.

"당신네 수도원에 찾아온다는 가난한 사람들에게 나눠 주시오."

빼뽀네가 나지막한 목소리로 5백 리라짜리 지폐 한 장을 내밀었다. 수사는 깜짝 놀라서 다시금 이 덩치 크고 험상궂은 사내를 쳐다보았다. 손을 내밀어 돈을 받아야 할지 말아야 할지 좀처럼 판단이 서지 않는 듯했다.

"하느님께서 읍장님의 자비심에 보답해 주실 겁니다."

수사는 낮은 목소리로 속삭였다. 그는 돈을 따로 한곳에 넣은 다음, 다시 걷기 시작했다. 그러나 빼뽀네는 움직이지 않았으므로 수사는 뒤를 돌아보며 물었다.

"무슨 하실 말씀이라도 있으신가요?"

"왜 상본을 안 주시오?"

빼뽀네가 말했다.

수사가 소매 안을 뒤적여 상본을 꺼내 빼뽀네 앞에 내놓자, 빼뽀네는 그것을 호주머니에 찔러 넣었다.

"그럼 조심해 가시오."

빼뽀네는 이렇게 말하며 몸을 뒤로 돌려 자전거에 올라탔다. 수사는 안갯속으로 사라지는 빼뽀네의 뒷모습을 우두커니 바라보았다. 그는 혼란스러웠다.

'저 사람은 분명히 가비올라로 간다고 말하지 않았던가. 그런데 오던 길로 되돌아가는 것은 무슨 까닭일까.'

수사는 단순한 사람이었다. 그는 무슨 일이 이해가 되지 않아도 그걸 끝까지 파고드는 사람이 아니었다. 수사는 어깨를 으쓱하더니 다시 자기 길을 가기 시작했다.

그러나 그의 마음은 곧 감미롭고 포근한 느낌을 받기 시작했다. 그는 하늘을 우러러보며 이렇게 속삭였다.

"정말 아름다운 일입니다, 예수님, 감사합니다."

뻬뽀네는 안갯속을 전속력으로 질주했다. 다시 강둑으로 돌아온 그는 오래된 하수구 앞에서 자전거를 세웠다. 그러고는 호주머니에서 상본을 꺼내 그걸 지갑 속 공산당 당원증 옆에 끼웠다.

그는 외딴 오솔길에 두고 온 수사가 생각났다. 그 수사가 헐벗고 굶주린 이들에게 음식을 나눠주는 일을 상상해 보았다.

그러고는 즉시 고개를 세차게 좌우로 저었다.

"이런 동정심 따위는 우리 열성 당원에겐 어울리지 않는 값비싼 허영심이야."

뻬뽀네는 다시 페달을 힘차게 밟으면서 자신의 감정에 경적을 울릴 수 있도록 바싹 경계 태세를 취했다. 여차하면 스스로에게 경보를 내릴 자세였다.

그러나 그의 마음속 깊은 곳에서는, 자신도 알 수 없는 작지만 아름다운 선행의 씨앗 하나가 밀알처럼 조용히 자리잡고 있었다.

작가의 말

돈 까밀로와 뻬뽀네가 태어난 배경

나는 원고 마감 시간 때문에 나를 기다리는 편집부 기자들을 볼 때마다 여간 귀찮고 부담스러운 게 아니다. 그들은 타자기로 친 원고나 먹물로 그린 삽화를 들고 헐레벌떡 편집실로 달려 들어오는 나를 볼 때마다 초조감과 연민이 뒤섞인 눈길을 던진다.

"저 빌어먹을 과레스키는 항상 마감 시간이 임박해져야 원고를 들고 온다니까."

그들은 입은 다물고 있었지만 온통 그렇게 말하는 것 같다. 이때쯤이면 나는 대개 커피와 니코틴에 온몸이 찌들고 피로감으로 가득 차 있다. 며칠 동안 갈아입지 못한 옷은 등에 쩍 달라붙어 있고 수염은 길고 손은 말할 수 없이 지저분하다. 머리, 배, 심장, 간장 할 것 없이 온통 아프다. 빗질을 안 한 머리카락은 코끝에까지 내려와 있으며, 눈동자는 부옇다. 이런 내 모습을 보면서 편집부 기자들은 머리를 좌우로 흔들면서 말한다.

"왜 이렇게 마감 시간까지 기다리게 하는 거요? 왜 시간이 넉넉할 때 미리미리 준비해 두지 않는 겁니까?"

그러나 만일 내가 기자들의 그런 쓸데없는 충고 따위를 들었다면 오늘날의 나만큼도 되지 못했을 것이다.

나는 크리스마스이브 전날 밤인 1946년 12월 23일을 잊을 수가 없다. 그날 나는 크리스마스 축제 때문에, 원고를 평소보다 앞당겨 편집실에 송고하지 않으면 안 되었다. 그때 나는 잡지 〈칸디도 *Candido*〉의 편집을 하면서 같은 잡지사에서 발행하는, 주간지 〈오늘 *Oggi*〉에도 소설을 연재하고 있었다. 그래서 그날, 12월 23일 나는 엄청 큰 스트레스에 시달리고 있었던 것이다. 오후 늦게야 간신히 〈오늘〉에 실을 원고를 조판실에 넘길 수 있었다. 그러나 〈칸디도〉의 마지막 장에 들어갈 작품은 아직도 미완성인 채 였다.

"칸디도 마감이오!"

편집국 사환이 소리쳤다.

그렇다. 그 당시 내가 할 수 있는 일이라곤 아무것도 없었다. 그래서 나는 조판이 끝난 〈오늘〉의 원고를 몇 장 뜯어낸 다음 좀 더 큰 활자로 바꾸어 〈칸디도〉의 빈칸을 채워 넣었다. 그러고는 '하느님, 뜻대로 이루어지기를!' 하고 중얼거렸다.

그런 다음 〈오늘〉의 마감 시간까지는 아직 30분이 남아 있었으므로 급히 아무 이야기를 하나 지어 빈자리를 메웠다.

그리고 또다시 '하느님, 뜻대로 이루어지기를!' 하고 중얼거렸다.

과연 하느님께서는 정확하게 그다음 날에 일어날 일들을 당신 뜻대로 계획하고 계셨다. 그건 아마 그분이 쓸데없이 참견을 잘하는 기자가 아니었기 때문일 것이다. 만일 내가 그들의 충고를 받아들였다면 나는 제 시간에 일을 끝냈을 것이고, 그러면 돈 까밀로와 뻬뽀네가 등장하는 이 책은 1946년 크리스마스 이브 전날 밤 태어나자마자 곧바로 사망했을 것이다.

사실 '돈 까밀로' 시리즈의 첫 번째 이야기 '고해성사' 도 원래 다른 주간지에 실을 원고였다. 만약 이 '고해성사' 가 그 잡지에 실렸다면 다른 모든 소설처럼 거기서 끝장났을 테고 그와 관련된 다른 이야기는 나오지 못했을 것이다. 하지만 그 이야기가 '칸디도' 에 발표되자마자 정기 구독자들이 수많은 편지를 보내왔다. 그래서 나는 뽀 강 골짜기 마을에 사는 덩치 큰 신부와 깡패 읍장에 대한 두 번째 이야기를 쓰게 되었다. 그렇게 하나둘 재미있는 이야기를 쓰다 보니까, '돈 까밀로와 뻬뽀네의 이야기' 가 200회분을 넘겼다. 그리고 조금 전에는 파리에서 편지가 도착했다. 프랑스에서 이 책의 초판을 무려 8만 부나 찍었다는 소식이었다.

나는 어제 혹은 한 달 전쯤에 충분히 잘할 수 있었던 일을 다음 날로 미루는 것에 대해서 손톱만큼도 후회하지 않는다. 하기야 가끔씩 내가 썼던 글을 읽으면서 마음이 슬퍼질 때가 있다. 그렇다고 지나치게 괴로워하지는 않는다. 될 수 있는 한 슬픈 이야기를 쓰지 않으려고 했기 때문이다.

그렇다. 이것이 뽀 강 골짜기의 덩치 큰 신부와 깡패 읍장이 태어나게 된 배경이다.

나는 200회가 넘게 《돈 까밀로와 뻬보네》를 무대에 올려놓고 세상에서 가장 엉뚱한 이야기를 쓰려고 노력했다. 정말 너무나 엉뚱해시 어떤 때는 그런 일이 곧잘 사실이 되어 버리기도 했다. 사실 이런 일이 마땅찮아 불만을 털어놓은 적이 한두 번이 아니지만….

"이제 내가 그들을 이 세상에 태어나게 했으니 어떡하면 좋지? 죽여 없애고 이만 손을 떼어 버릴까?"

그렇다고 해서 내가 이 이야기를 써낸 '창조자' 라고 주장하는 건 아니다. 나는 단지 그들에게 목소리를 부여했을 뿐이니까. 뽀 강 유역의 자그마한 바싸 마을이 '돈 까밀로' 시리즈를 창조해 낸 것이다. 나는 그들을 만나, 그들과 함께 팔짱을 끼고서 그들이 글자 사이로 이리저리 걸어 다니도록 했을 뿐이다.

1951년 말, 일주일 동안 둑이 무너지고 뽀 강이 역류하여 바싸 마을에 범람했을 때, 외국의 독자들이 나에게 '돈 까밀로와 뻬뽀네의 마을을 위하여' 라는 편지와 더불어 담요와 옷가지가 든 소포 따위를 보내왔다. 그때 나는 잠시, 내가 그냥 이름 없는 평범한 사람이 아니라 마치 중요한 사람이라도 된 듯한 기분이었다.

뽀 강의 골짜기 마을에 대한 이야기는 내가 이미 첫 번째 책에서 적절하게 설명했다고 생각한다. 5년이 지난 지금도 나는 그 이야기가 사실임을 자신 있게 말할 수 있다. 그리고 이 책의 운명이 어떻게 될지는 나도 모른다. 이 책의 서두가 어떻게 시작될지도 모른다.

*

어린시절 나는 종종 저 거대한 뽀 강 강가에 홀로 앉아서 이렇게 중얼거리곤 했다.

'누가 또 알아? 내가 자라서 어른이 되면 저 건너편 강가로 건너갈 수 있게 될지 말이야.'

그 시절 나의 커다란 소원은 자전거를 한 대 갖는 것이었다. 이제 내 나이 마흔다섯 살이 되었고 비로소 자전거는 내 것이 되었다. 어른이 된 지금도 나는 내가 소년이었을 때처럼 가끔 강가 바로 그 자리에 가서 앉아 보곤 한다. 그리고 풀잎을 하나 잘근잘근 씹어 보면서 이런 생각을 한다.

'그래, 여기 이쪽 강가가 낫구나!'

그리고 나는 저 거대한 뽀 강이 떠내려가면서 내게 들려주는 이야기에 조용히 귀를 기울인다. 그러면 사람들은 이렇게 말한다.

"저 사람은 나이를 먹어갈수록, 점점 더 바보가 되어 간다니까."

그 말은 사실이 아니다. 왜냐하면 나는 애초부터 바보였으니까. 더 이상 바보가 될 수 없는 유명한 바보, 그랬던 것을 하느님께 감사드리고 싶다.

– 조반니노 과레스키

김효정 | 옮긴이

한국외국어대학교 이탈리아어과를 졸업하고 동 대학원에서 비교문학 박사 학위를 수여받았다. 한국외국어대학교에서 학생들을 가르치며 번역가로 활동하고 있다. 옮긴 책으로는《추억의 학교》,《약혼자》,《레오나르도 다빈치 펜으로 과학을 그리다》,《아무도 아닌 동시에 십만 명인 어떤 사람》,《피노키오》 등이 있다.

*신부님 우리들의 신부님 3

돈 까밀로와 빼뽀네

1판 15쇄 발행 | 2012년 01월 20일
개정 2쇄 발행 | 2019년 11월 15일

지은이 | 조반니노 과레스키
옮긴이 | 김효정
펴낸이 | 김정동
펴낸곳 | 서교출판사

주소 | 서울시 마포구 성지길 25-20 덕준빌딩 2층
전화 | 3142-1471(대) 팩스 | 6499-1471
등록번호 | 제10-1534호
등록일 | 1991. 09. 25

Email | seokyodong1@naver.com
Blog | https://blog.naver.com/seokyobooks

ISBN 979-11-89729-12-7 04860

잘못된 책은 구입하신 곳에서 바꾸어 드립니다.
책값은 뒤표지에 있습니다.